UNREAD

The Authenticity Project

真相漂流计划

Clare Pooley
〔英〕克莱尔·普利

—— 著

姚瑶
—— 译

四川文艺出版社

图书在版编目（CIP）数据

真相漂流计划 / (英) 克莱尔·普利著；姚瑶译
. — 成都：四川文艺出版社，2021.8（2021.10重印）
ISBN 978-7-5411-6085-1

Ⅰ.①真… Ⅱ.①克… ②姚… Ⅲ.①长篇小说 – 英
国 – 现代 Ⅳ.①I561.45

中国版本图书馆CIP数据核字(2021)第137406号

著作权合同登记号 图进字：21-2021-168

ZHENXIANG PIAOLIU JIHUA

真相漂流计划

[英]克莱尔·普利 著
姚瑶 译

出 品 人	张庆宁
策划出品	联合天际·文艺生活工作室
责任编辑	邓 敏
特约编辑	张雪婷
封面设计	木 春
责任校对	汪 平

未讀 DR 文艺家

出　版　四川文艺出版社（成都市槐树街2号）
网　址　www.scwys.com
发　行　未读（天津）文化传媒有限公司
电　话　010-82069336（发行部） 028-86259303（编辑部）
传　真　028-86259306
印　刷　大厂回族自治县德诚印务有限公司
成品尺寸　146mm×210mm　　　开　本　32开
印　张　10.5　　　　　　　　字　数　280千
版　次　2021年8月第1版 2021年10月第2次印刷
书　号　978-7-5411-6085-1
定　价　68.00元

关注未读好书

未读 CLUB
会员服务平台

版权所有·侵权必究。如有质量问题，请与图书销售中心联系调换。电话：010-82069336。

献给我的父亲皮特·普利,
是他教会我热爱文字。

敲响仍能敲响的钟

忘却你完美的奉献

万物皆有裂隙

因此光方能照进

——莱昂纳德·科恩

1　莫妮卡

她试过把笔记本还回去。刚发现有人把这个笔记本落下,她就马上捡起来去追本子的主人,那是个相当奇怪的人。可他已经消失得无影无踪了。作为一个老者,他的动作竟如此迅速,他是真的不想被别人发现吧?

这是一个朴素的浅绿色笔记本,很像莫妮卡上学时随身带着的那种本子,里面记满了家庭作业的详细要求。朋友们总是把爱心、花朵和最近心动对象的名字涂鸦在封面上,但是莫妮卡并不擅长涂鸦。对于高品质的文具,她从心眼里珍惜。

本子的封面上有六个字,每一个字都是非常漂亮的花体:

真相漂流计划

封底的角落里有一行小字,是时间:2018年10月。莫妮卡心想,也许内页会有地址,或者至少有个名字,这样她就能把本子还回去了。虽然这本子看起来低调,但是隐约透露出某种难以言说的重要性。

她翻开封面,第一页上有几段话。

你有多了解身边的人呢?他们又有多了解你呢?你知道邻居们的名字吗?如果他们陷入麻烦或者离家多日,你能注意到吗?

每个人都会用谎言粉饰自己的人生。总有某件事定义了你,让你成为如今的自己，如果你选择说出实话，说出那件事，会怎样呢？不是在网上讲述，而是讲给你身边那些真实的人听。

也许不会怎么样。但也有可能，讲述那个故事会改变你的人生，或者改变你素未谋面的某个人的人生。

这就是我想弄清楚的事。

下一页上还有更多的内容，莫妮卡迫不及待地想读下去，可此刻正是咖啡馆一天里最忙碌的时刻之一，而且她很清楚，计划好的工作决不能拖延，否则就会彻底乱套。于是她把笔记本塞到收银台旁边，那里还塞了多余的菜单，以及不同供应商的传单。她要晚一点儿再看这本笔记，等到能集中精力阅读的时候再看。

待回到咖啡馆楼上的公寓里，莫妮卡舒展四肢，靠在沙发上，一手拿着一大杯长相思白葡萄酒，一手拿着别人遗落的笔记本。早上读过的那个问题一直萦绕在她心头，渴望寻求答案。她一整天都在与人交谈，为他们提供咖啡和蛋糕，与他们聊聊天气，还有最新的名人八卦。可是，她上一次与人谈及自己，倾诉生活中那些*真正*重要的事情，又是什么时候呢？而且，除了他们喝咖啡的时候喜不喜欢加牛奶，喝茶的时候加不加糖之外，她又了解他们什么呢？她打开笔记本，翻到第二页。

我叫朱利安·杰索普。我今年79岁，是个画家。过去57年来我一直住在富勒姆路上的切尔西工作室。

以上都是基本信息，但我想说的真相是：**我很孤独。**

我常常连续多日不同别人说一句话。有时候，当我不得不同别人说话时（比如有人会给我打电话，确认保障险已付款），我发现自己的声音嘶哑难听。因为我疏于管理自己的声音，所以它就那样蜷缩在喉咙里，死去了。

年岁渐长，我变得不想引人注目。但我发现这尤为困难，因为总有人在盯着我看。人人都知道我是谁，我没有必要介绍自己。只消站在门口，我的名字就会顺着人们的窃窃私语传遍整个房间，而后就有许多偷偷窥探的目光紧追着我不放。

曾经我很喜欢流连于镜前，慢悠悠地走过商店的橱窗，审视外套的剪裁，或者发丝的起伏。而现在，若是悄然靠近镜中的自己，我几乎认不出来。真是讽刺。玛丽一定会高高兴兴地接受无可逃遁的年华流逝，可她60岁时就早早离世，我却还在这里，不得不眼睁睁看着自己一点点地崩塌。

作为画家，我观察人类。我分析他们的关系，注意到人与人之间总有一种力量的平衡。总有一方得到更多的爱，而另一方则爱得更多。我曾是前者。现在我明白了，我将玛丽视为理所当然。她很普通，很有道德感，脸蛋粉扑扑的，很漂亮，而且始终对我无微不至，是那么可靠。而我，却在她离开后才学会感谢她。

莫妮卡停下来翻页，喝下一大口酒。虽然真心为朱利安难过，但莫妮卡还是不确定自己是否真的喜欢他。她猜朱利安一定不喜欢别人同情他。她继续往下读。

玛丽在这里生活时，我们的小屋总是人满为患。街坊四邻的孩子们跑进跑出，玛丽给他们提供故事、建议、汽水和"怪物蒙克"①。我那些没那么成功的画家朋友总是不打招呼就来蹭晚饭，一起来的还有他们最近合作的模特。玛丽热烈欢迎其他女人的到来。但或许只有我一个人注意到，她给她们的咖啡从来都不搭配巧克力。

---

① 英国膨化零食品牌。

我们总是很忙。我们的社交活动都是围绕着"切尔西艺术俱乐部",还有国王路和斯隆广场上的小餐馆、时装店展开的。作为助产士,玛丽的工作时间很长,而我则穿过乡间,为人们画肖像——如果他们认为自己的模样值得留下来给子孙后代一览的话。

从60年代末起,每到星期五,我们都会在傍晚五点钟准时踏进附近的布朗普顿公墓,因为公墓的四角分别与富勒姆、切尔西、南肯辛顿以及伯爵宫相连,是所有好友最方便的碰面地点。我们曾在安格斯·怀特沃特司令的墓地上计划周末的安排。我们并不认识这位司令,只是在他最终安眠之处的上方,碰巧有那么一块异常平整的黑色大理石厚板,刚好成了可以围坐着喝酒的桌子。

从许多方面来看,我都和玛丽一同死去了。我无视所有的电话和信件,我任由调色板上的颜料干燥、结块。在某个难以忍受的漫漫长夜,我毁掉了所有未完成的油画,把它们撕成五颜六色的条幅,用玛丽的裁衣剪通通剪成彩色碎屑。差不多五年之后,当我终于钻出自己的保护罩,邻居们却早已搬走,朋友们也放弃了我,代理人不再搭理我,我就是在那一刻明白了,我已经不再引人注目。我从蝴蝶倒退回了一只毛毛虫。

每个星期五晚上,我仍然在司令的坟墓上举起一杯玛丽最喜欢的百利甜酒,但如今,这里只有我和古老的鬼魂了。

这就是我的故事。你可以随便把它丢进垃圾桶,没关系的。不过你也可以下决心在这里讲出属于你的真相,将这个小本子继续传递下去。或许你会像我一样,发现这样做能给情绪找个出口。

接下来会发生什么,这取决于你。

2　莫妮卡

不用说，莫妮卡在网上搜索了他。上面将朱利安·杰索普描述为人像画家，在六七十年代声名显赫。他曾就读于斯莱德美术学院，师从卢西安·弗洛伊德。有传闻说，两人长年相互羞辱（暗示与女人有关）。卢西安的优势是更有名望，但朱利安更年轻，比卢西安小17岁。莫妮卡想到了玛丽，她上了那么长时间的班，接生别人的孩子，筋疲力尽地下班后却不知道丈夫去了哪里。说实话，感觉她像个受气包。她为什么不干脆离开他呢？想到这里，莫妮卡提醒自己，一定是有什么事情比孤身一人更糟糕。

有一幅朱利安的自画像曾短暂地挂在国家肖像美术馆，参与名为"卢西安·弗洛伊德伦敦画派"的展览。莫妮卡点击图片，放大——就是他，昨天早上她在咖啡馆里看见的男人，但是面部更加光滑平坦，像是一粒葡萄干膨胀起来，变回了一颗葡萄。朱利安·杰索普，30岁上下，有着金色大背头和突出的颧骨。昨天朱利安看向自己的时候，莫妮卡觉得他仿佛是在她的灵魂深处翻找着什么，而自己当时正在比较蓝莓麦芬和黄油酥饼，并试图分析出前者的诸多优点。

莫妮卡看了一眼手表，下午四点五十分。

"本吉，你能帮我看半个小时左右的店吗？"她问咖啡馆的服务员。而她已经穿上了外套，根本没有停下来等他点头答应。从咖啡馆穿堂而过时她扫视了一下每张桌子，脚步停在了12号桌前，清理起一大块红丝绒蛋糕碎屑。怎么能没注意到这玩意儿呢？她离开咖啡馆，来到富勒姆路，将蛋糕屑轻轻地弹给了鸽子。

莫妮卡很少坐巴士的上层。她向来骄傲于严格遵守健康安全条例，在行驶的车辆上攀爬台阶似乎是毫无必要的冒险。但是今天除外，她得占据有利地势才行。

莫妮卡盯着导航上的小蓝点慢吞吞地沿着富勒姆路向切尔西工作室挪动。巴士在富勒姆站停靠后，继续驶向斯坦福桥球场。切尔西足球俱乐部那宏伟现代的胜地赫然在目，在这庞大建筑的阴影之中，在主客场球迷分开的入口之间，不可思议地夹着一个完美排列的小园区，都是些工作室的房子和小别墅，就在一面平淡无奇的墙后面，莫妮卡从那里少说也走过几百次。

莫妮卡仅此一次感激拥堵的交通，能让她有时间试图找出哪栋房子是朱利安的。其中有一栋房子稍显孤独，看上去有点儿疏于打理，像极了朱利安本人。她敢拿一整天的收入打赌那就是朱利安的房子，鉴于她的经济状况，这可不是无足轻重的赌注。

到了下一站，莫妮卡跳下车，立马左转，走进布朗普顿公墓。太阳低垂，影子长长地投射下来，空气里弥漫着秋日的寒凉。墓地是莫妮卡最喜欢的地方之一——城市里无惧时间流淌的安宁乐土。她喜欢那些华丽的墓碑——是最后一次胜人一筹的表演。*我将看见你那刻有《圣经》里花哨引言的大理石板，为你在十字架上竖起真人大小的耶稣*。她爱极了那些石雕天使，如今大多已缺失重要的身体部分，她也喜欢维多利亚时代墓碑上老派的名字——埃塞尔、米尔德里德、阿伦。人们从什么时候起就不再叫阿伦了呢？她忽然想到，现在还有谁给孩子起名莫妮卡吗？即便回到1981年，她的父母也都跟不上时代，完全避开了艾米莉、苏菲和奥莉薇娅这样的名字。莫妮卡——一个作古的名字。她都能想象出放映厅屏幕上的片尾字幕：*最后一个莫妮卡*。

她步履轻快地走过阵亡士兵和白俄罗斯流亡者的坟墓，能够感觉到躲藏在其中的野生动物——灰松鼠、狐狸、黑漆漆的渡鸦——如同死者的魂灵一样守护着墓地。

那个司令的墓在哪儿呢？莫妮卡一直往左边走，寻找紧握百利甜酒的老人。她意识到，她并不明白自己为何要这样做。她并不想同朱利安对话，至少眼下还不想。她觉得，径直走到他面前就会冒着让他尴尬的风险。她可不想第一步就迈错。

莫妮卡朝公墓的最北边走去，像往常一样，只在埃米琳·潘克赫斯特的墓前稍事停留，默默点点头，表示感谢。她在最北边走了好几圈，中途又顺着另一边往回走，沿着一条鲜有人涉足的小径继续前行。就在这时，她注意到右手边有动静。那边，有人（多少有些亵渎地）坐在一个雕花大理石的墓碑上，是朱利安，手里拿着酒杯。

莫妮卡继续朝前走，始终低着头，以免吸引他的目光。差不多十分钟后，朱利安离开了，她当即原路折回，这样就能看看墓碑上刻的字了。

安格斯·怀特沃特司令

庞特街

逝世于 1963 年 6 月 5 日，享年 74 岁

深受爱戴的首领，深受敬爱的丈夫，

父亲，忠诚的朋友

比阿特丽丝·怀特沃特

逝世于 1964 年 8 月 7 日，享年 69 岁

这位司令的名字后面有那么多闪闪发光的形容词，而他的妻子却只有死亡日期，以及丈夫墓碑下那一方永恒的空间。这让莫妮卡大为光火。

莫妮卡站了一会儿，墓园的寂静包裹着她，她想象着一群漂漂亮亮的年轻人，留着披头士的发型，身穿超短裙或喇叭裤，彼此争执打趣。忽然间，她感到无比孤独。

3　朱利安

朱利安忍受着独居与孤单，就好像穿着破旧而不合脚的鞋子。他早已习惯了这双"鞋"，因此它们在诸多方面都变得舒服了不少，但是随着时光的流逝，它们让他越来越生气，磨起了永不消失的老茧和水疱。

现在是上午十点，朱利安正走在富勒姆路上。玛丽去世后的五年左右，他常常连床都不下，白昼与黑夜无缝衔接，一周又一周的时间都失去了意义。而后他才发现日常秩序至关重要。它们能造出供他依附的浮标，让他在浮浮沉沉中维持下去。

每天上午的这个时候，他都会走出家门，在周围的街上散步一小时，顺路买下需要的生活用品。今日的购物清单是这样的：

鸡蛋

牛奶（1品脱）

奶油味"天使喜悦"牌速溶甜品，如果有的话（他发现，如今越来越难找到"天使喜悦"了）

由于今天是星期六，他还会买一本时尚杂志。这周轮到《服饰与美容》了，这是他最喜欢的杂志。

有时候，如果卖报人不那么忙，他们就会讨论一下最新的头条新闻或者天气状况。在那样的日子里，朱利安感到自己几乎就是社会里充分运转的一分子，身边拥有一些熟人，他们知道他的名字和重要观点。有一次，他还预约了牙医，只有如此他才能不再独自将这一天打发过去。

整个约会过程就是他张大嘴巴，帕特尔医生用一系列金属器械和一个发出可怕吮吸声的管子捣鼓着天知道是什么的事儿，而他一个字也不能说，之后他才意识到，这并不是一个明智的决策。离开的时候，牙医滔滔不绝地教育他要注意牙龈卫生，他下定决心再也不来了。如果他失去了牙齿，那就失去吧。反正他已经失去了一切。

朱利安停下脚步，透过莫妮卡咖啡馆的玻璃窗往里看，里面已经坐满了顾客。这条路他已经走了千百遍，脑海里能勾勒出这家店形形色色的前身，就好像是重新装修房间时剥开一层层的旧墙纸。回到60年代，这里是家鳗鱼馅饼店，等到鳗鱼失宠，就变成了唱片店。80年代时，这里是录像带出租店，之后过了几年，变成了甜品店。鳗鱼、唱片、录像带——无不跌落进历史的垃圾箱。现在就连甜品也被妖魔化了，人们责怪是甜食让孩子越来越胖。这显然不是甜品的错吧？该责怪的明明是孩子们，或者他们的家长。

他终于找到了合适的地方留下这本笔记。他要了茶加牛奶，没有人问他要哪种茶、哪种牛奶这类复杂的问题，这让他欢喜。盛在瓷杯里的茶被端了上来，没有人询问他的名字。朱利安常常被要求在油画的下方签名。他的名字不适合潦草地写在一个外带杯上，就像星巴克的那种做法。这样的回忆让他哆嗦了一下。

他坐进一张柔软的扶手椅，皮质的表面斑斑驳驳，这里处在莫妮卡咖啡馆的角落深处，被书架包围，他听到莫妮卡管这个角落叫"阅读角"。在万事万物似乎都由电子承载的世界里，纸张是飞速消失的媒介，朱利安发现了这个"阅读角"，旧书的味道混合着新鲜的碎咖啡的芳醇，真让人无限怀恋。

朱利安很好奇，他留在这里的小小笔记本会怎样。他常常觉得自己正在缓缓消失，不留痕迹。终有一天，在并不遥远的将来，他的脑袋将悄然滑入水中，身后不留一丝涟漪。通过这个笔记本，至少有人能够看到他——真正意义上的看到。写下那些也是一种安慰，就好像解开了不合脚的鞋子上的鞋带，让双脚更轻松地呼吸。

他继续朝前走去。

4　哈扎尔

某个星期一的晚上，天色渐暗，蒂莫西·哈扎尔·福特（大家都喊他哈扎尔）却不愿回家。依照他的经验，想要逃离周末过后的失落感，唯一的办法就是掩耳盗铃地继续下去。他在一点点儿地推迟一周的开始，并将周末往前提，直到两者在一周的中间相遇。周三左右有一个短暂的插曲，过后他又受不了了。

这天晚上，哈扎尔无法说服任何一个同事跟他一起去"城市酒吧"，所以他只好回到富勒姆路，去平时常去的小酒馆待上一会儿。他扫视稀稀落落的人群，看看有没有认识的人。他锁定了一个芦苇一样纤细的金发女郎，她双腿盘绕着高脚凳，身体前倾趴在吧台上，看起来像一根柔韧的稻草，迷人又魅惑。他的好哥们儿杰克有个经常约会的女孩，哈扎尔相当肯定，眼前这个女郎是那女孩的健身好友。哈扎尔不知道这个姑娘的名字，但她是唯一能跟他喝上一杯的人，因此在这一刻，她就是哈扎尔最要好的伙伴。

哈扎尔走了过去，挂上专为这种场合准备的微笑。某种第六感让姑娘转向他，咧开嘴，冲他笑着招招手。很好。这个笑容真是屡试不爽。

哈扎尔终于知道了她的名字——布兰奇。蠢名字，哈扎尔心想，他早该料到。他懒洋洋地瘫在布兰奇旁边的高脚凳上，在布兰奇向朋友们介绍他时，他笑容灿烂，频频点头，那些朋友的名字如同泡泡一样飘散进周遭的空气里，然后砰砰地爆裂，没有留下半点儿痕迹。他们都叫什么，哈扎尔完全不感兴趣，他只在乎他们的耐力，还有道德底线——当然是越低越好。

哈扎尔不费吹灰之力就进入了平常那一套流程。他从口袋里掏出一沓钞票，招摇地买了一溜儿酒，招呼着把酒杯升酒瓶，红酒变香槟。他拿出一些屡试不爽的逸闻趣事，从一长串熟人名单里找出大家都认识的一些人，散播甚至杜撰出一系列花边新闻。

一如往常，这群人将哈扎尔团团围住。吧台背后的墙上有一面巨大的时钟，随着指针嘀嘀嗒嗒走了一个小时，人们渐次散去。"该走了，才周一呢。"他们说。或说"明天是个大日子"，或是"得从周末状态中恢复过来，你知道那是什么感觉"。最终，留下的只有哈扎尔和布兰奇，而时间刚过九点。哈扎尔能感觉到布兰奇已经准备离开了，心中便升起一阵恐慌。

"嘿，布兰奇，还早呢。你为什么不跟我回家呢？"哈扎尔说着将手搭在她的小臂上，这一举动能够让人联想到一切，但关键的是，没有任何承诺。

"当然。有何不可？"她回答，而他也知道她会答应。

酒吧的旋转门将他们一口吐到街上。哈扎尔伸手搂住布兰奇，两人穿过马路，沿着人行道大步流星地朝前走。两个人就把人行道给占满了，然而他们完全没有注意到这一点，或者说压根儿不在乎。

哈扎尔没瞧见眼前戳着个深褐色头发的白人女子，像交通障碍物一样，等他注意到的时候为时已晚。哈扎尔一头撞到她身上，而后才意识到她手里还握着一杯红酒，此刻全都顺着她的脸滴了下来，特别可笑。更重要的是，红酒渍像刀伤一样遍布他的萨维尔街高级定制衬衫。

"哦，真是见鬼了。"他惊叫一声，恼火地盯着肇事者。

"嘿，是你撞上我的！"女人怒气冲冲地冲他吼道。一滴红酒颤抖着悬在她的鼻尖，像个不情不愿的跳伞运动员，最终还是掉落下来。

"好吧，你到底在想什么？竟然拿着一杯酒戳在人行道的正中间！"他吼了回去，"你就不能像个正常人一样在酒吧里给喝完吗？"

"好了，算了吧，我们走吧。"布兰奇咯咯直笑，这笑声让他的神经末梢烦躁不安。

"蠢婊子。"哈扎尔对布兰奇说，但声音很小，所以她听不到。布兰奇又咯咯咯地笑起来。

当哈扎尔被刺耳的闹钟声叫醒时，各种各样的想法在他的脑海中激烈碰撞。一是："我肯定没睡够三小时。"二是："今天的感觉比昨天还糟糕，我到底在想什么？"三是："我床上有个金发小妞，我完全不想应付她，而且我也想不起她的名字。"

幸好，哈扎尔此前也碰到过这种情况。趁着女孩还在睡，他猛地按下闹钟。女孩像个充气娃娃一样张着嘴，他小心翼翼地捏住她的手腕，提起她的胳膊，从自己胸前拿开。她的手像死鱼一样悬荡着。哈扎尔小心翼翼地把那只手放在汗津津的凌乱床单上。她似乎把自己的大部分面容都遗留在了枕头上——红色的唇印，黑色的睫毛膏，象牙白的粉底——哈扎尔很是惊诧，觉得她的脸上应该剩不下什么了吧。他轻手轻脚地下了床，脑仁像小型台球游戏里的球一样撞击颅骨，震得他龇牙咧嘴。他朝房间角落的五斗橱走去，如他所愿，那里有一张纸，留着潦草的信息：*她叫布兰奇*。上帝啊，他太精于此道了。

哈扎尔冲了澡，尽可能又快又轻地穿好衣服，然后找出一张白纸，写了个便条：

亲爱的布兰奇，你看起来是那么平静，那么美丽，让人不忍心叫醒你。感谢昨夜。你太棒了。走的时候务必确认前门已关好。给我打电话。

他在最下方写上自己的电话号码，仔仔细细地交换了两个数字的位置，以免她真打给自己。然后他将便条搁在枕头上，留在了这位不速之客的边上。

哈扎尔轻车熟路地走向地铁站。虽然已是10月，但他还是戴了墨镜保护眼睛，对抗新一天略微刺目的光芒。来到昨晚发生碰撞事故的地点时，他停下了。他相当确定，可以在人行道上看到些许血红色的酒污，像凶杀案的残迹。一种不受欢迎的幻想让他备受困扰：一个神情坚定、一头漂亮的棕褐色头发的白人女子，怒气冲冲地瞪着他，好像真的有多恨他似的。女人们从不那样看他。哈扎尔不喜欢被人憎恨。

继而，一个念头击中了他，其中裹挟着极有冲击力的真相，让他浑身不爽：*他也痛恨自己。就连最小的分子、最细微的原子、最不可见的亚原子微粒都恨。*

有些事情必须改变。事实上，一切都得改变。

5 莫妮卡

莫妮卡一直都很喜欢数字。她喜欢数字里的逻辑，喜欢那种可预测性。她发现，平衡方程式的一边与另一边能让她获得极大的满足感——解 x，证明 y。但是此刻摆在她眼前的这张纸，上面的数字她却解不出来。无论她将左边那栏（收入）里的数字相加多少次，它们都没有办法覆盖掉右边那栏（支出）里的数字。

莫妮卡回想起做企业律师的那些日子，那时候，拿着数字做加法是最枯燥无聊的例行公事，但绝不会让她失眠。她仔细研究某些合同上密密麻麻的小字，或者迅速翻阅无穷无尽的法律条文，在这些工作上每花费一小时，她就向委托人收取二百五十英镑。而她得卖出一百杯中杯卡布奇诺才能赚到同等的钱。

那她为何会欣欣然准许自己做出如此重大的人生转变呢？只是为了某些特别感性的理由吗？她发现，在选择三明治夹心时，妄想不把心里那张清单上的价格比较、营养价值和卡路里数全都过上一遍，实在太难了。

在上下班的路上，莫妮卡体验了公寓和办公室之间的所有咖啡馆。有些单调乏味，有些陈旧肮脏，有些则是公式化、批量化产出的连锁咖啡馆。每一次她交出钱去换一杯定价过高、平淡无奇的外带咖啡时，都会在心中描画出理想咖啡馆的模样。不会有坑纹混凝土、浇筑塑料、暴露在外的管道工程或者工业风的灯与桌，她更喜欢走进咖啡馆就像受邀走进某个人的家一样。要有高矮不一的舒服的扶手椅，墙上要有不拘一格的画作，有报纸和书籍。到处都要有书，不仅是为了摆出来点缀，还可以拿起来，可以阅读，并且可以带回家，只要你在原地留下另一本书就可以。服务生不会问你叫什么，不会把你的名字错误地写在咖啡杯上。客人的名字，应该早就心中有数了。他们还会问候你的孩子，并且记得你的猫叫什么名字。

她走过富勒姆路，注意到那家蒙尘的老旧甜品店。那家店好像一生一世都在那地方，但最终还是关门大吉了。门前挂着一块大板子，写着"招租"。有些爱闹的家伙在字母"O"和"L"之间涂上了大大的"I"①。

莫妮卡每次经过这家空着的店面都能听到妈妈的声音。在最后几周里，那些话散发着疾病和腐朽的气味，被医疗器械发出的电子蜂鸣音频频打断，趁还来得及，妈妈迫切地想要将数十载的人生智慧传授给女儿。*听我说，莫妮卡。写下来，莫妮卡。别忘了，莫妮卡。埃米琳·潘克赫斯特没有束缚自己，所以我们才能在别人的车轮里扮演小小的齿轮。做你自己的老板。创造些什么。雇人工作。无所畏惧。做一些你真正热爱的事情。让一切都值得。*所以，她这么做了。

莫妮卡希望能用母亲的名字来给咖啡馆命名，可是她叫查丽蒂②，给咖啡馆起这么一个名字，简直是在暗示大家不用付钱，似乎不是什么明智的商业决策。等真正经营起来就知道，情况已经很糟糕了。

这家咖啡馆是她的梦想，但不能仅仅因此就有必要让别人来免费共享。或者至少，这样的人不能太多，否则就入不敷出了，她总不能永远去填补亏空呀，银行是不会让她这么干的。莫妮卡的脑袋一跳一跳地疼，她走到吧台前，把瓶子里剩下的红酒倒进一只硕大的玻璃杯里。

当老板固然好，她在心里对母亲说，她也很爱自己的咖啡馆，咖

---

① 牌子上写的招租是"TO LET"，加上"I"后变成"TOILET"，即"厕所"。

② 查丽蒂，英文为Charity，是慈善的意思。

啡馆的精髓已经渗透到她的骨头缝里，但那很孤独。她想念茶水间的办公室八卦，想念深夜的工作会议，同事们通过比萨不断巩固感情，她甚至发现自己温柔地回味着那些傻了吧唧的团建日、办公室术语和高深莫测的三字缩写。她很喜欢咖啡馆的团队，但是他们之间总是有一丝丝的距离感，因为她要为他们的生计负责，而此时此刻，她甚至都没法想象自己要怎么过下去。

这让她想起了那个男人——朱利安——问出的问题，在他留在这张桌子上的笔记本里。莫妮卡认可了他的选择。她忍不住观察人们在她的咖啡馆中所选择的座位，以此对他们进行判断。

你有多了解身边的人呢？他们又有多了解你呢？

她想着今天进进出出的人，每一个人到来或离开时，门铃都愉快地响起。他们都同数以千计的人相互关联，社交平台上的朋友，朋友的朋友，这种联系比过去多得多。那么他们也会像她一样，仍然觉得没有一个可以真正与之说话的人吗？不是聊什么名流从某栋房子里、岛上或者丛林里被驱逐出来，而是聊一聊重要的事情——那些让你彻夜难眠的事情。就好像是算不明白的那些数字。

莫妮卡笨手笨脚地将纸张塞回文件夹里，掏出手机，登录脸书，刷了一下。她的社交媒体上还是没有邓肯的踪迹，直到几周前她还一直跟这个男人约会。邓肯是个不吃牛油果的素食主义者，因为果农压榨蜜蜂进行授粉，但是他完全可以接受和她做爱，然后消失。比起她的感受，他更在乎蜜蜂的感受。

她不停地刷啊刷，哪怕知道这样做根本无法让她得到任何安慰，反而更像是一种不那么激烈的自我戕害。海莉已经将感情状况改成了"订婚"。哟，哟。帕姆发布了和三个孩子一起生活的状态，显而易见就是在晒嘛，还蹩脚地用自嘲来遮掩。萨莉则分享了肚子里宝宝的扫描图片——十二周。

婴儿扫描。分享这些有什么意义？这种照片看起来全都一个样，没有一个看起来像真正的孩子，反而更像一张气象图，预告西班牙北部地区被高压笼罩。然而，每次看到一张新图片，莫妮卡都会屏住呼吸，渴望及丢人的妒忌之痛如潮水般席卷而来。有时候，她觉得自己像是一辆破旧的福特嘉年华，坏在硬路肩上，所有人都在快车道上一骑绝尘，嗖嗖地超过她。

今天有人在桌上留下了一本《你好！》杂志，头条很醒目，是个好莱坞女演员43岁"喜当妈"。休息时间莫妮卡翻了一下那几页，想找找看有没有线索说明她是怎么做到的。试管婴儿？卵子捐赠？她早在多年前就冷冻了卵子吗？或者无心插柳就发生了？她自己的卵巢还剩下多久的寿命？它们是否已经打包好行李，准备去布拉瓦海岸享受轻松的退休生活了？

莫妮卡拿起酒杯，绕着店里走了一圈，关掉灯，把歪斜的桌椅摆正。她走到街上——一手拿钥匙，一手拿酒杯，锁上咖啡馆的门，准备打开通往楼上公寓的门。

然后，不知从哪里冒出来一个高高大大的家伙，一个金发女郎活像摩托车挎斗似的被他拖在身边，这家伙以迅雷不及掩耳之势重重地撞到她身上，握在手里的那杯酒瞬间倾洒，全都泼到了她的脸上和男子的衬衫上。她能感觉到一条葡萄酒小溪顺着鼻子奔流而下，沿着下巴滴落。她等着男人低声下气跟她道歉。

"哦，真是见鬼了。"男人说。莫妮卡感到胸口火冒三丈，烧得她满脸通红，咬紧了牙关。

"嘿，是你撞上我的！"她抗议。

"好吧，你到底在想什么？竟然拿着一杯酒戳在人行道的正中间！"他说，"你就不能像个正常人一样在酒吧里给喝完吗？"他的脸庞完美对称，应该颇具古典美，但是丑陋的冷嘲热讽却割裂了这种美感。金发女郎推开他，无脑地咯咯咯笑个不停。

"蠢婊子。"莫妮卡听见男人说，声音被故意压低了，只让她能听见。

莫妮卡径自回到公寓。*亲爱的，我回来了。*她像往常一样说道，轻声细语，并非对任何人说。她想了想，觉得自己要哭了。她把空酒杯放在小厨房的滴水板上，用茶巾擦掉脸上的红酒。她特别想和什么人说说话，却想不出可以打电话给谁。朋友们全都深陷于各自忙碌的生活，肯定不愿意大晚上听她吐苦水。给爸爸打电话没有任何意义，因为继母伯纳黛特视她为新任丈夫的拖油瓶，活像个门卫似的，毫无疑问她必定会声称爸爸正忙着写作，不能打扰。

而后莫妮卡看见了那本写着"真相漂流计划"的浅绿色本子，几天前被她扔在了咖啡桌上。她拿起本子，再一次翻开第一页。

每个人都会用谎言粉饰自己的人生。总有某件事定义了你，让你成为如今的自己，如果你选择说出实话，说出那件事，会怎样呢？

*何乐而不为呢？*她心想，并感受到一股非同寻常、不计后果的冲动。她花了点儿时间才找到一支像样的笔。朱利安写的每一笔都宛如书法作品，若是用脏兮兮的老旧圆珠笔接着后面写，似乎太失礼了。莫妮卡翻到后面的空白页，写了起来。

6　哈扎尔

哈扎尔很好奇，他究竟浪费了多少人生，用于俯身弓腰地趴在厕所的水箱上。如果全都累加起来，很可能有一整天。吸食毒品的时候，他又一起吸入了多少潜在的致病细菌呢？那些粉末又有多少是真正的可卡因而非滑石粉、耗子药或者轻泻药呢？这些问题将不会再困扰他太久，因为这将是他买下的最后一点粉末。

哈扎尔摸索口袋找钞票，然后才想起，他把唯一的二十块钱用在了一瓶酒上，刚喝了一半。在这间浮华奢靡的酒吧里，二十块钱买到的酒更接近于变性酒精而非一瓶好酒。哈扎尔翻遍所有口袋，从夹克内袋里掏出一张叠起来的A4纸——辞职信的复印件。*好吧，这真是暗含了不错的象征手法！*他边想边撕掉了一个角，卷成一支细细的管子。

那熟悉的化学味道击中了哈扎尔，不出几分钟，此前一直缠绕他的急躁感被另一种感觉替代了，就算不是极度愉悦（怀着这种心情的日子已经是很久很久之前了），至少也算心旷神怡。他把卷起的纸管一折，连同装着粉末的小塑料袋一起扔进了厕所的盥洗盆，目送它们被伦敦下水道的深渊吞没。

马桶水箱上的瓷盖沉甸甸的，哈扎尔小心翼翼地抬起来，将盖子靠在墙上。他拿出苹果手机——显然是最新型号——扔进了灌满水的水箱。手机沉入水底时发出了令人满足的扑通声。哈扎尔把水箱盖好，将手机关在了里面，独自沉没于黑暗之中。如今他没办法再给毒品贩子打电话了，也没办法打给任何一个认识那个毒品贩子的人。在那部手机里，他唯一能背下来的是父母的号码，那也是他唯一需要的号码，虽然下一次给他们打电话前，他得多少下一番决心才行。

哈扎尔审视了一下镜中的自己，抹掉红肿鼻孔下方的痕迹。随后他回到桌边，相比离开时，返回的脚步更加有力。这种积极性有一部分来自化学作用，但他同样有那么一丝很久都未曾有过的感受——骄傲。

他疑惑地望着桌子。有哪里不太一样了。那瓶酒还在，还有两只杯子（这样看起来就好像是他在等什么人，而不是独自喝闷酒），以及他打算看的卷了边的《伦敦标准晚报》。但还有些别的东西——一本笔记。做新手交易员的时候他有过一个类似的本子，里面写满了他费劲巴拉搜罗来的一条条消息，都是来自金融时报网的，交易大厅里的老手也会丢些小道消息给他，就像逗弄一条热情洋溢的小奶狗。但是这本笔记的封面上写着"真相漂流计划"几个字。听起来像是有大量的新时代废话。他环顾四周，留意有没有什么看起来神神道道的人，可能把本子随便放在了这里。可是目之所及只有平常那些周中就跑来喝酒的家伙，忙着抖搂工作日的重重压力。

哈扎尔把本子推到桌子的边缘，这样所有者就可能一眼看到，而他呢，则继续完成自己未竟的重要事业——喝完面前的酒。他的最后一瓶酒。对他来说，可卡因与酒形影相随，就像炸鱼和薯条，鸡蛋和培根。如果他要放弃一项，就必须同时放弃另一项。一并放弃的还有工作。他浸泡在化学催生的高昂情绪中，经年累月地在市场中冲浪浮沉，他觉得自己做不到，也不想做到冷静。

冷静。多可怕的一个词。严肃、明智、庄重、刻板、沉稳——没有一个词像哈扎尔这个人一样，他就是"姓名决定论"活生生的案例①。哈扎尔的手牢牢地搭在大腿上，在桌子下面抖个不停。他意识

---

① 哈扎尔的英文名字为 Hazard，该词语为名词的时候，有"危险""冒险的事"的含义。

到自己的牙齿也在抖。和布兰奇共度良宵后，他已经有三十六个小时没能好好睡过觉了。他的精神紧张而兴奋，却渴望更加兴奋，与身体对抗，而身体已经筋疲力尽，只想沉睡。哈扎尔意识到，他终于耗尽了一切，耗尽了他的人生，还有旋转木马一样轮番上阵的兴奋剂与镇静药。

既然没有人对这本遗落的笔记感兴趣，哈扎尔便打开了它。纸页上是密密麻麻挤在一起的手写体。他试着去读，可字母却满眼乱舞。哈扎尔闭上一只眼再去看。手舞足蹈的文字落定为更整洁有序的一行又一行。他草草地往后翻了几页，发现有两种不同的笔迹——第一种笔迹是精致纤细的书法艺术；第二种笔迹则更朴素，更浑圆，更为常见。哈扎尔来了兴趣，但是只用一只眼睛去看实在累人，而且让他看起来像个怪人，因此他合上本子，把它揣进了夹克口袋。

二十四小时后，哈扎尔摸索口袋找笔，再次发现了这本笔记。他花了点儿时间才想起这个本子是怎么跑进口袋里来的。他的大脑好像雾气弥漫，头剧痛无比，虽然疲惫十足，却依然无法入眠。他躺在床上，所谓的床就是一团汗津津、发霉的床单和羽绒被，他抓紧本子，读了起来。

你有多了解身边的人呢？他们又有多了解你呢？你知道邻居们的名字吗？如果他们陷入麻烦或者离家多日，你能注意得到吗？

哈扎尔兀自一笑。他唯一感兴趣的人只有自己而已。

如果你选择说出实话，说出那件事，会怎样呢？

哈！那他肯定会被抓起来。显然会被烧死。不过，现在要烧死他已经来不及了。

哈扎尔继续往下读。他相当喜欢朱利安。如果他能再早四十年出生，或者朱利安再晚生四十年，他完全想象得到，他们一定会成为朋友——一起在城里过夜生活，竖中指，掀起大骚动。但是他一点儿也不确定到底要不要说出自己的故事（他都不愿对自己讲述，更别提对其他人了）。真实性是他完全可以剥离掉的东西。这么多年来他一直在躲避所谓的真实。他继续往后翻。他很好奇，在自己之前，是谁捡起了这个本子呢？

我叫莫妮卡，我在自家咖啡馆里发现了这本笔记。读了朱利安充满隐形人之感的故事后，你很可能会依着刻板印象，想象出一个靠养老金过活的老人，从头到脚穿着米褐色哔叽呢，腰部有松紧带，脚上是矫正鞋。好吧，我必须告诉你，那才不是朱利安呢。在他留下这本笔记之前，我亲眼看见他在上面书写，在我遇到过的70多岁的老人里，他是最不可能被人无视的一个。他长得很像甘道夫（不过没有胡子），穿的嘛，很像鲁珀特熊，通身芥末黄，丝绒便服，格子裤。但他就是应该这么光彩照人。可以看一下他的自画像，在国家肖像美术馆里展出过一阵子。

哈扎尔伸手去拿手机，好搜一下朱利安的画像，这时才想起手机还淹没在小酒吧厕所的马桶水箱里。他为什么会觉得那是个好主意呢？

恐怕我远没有朱利安那么有趣。

对此哈扎尔毫不怀疑。他从她小心谨慎、一丝不苟的笔迹里就能看出来，她就是个紧张兮兮的噩梦。不过，她至少不是那种在所有字母"O"里都画上笑脸的女人。

以下就是我的真相，极其老套乏味，而且是无聊的生理问题：我真的很想要个孩子。要个孩子。可能还想要条狗和一辆沃尔沃。事实上，就是所有这些老套的家庭核心元素。

哈扎尔留意到莫妮卡的冒号使用，看起来有点儿不协调。他以为人们再也不在乎语法了呢。他们几乎不怎么写字了。只发短信，还有表情。

哦上帝，写下来一看真是太可怕了。总而言之，我是个女权主义者。我需要一个男人来让我完整，来支持我吗？我拒绝这种观念，甚至连一些需要自己动手的重活也不行。我是个女商人，在男女之间，我是比较有掌控欲的那一个。恐怕我会是个糟糕的妈妈。然而，无论多么努力地理性思考这整件事，我仍旧觉得身体里有一片不断膨胀的空白，总有一天会将我整个吞没。

哈扎尔暂停阅读，飞快地吞下两片扑热息痛。一颗药卡在了他的喉咙深处，令他作呕。他发现一缕长长的金发落在旁边的枕头上，这让他想起了另一段人生。他把头发拂到地板上。

我曾经是个诉状律师，在一个很有声望的金融城大律所工作。他们付我一大笔钱，雇我是为了让他们的雇员数量在性别平等上好看，于是我的人生就这样变成了计时收费模式。但凡能用来工作的时间都用上了，我总是去健身房释放压力。我唯一的社交生活也都是围着工作派对和客户招待打转。我觉得自己仍旧和学校还有大学好友关系密切，因为我能在脸书上看到他们更新状态，但是呢，在真实的生活当中，其中的许多人我已经多年未见。

要不是妈妈说的那些话，还有一个叫塔尼娅的姑娘，我的人生可能就这样永远继续下去了：埋头苦干，做别人期待我做的事情，获得晋升和毫无意义的奖赏。

我从来没见过塔尼娅，或者，至少我认为我没见过，可是她的人生跟我很像——另一个有很高成就的金融城律师，但比我大10岁。一个星期天，她像往常一样走进办公室。老板在那里。老板对她说，她不应该每周末都来工作，她在外面的世界里也应当有一份生活。老板的本意是好的，当时的那番对话想必触动了什么开关，让塔尼娅意识到，这一切是多么空虚。下一个周末，她像往常一样走进办公室，搭电梯去到顶层，从楼顶纵身而下。报纸竞相刊载了一张她的照片，是毕业那天照的，站在骄傲的父母中间，眼里充满希望和期待。

我不想成为塔尼娅，但我看得出来，我的人生正朝那个方向奔去。我当时已经35岁了，单身，生活中除了工作一无所有。所以，当莱蒂丝姑奶奶撒手人寰并留给我一小笔遗产时，我算上这些钱，连同这些年来一点点存起来的一大笔钱，做了我人生中的第一件也是唯一一件出人意料的事：我不干了。我接手了富勒姆路上一家破败的甜品店，把它变成了咖啡馆，名叫"莫妮卡咖啡馆"。

莫妮卡咖啡馆，哈扎尔知道那里。就在他发现这本笔记的小酒馆的对面，不过他从来没进去过。他更喜欢那些平淡无奇的咖啡小店，小店里千变万化的咖啡师们不太可能注意到有多少个早晨，他跌跌撞撞地进门，宿醉未醒，也不会注意到，他常常在给出纸币前不得不先把它们展平了。莫妮卡咖啡馆看起来总是温馨得过分、正气凛然。全都是有机食物，还有老奶奶们热衷的食谱。那样的地方让哈扎尔自惭形秽。咖啡馆的名字也让他敬而远之。莫妮卡咖啡馆。你会觉得这是老师的名字，要么就是个占卜师，甚至是妓院的老鸨。反正拿来当咖啡馆的名字不怎么样。他继续往下读。

给自己当老板，而不是某个复杂组织架构里的一个名字，这件事仍旧让我兴奋不已（同时还是一个吸取教训、不断学习的漫长过程，这么说吧，本吉不是我的第一个雇员），但也有巨大的空虚感。我知道这家咖啡馆的名字听起来有多过时，但我真的很渴望童话。我想要遇见帅气的王子，从此过上幸福的生活。

我用了手机交友APP"火种"，没完没了地约会。我尽量不那么紧张地挑剔，忽略他们没有读过任何一本狄更斯的作品，指甲脏兮兮的，嘴里塞满食物还说个不停。我发展了很多段关系，有那么一两段我真心以为能开花结果。但最后，全都以同样老套的借口告终："不是你的问题，是我。我还没准备好安定下来……"讨厌，讨厌，讨厌。然后，六个月后，我收到了一条脸书通知，显示他们的感情状态变更为"订婚"，我知道只有我收到了，但我不知道为什么。

哈扎尔倒是可以贸然地猜测一下。

人生中的一切我都是计划好的，也一直都在我的掌控之中。我写待办清单，我设定目标和重要节点，我让事情有始有终。但是我现在37岁了，快没时间了。

37，哈扎尔在稀里糊涂的大脑里仔细掂酌了一下这个数字。他肯定会划掉这么个人，哪怕他自己已经38岁了。他还记得在银行办公桌上向一个哥们儿解释说，当你在超市买水果，你肯定不会挑最接近熟透腐烂的桃子。在他的经验里，年纪大的女人就是大麻烦。她们有期待，有日程表。你知道的，不出几周，你就得跟她们谈一谈。你们必须讨论下一步要往哪里走，就好像你是在22路巴士上，轰隆隆沿着皮卡迪利大街往前慢慢地开。他打了个寒战。

无论何时，只要有朋友在脸书上发一张腹中宝宝的扫描照片，我都会点赞，给她们打电话，滔滔不绝地告诉她们我有多为她们激动，但是，说实话，我只想怒吼，想问为什么不是我。

然后我就得去彼得·琼斯百货的杂货部，因为在一绞绞毛线、编织钩针和各色纽扣的包围下，没人会在杂货店里感到压力，不是吗？

一绞？竟然有这么个词吗？缝纫用品？那种东西竟然还存在吗？人们显然都是从普利马克买一切加工完成的东西吧？而且，这种解压方式多奇怪啊！跟简简单单喝下双份伏特加相比，这种方式也太低效了吧？

我的生物钟太吵，让我整夜整夜睡不着。我就那么躺着，诅咒荷尔蒙让我变成了絮絮叨叨的怨妇。

所以，就是这样了。我已经完成了朱利安要我做的事情。我真心不希望自己有一天觉得后悔。

至于朱利安，好吧，我有个计划。

她当然有个计划，哈扎尔心想。他知道她是哪种人。这种人恐怕都会把生活切分成不同部分，每一部分都有一个分配好的关键性绩效指标。她让哈扎尔想起了某个前女友，在一个难以忘怀的夜晚，那姑娘向他出示了一份PPT，用以呈现两人的关系——优势、弱点、机会和威胁。他当即结束了那段关系，一秒都没耽搁。

我绝对知道该怎样让他再度出来活动。我设计了一个宣传海报，邀请当地画家每周来咖啡馆上一次晚课。我把海报贴在了橱窗上，所以现在我唯一要做的就是等他自己上门。我打算把这本笔记留在对面那家小酒吧里。如果你是捡到这本笔记的人，接下来会发生什么就掌握在你的手里啦。

　　哈扎尔垂下头看了看自己的双手。自从二十四小时前喝完最后一顿大酒——也就是发现这本笔记的那天，这双手就没有停止过颤抖。浑蛋。为什么是他呢？别的不说，他明天就要离开这个国家了。去地铁站的路上他肯定得从莫妮卡咖啡馆门前经过。他可以突然进去要杯咖啡，好好观察一下她，把笔记本还回去，这样她就能把本子给到更合适的人。

　　就在哈扎尔合上笔记本的时候，他注意到莫妮卡在下一页又写了些别的。

　　P.S. 我给笔记本包上了透明的黏膜塑料封皮，做点儿保护，但是请别丢在雨里，无论如何都不要。

　　不知怎么的，哈扎尔有点儿惊讶，他发现自己在笑。

7　朱利安

朱利安进门时将贴在大门上的手写通知撕了下来。他并没有驻足看通知，他知道那上面写了什么。再说了，全都是用大写字母写的，他觉得这种做法有点儿粗鲁，很聒噪，不值得注意。

朱利安给自己泡了杯茶，坐进扶手椅，松开鞋带，脱掉鞋子，将脚搭在面前破旧的箱式凳的脚形凹槽里放松，凳子上盖了壁毯。他拿起最新的服装杂志《时尚芭莎》——每天他定量看上一点儿，这样就能一直看到这周结束。他刚要沉浸在杂志里，敲窗户的声音便粗鲁地打断了他。他又往扶手椅里缩了一点儿，这样从扶手椅的背后就看不见他的脑袋了。过去十五年来，他对无视访客这件事早已驾轻就熟。那段时间窗户也不怎么擦洗，这一点也帮到了他，懒散邋遢造就了窗户模糊这个令人愉快的结果，完全是无心插柳。

朱利安的邻居们变得越来越想吸引他的注意力，烦扰他的次数越来越多。朱利安叹了口气，放下杂志，拿起之前丢在一边的通知。他看了一下，面对名字后面的感叹号皱了皱眉头。

杰索普先生！

我们得谈谈！

我们（你的邻居）都希望接受

房产所有者的开价。

我们需要你的同意，

不然我们没法继续。

请联系4号房的帕特丽夏·阿布克尔，

十万火急！

朱利安在1961年买下这栋小别墅，租赁产权还剩六十七年。以他当时20来岁的有利形势看，"67"这个数字简直像一生一世那么久，根本无须多虑。而现在呢，租约只剩下十年，房产所有者拒绝续约，他希望用工作室所在的这块地为斯坦福桥球场建一个"办公娱乐综合体"，或者随便别的什么。多年以来，朱利安一直生活在球场的阴影之中，而球场一直在壮大，周围也越来越现代化。而朱利安自己却越来越渺小，越来越不时髦。现在它是在以爆炸作为要挟，就像清除硕大的痈疮，要把朱利安他们全部清除，顺着脓水冲走。

朱利安知道合理的做法便是答应。如果等到租约到期，那他们的房产将一文不名。承租人想现在就以接近市场汇率的价格把这块地买断。但是，他对于买断朱利安邻居们的地不感兴趣，如果朱利安的小别墅仍旧占据未来建筑工地的中心地带，那可真是个大难题。

朱利安知道邻居们正越来越急切地渴望那番前景，想要积累财富，像大多数伦敦人一样，这一切与房产密不可分，要以"过往彻底消失"的形式来实现。但是，无论他多么努力，就是没法想象出在别处生活的情形。允许他在生活了大半辈子的家中走完人生的最后几年，这样的要求显然不算过分吧？十年足够了。而且房产所有者给出的那些钱对他而言有什么用呢？投资为他带来了相当可观的回报，他又几乎不过铺张浪费的生活，而他离开的那个小家庭，家人也多年没再见过面，他完全不用担心成堆的法律文书工作和到期期限一同消弭掉家人对遗产的继承。

然而，他知道，拒绝这个提议是自私的。他已经花了太多年时间来做一个溢于言表的自私鬼。有段时间，他一直在为自己的行为付出代价。他已经洗心革面了吧？他真的很愿意这么想——悔过自新，甚至谦逊虚心。因此，他没有说"不"，但也同样没办法说"好"。他是怎么做的呢？他充耳不闻窗外事，无视所有麻烦，哪怕知道问题并不会因此而消失。

越来越狂躁的敲击声持续了五分钟左右，最终传来一句恼怒的感叹："我知道你在里面，老家伙！"邻居终于放弃了。老家伙？还真是。

朱利安的小别墅可不只是他的家，也不只是投资品。这栋房子就是一切，是他所拥有的一切。这里储存了他全部的旧日回忆，也是他唯一能够想象到的未来图景。每当朱利安看向大门，都能看到自己领着新娘跨过门槛，心脏怦怦直跳，深信他搂在怀里的这个女人就是他所需要的一切。当他站在炉子前，便能看到玛丽穿着围裙，头发束在脑后，用长柄汤勺搅动大锅里的拿手菜——红酒炖牛肉。当他坐在炉火边，玛丽就坐在他面前的小地毯上，膝盖与胸口齐平，在看从图书馆借来的浪漫爱情小说，利落的齐耳短发散落到前面来。

也有不那么愉快的回忆。玛丽无声落泪，手里紧紧握着一封情书，是朱利安的某个模特别在画架上的。玛丽站在通往卧室的旋转楼梯上，将另一个女人的高跟鞋猛地扔到他的头上。每当他面向镜子，总能看见玛丽在凝视他，她的眼中蓄满了悲伤与失望。

朱利安并不回避糟糕的记忆，反而会鼓励这些记忆。那些回忆都是他的忏悔。而且，这些回忆竟然能以一种怪异的方式让他感觉到安慰。至少它们意味着，他仍能去感受。它们带来的痛苦给了他片刻的释放，就好像是拿美术刀在皮肤上作画，眼睁睁地看着血液流出来，他只在糟糕透顶的日子才会这样做。别的不说，他的皮肤现在需要花很长时间来恢复。

朱利安环视家中的墙壁，几乎每英寸都覆盖着装裱起来的画作与速写，每幅画都讲述了一个故事。他可以忘我地盯着这些画，一盯就是几个小时。他会回想起和艺术家们的对话，想起推杯换盏间的建议与鼓励。他会想起每一幅画都是如何来到这里的——有的是生日礼物；有的是因为玛丽永远那么殷勤好客，客人们赠画聊表谢意；有的是从非公开展览上买回来的，因为他真的很欣赏它们。就连它们挂在墙上的位置也是有意义的。有时候是按时间排列，其他的呢，则按主题——美女、伦敦地标、独特的透视法，抑或是对光线和阴影的特殊处理。他怎么可能把这些画全都挪走呢？它们还能去哪里呢？

已经快五点半了，朱利安从酒柜里拿出一瓶百利甜酒，往银质的随身扁酒壶里倒了一些，耸耸肩，穿上长大衣，发现没有被邻居们抓住的危险，便马上离开家去往公墓。

远远地，他就发现司令墓有点儿不对劲，但是略微花了点儿时间才看清楚是怎么回事。那里有一封信——白纸黑字。邻居们在所有地方都给他留了字条？他们跟踪他了？愤怒渐渐升腾起来。这简直就是迫害。

等他走近一点儿，才意识到那根本不是邻居们留的字条。那是则广告，他之前见过，就在今天早上。当时他并没有多想，但是现在，一切水落石出，这就是专门为他设计的。

8　莫妮卡

到了星期六，莫妮卡开始对自己的天才计划丧失了信心。从她往咖啡馆橱窗上贴海报算起，已经过去好几天了，但是完全没有朱利安的踪影。与此同时，她还得彬彬有礼地拒绝所有应聘美术讲师的申请者，用的借口也越来越荒唐。谁知道有那么多本地艺术家在找工作啊！作为一名前律师，她也痛苦地意识到自己正在打破现行的就业法中的每一条，不过心中某个角落还是颇为享受的，这还是她人生中第一次没有完全按照书本来办事。

另一个问题是，每一次有新面孔走进咖啡馆，莫妮卡就会怀疑，万一他们就是捡起笔记本的人（她留在了酒吧的空桌上），读了绝望的老处女那尴尬得要死的胡言乱语呢。哎呀！她到底在想什么啊？要是能够删掉那些东西就好了，就像删掉评价不好的脸书帖子。她算是明白了，真实的重要性完全被高估了。

有个女人来到收银台，怀里抱着个小宝宝，不超过三个月大，穿着最可爱的复古紧身裙和开襟毛衣。小宝宝的大眼睛死死地盯着莫妮卡，那副样子就好像是刚刚学会了如何聚焦。莫妮卡的胃部猛然一缩。她默默念诵自己的咒语：我是个强大的独立女性。我绝对不需要……宝宝好像能感觉到她的想法，爆发出刺耳的号叫，小脸绷紧，涨得通红，就像是真人版的手机里的生气表情。"谢谢你。"莫妮卡对小宝宝无声唇语，然后转身去做薄荷茶。当她把马克杯递过去的时候，门开了，朱利安走了进来。

上一次看见他时，他穿得像个来自爱德华时代的古怪绅士，所以莫妮卡假设他的整个衣柜肯定都是那个时代风格的衣服。结果并非如此。他今天的打扮是新浪漫主义风格，大概是20世纪80年代中期的样子。他穿了黑色烟管裤、绒面踝靴和白衬衫，衬衫上有褶边。很多褶边。这种穿衣方式通常还都要有醒目的眼线加持才算圆满。发现朱利安还没那么过火，莫妮卡松了口气。

上一次他坐在了"阅读角"，这一次他还是坐到了那张桌子旁。莫妮卡走过去给他点单，心里七上八下的。他看见她的广告了，所以才到这里来吗？她朝贴了海报的橱窗望去。海报已经不见了。她又看了一眼，仿佛海报能变戏法般重新出现，但是没有，只有粘在四个角上的透明胶带和海报残片。她想着回头得用点儿醋把那些残迹给清理了。

好吧，那个计划就到此为止吧。她的气恼瞬间变成了宽慰。反正就是个愚不可及的点子。于是她鼓足了信心，朝朱利安走去。他看上去只是为了进来喝杯咖啡。

"要点什么？"莫妮卡轻快地问。

"请给我一杯浓浓的黑咖啡。"他回答（不要给他花里胡哨的澳白，莫妮卡在心里备注），同时打开了手中握着的一张纸，抚平褶皱，放在面前的桌子上。那是张广告。但不是原本那张，是复印件。莫妮卡唰地红了脸。

"这是专门给我的，我这么理解正确吗？"朱利安问。

"为什么？你是画家吗？"她磕磕巴巴地问，像极了《问题时间》里的讨论会成员，绕着正确答案打太极，不知道该说真话还是混淆视听。

朱利安凝视了她片刻，像一条蛇在迷惑一只田鼠。"我是。"他回答，"我以为你是因此才把这张广告贴在了切尔西工作室的墙上，我住在那里。不只贴了一份，而是三份。"他猛地拍了拍桌上的纸，重重地拍了三下，"目前看来，还可能是巧合，但是昨天，我去布朗普顿公墓的司令墓，和往常过去的时间一样，在那里，*在他的墓碑上*，又是一张你的广告。所以我认定，你肯定是发现了我的笔记本，并且要跟我聊聊。还有，我不太确定你用的字体。我一直坚持用新罗马字体。我发现，用新罗马字体一般不太容易出差错。"

莫妮卡依然站在朱利安的桌子旁，觉得自己超级像被校长责骂的淘气女生。或者，毋宁说，她想象或许是那种感觉，因为她显然从来没有落到过那种境地。

"可以吗？"她指着朱利安对面的椅子问道。朱利安稍微偏了偏头，模棱两可地点点头。莫妮卡坐下来，花了点儿时间组织语言。她可不打算怯场，眼前浮现出了母亲的模样。

如果你觉得忐忑，莫妮卡，那就想象你是布狄卡，凯尔特女王！或者是伊丽莎白一世，要么就是麦当娜！

"圣母玛利亚？"她问。

"才不是，真傻！那也太恭顺温和了！我指的是那个大明星^①！"妈妈说着就放声大笑，笑得邻居们纷纷砸墙。

所以，莫妮卡让自己变成麦当娜，换上坚定的目光，凝视对面这个让人过目难忘又有点儿微微恼怒的男人。

"你说得对，我确实捡到了你的笔记本，这张广告也是为你写的，但是我没有把它贴在你的墙上，或者贴在司令的墓碑上。"朱利安挑起一边的眉毛，表示强烈怀疑。"我只做了一份海报，贴在了橱窗上。"她朝之前贴海报的那块地方指了指，"这是复印件。我没有弄。我很好奇是谁干的。"这个问题啃噬着她。到底是什么原因让人偷走了海报呢？

"好吧，如果不是你的话，那就肯定是别的读了我故事的人。"朱利安说，"不然他们怎么知道我住哪儿呢？又怎么会知道司令墓呢？在

---

① 美国明星麦当娜·西科尼的名字Madonna，也有圣母玛利亚的意思。

那个墓地里，唯一贴了你这张广告的墓碑是我连续造访了四十年的那一块，绝对不可能是巧合吧？"

莫妮卡越发不安起来，因为她意识到，如果有人读了朱利安的故事，那么他们肯定也读了她的故事。她在精神上将这个念头归为"太尴尬了，目前不能去想"。毫无疑问，之后她会再考虑这个问题。

"所以，你有兴趣吗？"她问朱利安，"你能为我上一门晚间美术课吗？在咖啡馆里。"

莫妮卡的问题在空气中悬浮良久，她不知道自己该不该再问一遍。而后，朱利安的脸像手风琴一样皱起来，他露出了微笑。

"那么，既然你和别的人，似乎还有那么个人，那么不辞辛劳，如果没兴趣的话会很无礼吧，你不觉得吗？对了，我是朱利安。"他说着伸出手来。

"我知道。"她回答，握了握他的手，"我是莫妮卡。"

"很期待和你一起工作，莫妮卡。我有种预感，你和我可能会成为朋友。"莫妮卡去给他做咖啡，感觉自己就好像是为格兰芬多①赢得了十分一样。

---

① 格兰芬多是《哈利·波特》系列中，霍格沃茨四学院之一。

9　哈扎尔

哈扎尔看向窗外，遥望月牙形的沙滩，棕榈树给沙滩镶了边。这片海景真是棒呆了，蒂芙尼蓝，万里无云。如果他在Instagram（照片墙）上看到这里的照片，肯定会怀疑是修过的，加了滤镜。但是，在这里逗留三周后，这一切的完美渐渐让他心烦意乱。早上沿着海滩散步时（那个时间点沙滩还没有那么烫，还能光脚走），他发现自己渴望在洁白细腻的沙滩上发现一坨狗便便——任何能打破这种单调美感的东西都好。哈扎尔时常涌起强烈的渴望，想要大声呼救，但是他很清楚，这片海滩就像外太空一样，没人能听到你的尖叫。

哈扎尔之前来过这座岛，那是在五年前。当时和几个朋友一起待在苏梅岛，他们租了一条船，到此一游。对他来说，这里的生活太偏离常规，他一直急切地想要回到酒吧、俱乐部和苏梅岛的满月派对里去，更别提可靠的电力、热水还有无线网。但是，他近来的经历恍若茫茫沙漠，藏身于无穷无尽的一夜情的闪回里，肮脏而污秽，醉醺醺地狂发短信，在漆黑的小巷子里与奸商约见，关于这地方的回忆反而若隐若现，而那些回忆便是沙漠中一方安宁的绿洲。因此，当他终于下定决心洗心革面，理顺自己的生活时，他便订了一张来到此地的单程票。毫无疑问，这座岛屿离让他陷入麻烦的一切可能都那么遥远，而且足够便宜，如果有必要的话，能让他靠最后一笔金融城奖金活上几个月。

小海滩的一头有家咖啡馆——"幸运妈妈"，而在另一头，是家叫

"花生"的酒吧（得名于酒吧里的唯一小吃）。两者之间排列着二十五栋简陋的小屋，掩映在棕榈树下，远眺大海，仿佛悬挂了一排珍珠，但毫无光泽。八号屋属于哈扎尔。就是个简简单单的小木屋，不比爸爸花园里的棚子大多少。

屋里有间卧室，几乎被一张双人床填满，床上拢着大大的蚊帐，然而千疮百孔——那些洞大得能让一整个饥饿的昆虫旅行团随便进出。屋里还有间小浴室，附带马桶，一边挂着冷水喷头，活像是紧紧抱住母舰的逃生舱。窗户和餐厅传菜口没什么两样，只是衬了更多的蚊帐。其他的家具就只有床头柜了，是用虎牌啤酒箱做的。哦，还有一个独立书架，存放着一堆五花八门的图书，都是离开这里的旅人留下来的，几个挂钩上挂着从城里买来的各种纱笼。如今他什么都不穿，只裹着条"裙子"招摇过市一整天，他很好奇从前的老伙计会怎么想他。

哈扎尔躺在吊床上轻轻摇荡，吊床悬挂在木质平台的两根柱子间，平台跟他的小房子一样宽。他看到一辆小小的摩托艇停泊上岸，正在召集从苏梅岛到此一游的人，大概有十五人，随后海滩上只剩下住在这里的人。随着太阳沉入地平线，天空一点点儿地变成深深浅浅的红色与橙色，绚烂夺目。哈扎尔知道，不出几分钟天就会黑下来。这里远离闹市的喧嚣，离赤道是那么近，太阳在此匆匆退场。没有他在家中习惯的拖延、浮夸和戏谑的告别——更像是寄宿学校里学生宿舍熄灯的样子。

他能听到"幸运妈妈"的发电机启动了，还捕捉到一丝极其微弱的汽油味儿，还有安迪和芭芭拉的说话声（哈扎尔猜，这很可能是和两人的泰语名字比较近似的英语发音），大概是准备做晚饭了。

距离哈扎尔上一次喝酒已经过去了二十三天。他很确定，因为他在木床的底座上刻了数，就像是恶魔岛的囚徒，而不是身处世上最美角落的游客。那天早上，他数出了四小批药。已经有很长时间了，不时有一浪又一浪的头痛来袭，大汗淋漓，浑身颤抖，夜晚充斥着最鲜活的梦境，在梦里他重温最疯狂的放纵。

然而，哈扎尔的感觉还是渐渐好了起来，至少身体上恢复了不少。混乱和疲倦感渐渐消退，取而代之的却是情感海啸。内疚、悔恨、恐惧、厌倦、忧虑，从前他总是用一小杯伏特加将那些恼人的情绪一扫而空。一桩有趣的奇闻异事，为了在夜店厕所隔间里快速做爱而背叛女友们，糟糕透顶的交易让他拥有了一种化学上的刀枪不入之感，这些回忆当中的秘密蜂拥而至，挥之不去。奇怪的是，在进行这种可怕的反省时，他发现自己在想着那本绿色笔记本里的故事。他想象玛丽竭尽所能不去在意朱利安的模特；深夜时分，朱利安在画布前辛苦作画；塔尼娅啪嗒啪嗒地走在人行道上；莫妮卡递上麦芬蛋糕，憧憬爱情。

当哈扎尔出现在"莫妮卡咖啡馆"，想要还回笔记本时，他惊恐地意识到，莫妮卡就是他那天夜里撞到的女人，翌日他辞掉工作，转身背对从前生活的林林总总。在莫妮卡发现他之前，他连忙转过身。所以，笔记本还在他的手里，而他拿着这本笔记的时间越久，留存其中的秘密就越是深入他的思绪，拒绝搬走。他想知道，莫妮卡有没有说服朱利安来上美术课，什么样的伴侣会比较适合她。

铃声响彻海滩。晚上七点，晚饭时间。"幸运妈妈"只提供晚餐。在步行范围内，这里是唯一可以吃饭的地方，他们给你什么你就吃什么。这不同于以往无穷无尽的选项，每个选项还有附加问题：是茶还是咖啡？卡布奇诺，美式，还是拿铁？普通牛奶，脱脂牛奶，还是豆乳？如今他发现，若是无须选择反而让他为之振奋。

半露天式的餐厅铺了木地板，茅草屋顶下摆了一张几乎占满餐厅的长桌。虽然也散放着几张小桌，但新来的客人马上就会搞清楚，唯一能做的便是加入大桌上的用餐者行列，除非你想让所有人都怀疑地盯着你，好奇你是不是有什么秘密要隐藏。

哈扎尔看着其他游客沿着海滩朝"幸运妈妈"这边走，这时他有了个主意。他在这里遇到的许多人都来自伦敦，不然就是把伦敦放在了旅行日程上。他可以把这些人全都考察一遍，给莫妮卡找个男朋友。毕竟，他对莫妮卡也算是了解了。他还从来没有这么费心地了解过自己交往过的女友们。他可以像她的救星一样，成为她的秘密媒人。肯定很有意思。或者，至少，是件值得干的事儿。

哈扎尔坐了下来，因为新的使命而重新充满了活力，偷偷审视起其他游客。据他所知，目前他留在这里的时间排得上第四长。大多数人停留的时间都不会超过五天。

尼尔，哈扎尔的邻居，住在九号房，待在这里的时间最长，接近一年。他曾发明了某种APP，卖给一家大型科技公司。从那以后，他就一直沉醉于内心的嬉皮士本色。他试着教过哈扎尔冥想，或许他感受到了哈扎尔内心的骚乱，哈扎尔却始终没办法静下心来不去想尼尔的脚——那上面覆满了泛黄的死皮，脚指甲又厚又硬，像马蹄一样。这让尼尔在哈扎尔的新游戏里毫无胜算。就算莫妮卡再急不可待，也不可能接受那双脚。事实上，哈扎尔心想，洗洗脚还真是尼尔最需要做的事。在哈扎尔的印象中，莫妮卡就是那种极其挑剔个人卫生的人。

丽塔和达芙妮待的时间相对也比较久：两人都退了休，一个是寡妇，一个从未结婚，两个人都极其看重礼貌礼节。哈扎尔看到丽塔正盯着另一个客人，那人正粗鲁地伸手越过她去拿水罐。她们俩各住一间小屋。从理论上来说，达芙妮住七号房，哈扎尔已经习惯了早起，却只见过她在早上进入小屋而非离开，导致他怀疑她们是在享受迟暮之年的同性之欢。再说了，有何不可呢？

安迪动作夸张地在哈扎尔的面前摆上一只盘子，里面盛着一条大大的烤鱼，足够四个人分食。

哈扎尔老到的目光沿着长桌扫视过去，排除掉爱情进展到各种阶段的情侣，还有那些30岁以下的人。哪怕有人非常开明，可以跟年纪大的女人发生关系，但他们也不大可能准备好面对生儿育女之类的事情。对莫妮卡而言，这是成败的关键。

哈扎尔的目光很快锁定在两个加利福尼亚姑娘的身上，他猜，这两人绝对不超过25岁，身上散发着蜜桃般的光芒，天真无邪，新鲜可人。哈扎尔漫不经心地琢磨，是不是可以和其中一个发展一下呢？或许两个都行。但是他觉得，没有虚假的自信，没有酒精，没有这些东西的催化，他还没做好吸引异性的准备。

此刻，哈扎尔忽然想到，在布兰奇之后，他没再做过爱。真的，他已经很久没有清醒地做爱了，自从……他将回忆往前倒啊倒啊，差点儿就要得出从未有过这一结论。这想法太吓人了。

哈扎尔转向坐在他左边的瑞典人，伸出手去。看起来从他开始应该不错。

"嗨，你肯定是新来的吧。我是哈扎尔。"

"甘瑟。"瑞典人微笑着回答，露出的牙齿令人印象深刻，是典型的斯堪的纳维亚人的牙齿特点。

"你从哪儿来，要到哪里去？"哈扎尔使用了这座岛上惯用的开场白，有点儿像在伦敦的时候谈论天气。但是在这里说天气没有意义，因为天气始终如一。

"我从斯德哥尔摩来，要去曼谷，然后去香港，接着是伦敦。你呢？"

对方提到伦敦的时候，哈扎尔在心里跟自己击掌。有希望。

"我从伦敦来，在进入下一份工作之前来这里泡上几个星期。"他回答。

吃鱼的时候哈扎尔和甘瑟聊起了自动驾驶仪。他发现很难将注意力集中在他们的对话上，因为他被甘瑟的冰啤酒牢牢吸引了。冷凝的小水滴顺着玻璃瓶滑落下来。哈扎尔担心，要是找不到其他能分心的东西，他可能会一把抢过啤酒，一饮而尽。

"你玩西洋双陆棋吗？"吃完饭后他马上问甘瑟。

"当然。"甘瑟回答。

哈扎尔走向摆在角落里的桌子，那张桌子的一面刻了国际象棋的棋盘，另一面则刻了西洋双陆棋的棋盘。

"那么，你在家里是做什么的，甘瑟？"摆棋子的时候哈扎尔问道。

"我是个老师。"他回答，"你呢？"

哈扎尔心想，这真是十足的好消息。老师一职比较容易调动工作，对孩子也有好处，而且他还特别留意去看甘瑟宽大的手，手指甲干干净净，修剪细致，打理得很不错。

"股票交易员。"哈扎尔回答，"但是回家以后我打算找份新工作。"

甘瑟掷出了一个"6"和一个"2"。哈扎尔等着甘瑟走出经典的一步，堵上自己的路。结果他错过了。还真是业余啊。对哈扎尔来说，这是一条红线。但他马上提醒自己，他并不是要把甘瑟当作自己的终身伴侣来看待，在擅长双陆棋方面，莫妮卡很可能没那么挑剔。

"你在家乡有老婆吗，甘瑟？"哈扎尔切中要害，直接问道。他没看到结婚戒指，但是仔细核查一下总是明智的。

"没有妻子。有女朋友。但是，用英文怎么说来着？旅途上的就留在旅途，对吧？"他若有所指地冲那两个加利福尼亚女孩点了点头。

哈扎尔觉得自己的情绪像是爆破的气球，一下子泄了气。英语俗语的使用令人印象深刻，但是道德败坏得厉害。甘瑟有一种大家长似的可靠感，这句话说出来让哈扎尔很惊讶，但甘瑟肯定不行，莫妮卡值得更好的人。现在，他该怎么把棋盘上甘瑟的棋子都给清除掉，然后上床睡觉呢？

哈扎尔紧紧提着一盏燃油防风灯回到八号房，因为夜已深了，所以发电机停止工作，他发觉自己竟然一点儿也不累。然而，他也不想加入"花生"酒吧的狂欢人群：想到眼睁睁地看着别人喝酒，自己只能小口地喝健怡可乐，他就筋疲力尽。他看向书架，上面的书他至少全都读过一遍了，除了达芙妮给他的那本芭芭拉·卡德兰的书。昨天他努力尝试了第一章，简直闪瞎他的眼。然后他注意到朱利安的笔记本探出头来，仿佛求着他拿起来。哈扎尔从书架上拿下本子，又拿起一支圆珠笔，翻到最新的空白页，写了起来。

10 朱利安

朱利安醒来时有一种不大一样的感觉。他花了点儿时间才搞清楚到底哪里不同。这些天他觉得自己的头脑和身体似乎在以不同的速度运转。早上的第一件事是他的身体会醒过来，但头脑则要再过一会儿才能跟着醒来，搞清楚自己人在何处，发生了什么。这就是衰老，毕竟他总是待在同一个地方，也没有任何事情发生。身体与头脑会有片刻相交，或者同步，然后在剩下的一整天里，他的身体都会稍稍滞后于头脑，并拼命地想要跟上步调。

想这些的时候，朱利安盯着床边墙面上深浅不一的绿色线条，就像斑驳的草叶沐浴在阳光中。那都是玛丽画的，那时她正琢磨着如何重新装饰卧室。最终，那些颜色没有一个入选，房间保持了原先脏兮兮的象牙色。或许那时玛丽就已知道，改变是没有意义的。

终于，朱利安意识到今天早晨究竟有什么新情况。一种有目标的感觉。他今天有事情要做——赴一个约会。人们翘首以待，指望着他。他比平常更为精力充沛地掀开被子，缓缓下床，小心翼翼地走下旋转楼梯。阁楼上是他的卧室和浴室，楼梯从那里通下来，一直通往客厅和开放式的小厨房。厨房里，有一张待办清单贴在冰箱上。

1.选择服装
2.搜集材料
3.艺术商店

4.道具

5.晚上七点准时抵达"莫妮卡咖啡馆"

他在"准时"下面画了两道线。不是因为他健忘，而是因为除了某些例外情况——见牙医——多年来，他没必要准时去任何地方，所以异常激动。

喝完早上第一杯特浓咖啡后，朱利安走进衣帽间。从前他和玛丽会留客人过夜，这里曾是客房，但现在，这里满满当当塞着一排又一排朱利安的衣服，全都挂在金属轨道上，鞋子在轨道下排成一排。朱利安很喜欢自己的套装。每套衣服都承载了一段回忆——一个时代，一个事件，一桩风流韵事。若是你闭上眼睛，深深呼吸，能闻到有些衣服上仍旧残留着旧时代的香气——玛丽手做的橘子酱，来自威尼斯假面舞会焰火表演的无烟火药，或是来自克莱里奇一场婚礼上的玫瑰花瓣。

朱利安为今天挑出的几套不同的备选服装，都搭在角落的躺椅上。最近穿衣服花的时间太长了，因此，在开始试穿前将全部衣物都挑选得当显得至关重要，不然他就得被困在衣帽间里一整天，用那双越来越不配合的患了关节炎的手整理了上面就顾不得下面。他朝那几套衣服投以批判性的目光，最后决定穿那套比较素雅的去。专业，像个工作的人。他有要务在身——上美术课，因此不想让自己的穿着过分夺目。

朱利安去到工作室，房顶有两倍高，阳光穿过玻璃屋顶和落地的玻璃窗倾泻而入，他打开标记了"铅笔"的抽屉。朱利安并不是个天生爱整洁的人。不管以什么人的标准来看，他的小别墅都堪称乱得一团糟。但是在他的人生当中，有两类东西始终保持整洁，且安排得非常妥帖，那就是衣服和美术材料。他仔仔细细地选择了一排铅笔、石墨棒和橡皮擦，有些非常新，有些则能回溯到披头士的年代，其他画具都介于两者之间。朱利安最喜欢的铅笔已经被削尖过太多次，短得几乎握不住，但他没法扔掉。它们可都是老朋友啊。

还能拢起一堆铅笔来，朱利安很开心。那位带着善意的女士莫妮卡对他说过，今天晚上会有十个人来听晚课。她甚至得将一些人拒之门外！这么看来，他还是老当益壮嘛。

朱利安在工作室里转来转去，搜集可能对新学生有用的东西。他发现了一批画板，可以让他们把速写钉在上面。他拽下各式各样搭在模特身上的布料，用来做背景布。他搜寻自己最钟爱的策展参考书，想找出最能给天真少女带来灵感的内容。他尽力不让那些按照年代排列整齐的展览目录分散他的注意力，这些目录轻而易举就能将他送回60年代、70年代和80年代的"伦敦艺术世界"。

课程是两个小时，莫妮卡按每个学员十五英镑收费。他想过这未免也太多了，但莫妮卡却轻飘飘地对他说，这里是富勒姆。人们付给遛狗工的钱都比这多。莫妮卡付给他一节课七十五英镑，（一大笔钱！）还给了他所谓的"小额备用现金"，用来支付从艺术商店购买的额外物品。朱利安看了一下怀表，上午十点，艺术商店才刚刚开门。

朱利安走过咖啡馆时，能看到莫妮卡正绕着排在柜台前的队伍艰难地找路，手里端着一盘饮品。他注意到，莫妮卡没有一刻停下过，哪怕是坐着的时候也生气勃勃，马尾辫神气活现，甩来甩去。当她聚精会神地做什么时，就会绞着一缕头发，一圈圈地绕在食指上；当她听人说话时，会把脑袋歪向一边，就像他的老杰克罗素狗那样。

朱利安仍然很想念他的狗，基思。玛丽离开几个月后，基思也离开了。他责怪自己深陷于对玛丽的愧疚，因而没有给予宠物足够的关注。基思变得憔悴，越来越没有精力，越来越没有生气，直到有一天，它再也不动了。朱利安试图模仿这种缓慢而坚决的自我了结方式，但是，就像许多事情一样，他失败了。他将基思的身体装在超市的环保袋里带去公墓（真是讽刺啊），趁着没人旁观的时候，把基思埋在了司令墓的旁边。

莫妮卡似乎永远知道自己在做什么，要去哪里。大多数人似乎都是被生活的变迁裹挟着前行，但莫妮卡像是在指挥生活，甚至对抗生活，每一步都是。朱利安才认识她一周左右，然而，她似乎已经带上了他，重新安排了他周围的一切，然后将他放在了一个已经改变的现实里，这现实异乎寻常，令人惊叹。

可是，虽然莫妮卡已经对他的人生产生了重大影响，朱利安还是注意到自己几乎不了解她。莫妮卡似乎为自己建造了一层保护罩，他真的很想画她，就好像他的笔刷能够揭开保护罩下的真相。朱利安已经有十五年时间未曾想画任何人了。

过去几年里，他多次走过这条路，对匆匆掠过身旁的路人感到惊奇，想知道他们要去哪里、去做什么。与此同时，他自己却是毫无理由地将一只脚迈到另一只脚的前面，唯一的理由就是恐惧，他生怕自己不这么做就会彻底无法动弹。但是今天，他也成了路人中的一员——是要去往某个地方的某个人。

朱利安小声哼唱起来，引得几个路人扭过头来，在他经过的时候冲他微笑。朱利安不习惯引来这种反应，因此狐疑地望着他们，这一刻他们恢复了匆匆的脚步，继续赶路。在艺术商店，他挑选了十二张巨大的绘图纸，拿去了收银台。他默默地想着，没有什么比一张白纸更让人激动，也更让人不安。

"我为要上的美术课挑用品。"他对收银员说。

"嗯嗯。"收银员回答。你绝对不会将他描述成一个健谈的人。

"我很好奇，今晚的课堂上会不会有崭露头角的毕加索。"他说。

"是现金还是刷卡？"收银员回应他。翻领上的徽章显示出他是五星级客户服务的收银员。朱利安很好奇，一星级收银员得是什么样的。

下一站：道具。

朱利安停在街角的商店，一大篮一大篮的水果和蔬菜堆在街道上。或许可以放一碗水果？不好。太无聊和老套。毫无疑问，就算是初学者的课堂也可以更有一点儿挑战性吧？而后，就好像是一条湿漉漉的烟熏鲱鱼打在他的脸上，鱼店的气味儿让他突发奇想。他朝橱窗里望去，有了，就是它了。

11　莫妮卡

　　莫妮卡看向咖啡馆墙上大大的时钟，差两分钟到七点。美术课的大部分学员都已抵达，正用红酒点燃各自的创造力。莫妮卡免费提供第一杯酒作为鼓励，刺激大家前来报名。寻找学员真是一场噩梦，她不得不拉些熟人才行。她哄劝几个供货商一起来，还有本吉的男朋友巴兹。为了填上最后一个名额，她甚至放下脸面跟擦窗工调情，并且为自己这样做而向埃米琳·潘克赫斯特道歉。现在，如果算上她自己，一共有十个参与者。很体面的人数。如果本吉能够设法多卖点儿酒或者其他饮料和小食，那么，哪怕她将第一堂课的费用打折到十英镑，或许也可以刚好（刨除支付给朱利安、本吉的费用，还有材料费）不赔不赚。她又瞟了一眼挂钟，她希望朱利安别失去勇气。

　　屋里充斥着嗡嗡嗡的对话声，学员们竞相告诉彼此自己多么没有艺术天赋。然后，门开了，大家安静下来。莫妮卡已经告诉过他们朱利安有点儿"古怪"。她还稍稍夸大了一点儿他的履历。她有十足把握，他并没有真的给女王画过像。但是，就朱利安的登场而言，无论之前再怎么渲染都不为过。他站在门口，穿着鼓胀起来的画家罩衫，头戴酒红色浅顶卷檐软呢帽，打着图案繁复的宽领带，脚踏一双木底鞋。

　　朱利安停在门口，仿佛是在等着大家仔细地打量自己。而后，他将手伸入罩衫，动作相当夸张，拽出了一只大龙虾。巴兹噎住了，一口红酒全喷在十号桌和本吉的新T恤上。

"上课！"朱利安说着微微欠身，动作幅度很小，但又很戏剧化，"来看看今天的主题。"

"上帝啊！"巴兹压低声音，惊诧不已地说，"那东西还活着？"

"他确实挺老的，不过还没死。"本吉回嘴。

"我说的是龙虾，这显而易见吧？"巴兹翻了个白眼，说道。

"别跟个蠢材似的。龙虾是红色的，也就是说已经做熟了。"

"什么是蠢材？某种鱼吗？"巴兹问。

"不是，你说的是青鳕。"本吉说。

"我以为青鳕是个艺术家呢。"①巴兹回答，现在他完全乱了。

本吉和巴兹坐在同一张扶手椅上，因为店里的小型椅子供应不足。巴兹坐在坐垫上，本吉则栖身在一侧的扶手上。两个人都是25岁左右，名字很契合，是现在最流行的浪漫抒情方式——押头韵，但是从外表来看，他们俩则截然相反。本吉是个红头发的苏格兰人，在头发没打理好的日子里，若是直面大风，那样子就是你想象中丁丁②长大以后、长到一米八高的模样。巴兹，长相很有中国特色，个子不高，黑皮肤，精瘦结实。巴兹的父母经营一家中餐厅，是祖父母开的，就在百老汇对面，三代人全都住在店铺上面的公寓里。巴兹的奶奶一直致力于为孙子寻觅个不错的姑娘，希望这姑娘能最终接管忙碌的厨房。

莫妮卡将小小的咖啡桌摆成一个圈，圆心放了张大桌，仓促地准备了一个大平盘，朱利安极其隆重地把龙虾放在盘中，然后将素描纸、画板、精挑细选的铅笔和橡皮分发下去。

"我的名字，"朱利安说，"是朱利安·杰索普。这个帅气的甲壳纲动物呢，名叫拉里。它献出了自己的生命来激发你们的灵感。千万别让它白白死掉。"他坚定的目光扫过张大嘴巴的学员们，"我们要来给

---

① 前文提到的蠢材英文为pillock，青鳕的英文为pollock。美国抽象表现主义绘画大师杰克逊·波洛克的姓氏就是pollock。

② 《丁丁历险记》的主角丁丁。

它画素描。无论你们有没有经验都没关系，试试看就行。我会来回巡视，给你们提供帮助。这周我们都要坚持画铅笔素描。你瞧，素描对于绘画而言就如同语法之于文学。"这下莫妮卡感觉舒服多了，她喜欢语法。"下周我们可以进入炭笔或者粉彩画，最终画到水彩。"朱利安用力地摆动手臂，让罩衫的袖子鼓胀起来，活像巨型信天翁的翅膀。莫妮卡的素描纸被他扇起的风吹到了地上。"开始吧！大胆些！勇敢点儿！但是，重中之重，做自己！"

两个小时一闪而过，莫妮卡完全想不起上一次觉得时间如此飞快是什么时候。朱利安轻手轻脚地巡视围成一圈的小桌，在学生们将这个史前模样的生物英勇定格在纸上时，一次次突然俯下身来给出鼓励、赞美，去调整阴影的轻重。莫妮卡对于自己笔下拉里的比例相当得意，她利用朱利安教给大家的方法仔仔细细地精准测量了拉里，即举起铅笔，闭上一只眼。她忍不住地想，要是有把尺子的话肯定更精确，更高效。但是她也注意到，自己画的龙虾看起来特别二维，就好像是被什么高处坠落的东西给狠狠砸扁了。她感觉到朱利安在她的身后。他靠近过来，手里握着铅笔，在她的素描纸的角落里熟练地画了一只龙虾的爪子。不过寥寥几笔，他就创造出了某种跃然纸上的活物。

"这样。看到没？"他问莫妮卡。是的，她看得出不同，但是她能依样画葫芦吗？根本没有希望。

有几次，电话铃声、语音消息发送、推特和色拉布（Snapchat）的声音打破了安静的空气。朱利安一直在屋里巡视，将所有人的手机都放进他的软呢帽里，无视大家的抱怨和抗议，这些手机很快就被流放到了吧台后面。莫妮卡意识到这还是这么多年来，她第一次度过了两个小时却没有看一眼手机，否则她只有真正睡着或者没信号的时候才会不看。竟然有一种奇怪的解放感。

晚上九点整，朱利安拍了拍手，结果吓得一半学员都跳了起来——他们画得太专心了。"女士们，先生们，这周的课就到这里了！

是个非常不错的开始。大家都干得漂亮！不要忘了在你们的画上签名，写上日期，然后把它们拿到前面来，放这里，这样我们就都可以看一看了。"学员们慢吞吞地往前挪，小心翼翼地将自己的素描紧紧抓在手里，虽然他们画的全都是同一只龙虾，但每个人画的都大不相同。朱利安尽量找出一些积极的点来评价每一幅画，指出非同寻常的画面结构、对光线颇具魅力的观察以及美妙的轮廓。虽然莫妮卡非常钦佩他这份完全出乎预料的体恤，但她真的很想知道一件事：她赢了吗？

"现在，"朱利安转向莫妮卡，说道，"你打算怎么处理拉里？"

"呃，吃了？"莫妮卡回答。

"正合我意！没错，我们需要盘子和餐巾。还有剩下的面包吗？奶酪呢？或许，再来点儿沙拉？"

莫妮卡没能说出她的意思并不是现在就吃。天啊，这是在变成晚餐派对吗？没有一点儿计划和准备。显然不可能顺利收场吧？

本吉和巴兹在小厨房和大堂之间飞快来回，端来盘子、午餐时剩下的法棍、半块熟透的布里奶酪、一些随机组合的沙拉菜和一大罐蛋黄酱。朱利安不知从什么地方变出了一瓶香槟。这玩意儿是跟拉里一起藏在他的罩袍里吗？不然还能藏在哪里？莫妮卡打了个激灵。

没过多久，莫妮卡发现自己不由自主地开始享受这一切。她努力不去想急速缩水的毛利润，还从楼上的公寓里拿了些蜡烛下来。很快，派对闪亮开场。

莫妮卡望向朱利安，他正靠在椅子里，讲述时尚而活跃的60年代逸事。

"玛丽安娜·菲斯福尔？多美啊！显而易见，她有天使一样的面庞，但是她肚子里的荤笑话可比学校里性饥渴的男学生还多。"她听见朱利安说。在柔美的烛光里，他的面庞生气勃勃，有那么一瞬间，看起来就像是国家美术馆里他的那张半身像。

"那时候的富勒姆是什么样啊，朱利安？"莫妮卡问他。

"亲爱的小姑娘，很像是美国西部！我就住在城市边上，很多朋友都拒绝冒险再踏进这里一步。这里很脏，是工业区，也很穷。我的父母很害怕，从没来过。他们只有在梅菲尔、肯辛顿、伦敦周围各郡才能开心。但是我们都很爱富勒姆。我们都在寻找彼此。敬拉里！"他高喊一声，举起香槟，"还有，当然也要敬莫妮卡！"他转过头来对莫妮卡微微一笑，补充道，"说到这里，每个人都放十英镑到我的帽子里作为餐费哦。我们可不希望她破产！"

听到这句话，莫妮卡也笑了。

12 哈扎尔

安迪往桌上放了一大盘鱼。

"天呀，也太美味了吧！"新来的人惊呼。哈扎尔猜测这种口音必定继承自从北部来的奶妈，在乡村预备学校定型，经过高级船员餐厅发扬光大。这家伙看起来相当不自在，穿着斜纹布裤，定做的衬衫纽扣一丝不苟地紧紧扣起，显得格格不入。好在起码是件短袖衬衫。哈扎尔给自己设立了一项挑战，在这周结束以前，让这家伙穿上纱笼。

哈扎尔已经完成了一些准备工作。他了解了这个头发蓬松、说话声音刺耳但愉快而充满善意的新人名叫罗德里克，是达芙妮的儿子。哈扎尔可以这么说，罗德里克完全没注意到母亲和丽塔之间的风流韵事。他告诉哈扎尔，他已经放弃了，不再等着达芙妮回到英国，转而选择花几周时间到这边来看看她。他实在不明白她为什么要坚持逗留这么久，但是，如果这样能够缓解丈夫亡故带给她的悲伤，那就是好事一桩。哈扎尔庄重地点点头，他可没从这个快乐的寡妇身上看出一点点丧偶之痛，但他什么都没提。

"你住在什么地方，罗德里克？"哈扎尔一边盛米饭和鱼一边问他。

"巴特西！"他回答，"我是个房产经纪人。"从罗德里克嘴巴里喊出的每一个字都是那么用力，那么热切，哈扎尔简直无法想象他有消极或沮丧的时刻。他可以带给莫妮卡许多正能量，这是显而易见的吧？哈扎尔对房产经纪人很感兴趣，他们和银行职员并列为这个国家最不受待见的人，备受煎熬。不过，以哈扎尔对莫妮卡的印象，她应该没那么狭隘，将一整个行业的人一竿子打死。至少这份工作意味着他收入可观，而且有自己的房子。巴特西又是额外加分项，因为它与富勒姆隔河相望。

"你妻子没一起来？"哈扎尔问道，刻意问得漫不经心。

"我离婚了。"罗德里克从嘴边挑出小小的鱼刺，回答道，这一举动表明他在口腔清洁方面可以达标。他将鱼刺整齐地摆在餐盘的旁边，"不过我们是心平气和分开的。很可爱的女孩，青梅竹马，只是渐行渐远。你知道那是什么感觉。"哈扎尔同情地点点头，虽然他根本就不知道那是什么感觉，因为他与任何人交往的时间都不超过几个月。

"不过，那会让你不愿意结婚吗？你觉得你还会结婚吗？"

"哎哟，当然会，毫无疑问。那可是世上最美妙的结合。"罗德里克望向达芙妮时，脸上的表情柔和下来，似乎没有注意到达芙妮在跟丽塔窃窃私语时把手搁在丽塔的膝盖上，"我的父母特别幸福，你知道的。结婚四十多年。我真希望妈妈别这么孤单。"有那么一瞬间，他看起来是那么悲伤，随后又回过神来，"不过说实话，我自己在这方面做得不是很好。我需要有人来约束我，更别提做饭之类的了。哈哈！只能指望找到足够傻的家伙来带上我！"

哈扎尔回想起笔记本中莫妮卡的故事：我努力不那么紧张地挑剔，忽略他们没有读过任何一本狄更斯的作品，指甲脏兮兮的，嘴里塞满食物还说个不停。"我猜你并没有带书过来，是吧？我的书都看完了。我想要一本狄更斯的书来看看。"哈扎尔说话的时候双手放在桌子的下面，十指交叉。

"恐怕只有Kindle了。从学校毕业后，我就再也没看过狄更斯的作品了。"

那就行了，哈扎尔暗自微笑。经过几个星期的时间，他盘问了每一个年纪大致合适的单身男子，全都徒劳无获，恐怕他到最后也完不成任务了。哈扎尔意识到，在他同最新指定的这位罗密欧互开玩笑时，竟然莫名地感到一丝难过，一点儿隐隐的失落。为一个从来没有说过话的女性寻找另一半，可能是有点儿奇怪，但至少能让他不去想自己的问题。现在要怎么办呢？

莫妮卡和罗德里克。罗德里克和莫妮卡。哈扎尔的心里又浮现出莫妮卡看着自己的样子，但是这一次，莫妮卡脸上的表情是深深的感激，之前可全都是嫌恶。那么，他要如何给这两个不幸的爱人安排一次见面机会呢，毕竟他此刻人在地球的另一端。就在这时，他想起了那本笔记。他得想个办法把本子塞到罗德里克的行李箱里。那本笔记会把他带到莫妮卡的面前。

就在哈扎尔打算回小屋拿来本子的时候，他忽然想起了最后也是最重要的测试题。

"你和前妻有孩子吗？"他问罗德里克。

"有一个。塞西莉。"他回答，脸上漾起傻乎乎的微笑，然后在钱包里翻找照片。就好像哈扎尔真的在乎他女儿长什么样似的。哈扎尔唯一在意的只是罗德里克对下一个问题的回答。

"如果有那么一天，你找到了合适的女人，你还愿意要更多孩子吗？"

"没机会了，老兄。我做了结扎。是我妻子坚持的，她说她再也不想经历那一切了。你知道的——怀孕，尿布，整夜整夜无法入睡。"哈扎尔不知道，他也不想知道，至少此时此刻不想，"那就是导致我们争吵的原因之一，是一切走向终结的开端，我只希望她幸福就好。而且，反正不是吵架，就是没有床上运动。哈哈！"

"哈哈。"哈扎尔跟着笑了两声，心里却在叹气，因为如此一来，他精心拟订的所有计划都像罗德里克的精子一样，付之东流了。生育之类的事情对莫妮卡而言是没有商量余地的。他只能从名单上划掉罗德里克，重新再来。

接下来的几个星期，有好几次，哈扎尔都冒出了放弃配对游戏的念头。要在这样一个袖珍小岛的袖珍海滩上出现一个合适男子，堪比天方夜谭。但是，事情常常如此，就在他放弃努力的时候，宇宙仿佛偏爱拿这种机缘巧合的事情来戏弄他，完美解决方案就这么从天而降。

13 朱利安

朱利安还是无法相信，自从五个星期前，他将笔记本留在"莫妮卡咖啡馆"的桌上，之后他的人生竟然发生了翻天覆地的变化。刚开始"真相漂流"这一计划时，在他的想象之中，会发生些什么呢，其实他完全不确定，但显然没想过因此获得一份工作，还有一群慢慢变成朋友的陌生人。

上周五，他像往常一样，带了瓶百利甜酒，绕道去了司令的墓碑那儿。走近墓碑时，他觉得头脑在戏耍自己。过去与现在在他的脑海中激烈碰撞，这也没什么不寻常，因此看到两个老朋友在那儿等着他，手里还拿了杯子和酒，他也没那么惊讶。但这一次，那并不是记忆制造的幻觉，那是本吉和巴兹（真是好孩子啊）。莫妮卡肯定告诉了他们去哪里找他。

朱利安注意到自己的脚步稍稍地轻快起来，直到最近，它们走起路来还是拖沓着，慢吞吞的呢。他很好奇，那本带来如此巨大转变的笔记此刻又在哪儿呢？他的计划已经很快停下了脚步吗？或是去了这个世界之外的某个地方，那里充满了魔法？

今晚是他的第三次美术课。随着消息传播开来，学员已经增加到十五人，莫妮卡把画拉里画得最好的几张钉在了咖啡馆的宣传板上，打了广告。最终证明，课后那些不刻意却热热闹闹的晚餐（仍旧要用帽子收取十英镑）和课程本身一样有吸引力。这天晚上他要带去一些天鹅绒拖鞋，一本皮面书，还有从家里拿来的旧烟斗，他要把这些物品放到圆心那张大桌上。桌上会铺好有图案的条形布料，组成一幅静物画素材。已经教过使用铅笔和炭笔时的色调浓淡，这一次，他还一起带来了粉彩笔，首次让大家进行色彩尝试。此刻，他正打算给大家展示一些简单的技巧。

朱利安正给大家传看一些德加的画作，身后忽然传来一阵咔嗒咔嗒的声响，他转过身去，看到有人在拧门把手。莫妮卡推开椅子，过去开门。

"不好意思，我们关门了。"他听见莫妮卡说，"这是私人美术课堂。不过现在加入还不算晚，如果你有十五英镑就足够了。"

莫妮卡再回来的时候，身后跟了一个年轻人，朱利安一眼就能看出莫妮卡为什么没有给人吃闭门羹。来者绝对是那种不常遭人拒绝的男人，朱利安猜测。即便是在他这双对于面部对称性以及皮下骨架如此挑剔的眼睛看来，都必须承认，新来的家伙光彩照人。深色皮肤，棕色的眼睛颜色还要更深，但是呢，却有一头乱蓬蓬的金色卷发，凌乱而不真实。而且，好像这样都还不够迷人似的，他转过身来同大家打招呼："大家好呀，我是莱利。"是澳大利亚口音，仿佛连海滩的气息也一并带来了。

莫妮卡又拿了一张画纸，放在自己用的桌子上，并且拉过一把椅子，将自己的东西拿走，给新人腾出地方。

"尽力一试就好，莱利。"朱利安听到她解释，"这里除了朱利安，全都是业余选手，所以别觉得尴尬。对了，我是莫妮卡。"围坐一圈的学员们轮流做了自我介绍，最后是朱利安，他在说出自己的名字时戏剧化地欠欠身，还挥了挥巴拿马帽。今天早上他选择了这顶帽子来搭配亚麻色西装，结果这么一挥，从帽子里掉出三部手机来。他猛地沉下手臂，好像一下子从种植园主变成了扒手。

朱利安注意到，每一个新学员都会给班级带来态度与情绪上的改变，就像是调色板里掺入了新的颜色。莱利掺进来的是黄色。不是浅黄色，不是深镉黄，也不是土黄色，而是阳光般明艳的金黄色。每个人的心头似乎都暖了一些，也更有活力了。苏菲和卡洛琳是两个人到中年的妈妈，总坐在一起，画画时不停地交换从学校门口听来的八卦。两人全都扭过头去看莱利，仿佛追寻阳光的黄水仙。巴兹完全就是一副一见钟情的样子，本吉则有点儿吃醋。而莱利本人呢，完全没有意识到自己所具有的影响力，仿佛一颗鹅卵石，看不到自己在池塘中激起的涟漪。他面对眼前一片空白的黑色墨盒纸，专注地皱起眉头。

苏菲对卡洛琳耳语了些什么，同时还朝莱利的方向点点头。卡洛琳笑出声来。

"打住！"她说，"别逗我笑。我已经生了三个孩子，盆底肌可承受不住这么笑。"

"我完全不知道盆底肌是什么。"朱利安说，"但是下一次请把它留在家里，不要让它打扰我的美术课。"他认为这样说就够了，结果苏菲和卡洛琳却笑得更大声了，让他有点儿恼火。

朱利安开始在屋里进行常规巡视，这边给一句鼓励，那边添上几笔色彩，快速纠正比例和透视关系。来到莫妮卡的身边时，他的脸上不自觉地浮现出微笑。莫妮卡是最勤勉的学生之一，听课很专心，并且真心想要画好。但是今天，这还是她头一回用心去画，而不是只是用头脑去画。她的笔触放松了，更多的是凭本能在运笔。他看着莫妮卡与莱利开玩笑、嬉闹，明白是什么导致了画风上的不同：她不再那么用力了。

片刻之间，朱利安有些疑惑，他是否能够见证这段浪漫爱情的开端呢？或许是段荡气回肠的爱情故事，但也可能只是短暂的小插曲。估计不会吧。成为艺术家的好处之一就是你花了大量的时间来观察人类，不仅是对脸部的阴影和轮廓进行细致入微的审视，同样也要细究他们的灵魂。这种经验会赋予你难以言明的洞察力。你能掌握读懂他人的能力，并且知道人们会做出怎样的反应，尤其是到了朱利安这个年纪。朱利安看得出来，莫妮卡过于独立，过于拼命，而且目标明确，不太可能被漂亮脸蛋吸引。比起婚姻和孩子，她有更远大的雄心壮志。那也是朱利安最欣赏莫妮卡的特质之一。即便是在他最光鲜的时期，他也绝对不会和莫妮卡逢场作戏。莫妮卡会让他害怕。他估计，莱利会白费时间。

14 莫妮卡

门上传来的咔嗒咔嗒声让莫妮卡有点儿恼怒。她一直在专心地画画，努力为自己笔下的拖鞋重新调制出深浅合适的酒红色。她只得起身，去把不速之客扫地出门，但接下来她却开了门，与一个男人迎面相遇，男人脸上的微笑是那么迷人，她发现自己下意识地就把他领了进来，在桌上给他腾了位置，就在自己的旁边。

莫妮卡其实没那么善于应付陌生人。她过于多虑，总想给人留下得体的印象，因此很难放松下来。她从未忘记第一次工作面试前，别人告诉她，人们对你的看法，百分之九十都形成于初次见你的头两分钟。但莱利是那种自来熟的人。他似乎轻轻松松地就融入了这个集体，像是烹饪秘方里的最后一个成分。他是不是无论去哪里都会这样快速融入呢？多非凡的技能啊。她总要费九牛二虎之力才能挤进一个圈子，要么就只能眼巴巴地站在外面，伸长脖子往里瞧。

"你来伦敦多久了，莱利？"莫妮卡问他。

"我是昨天下的飞机。十天前我离开珀斯，路上又停了几站。我现在和朋友的朋友待在一起。"

莱利的言谈举止从容不迫，非常放松，同大多数伦敦人的僵硬、严苛形成了鲜明对比。他脱掉鞋子，光着一只晒黑的脚前后晃荡。莫妮卡很想知道他的脚趾缝里是不是还残留了沙粒。她真想把铅笔掉在地上，这样就有借口在桌子底下摸索一圈，看看到底有没有沙子。她努力扼制住了这份渴望。打住，莫妮卡，她批评自己，想起了妈妈最喜欢的一句箴言：女人需要男人，就好像是鱼需要自行车。但有时候，这话又是那么自相矛盾。因为妈妈还说，不要太晚才组建家庭，莫妮卡。还有什么能比家庭带来的乐趣更多呢？这两句话到底要怎样才能并行不悖呢？就连埃米琳·潘克赫斯特也有丈夫，有孩子——一共五个。恰当地过生活可真是不容易啊。

"你之前来过伦敦吗？"她问莱利。

"没有。事实上，这是我第一次来欧洲。"莱利回答。

"我明天要去博罗市场采购，你想一起去吗？那是伦敦最有名的地方之一。"莫妮卡完全没意识到自己在干吗，话却已经说出口了。这话究竟打哪儿冒出来的？

"非常愿意。"莱利咧开嘴，笑着回答，看上去真诚可靠，"你住在哪儿？我完全没计划。"人怎么可能没计划呢？而且他甚至都没问博罗市场是什么地方，在哪里。莫妮卡绝不会在做调查前就同意某个安排。但是她很高兴莱利同意了。

"不如我们十点左右在这里见面？避开早高峰。"

莫妮卡套了一件鲜红色的毛衣，穿了双低跟靴，戴了大大的圆耳环，为了搭配作为工作服的清爽白衬衫和黑裤子，她还稍微涂了点儿口红。她不断提醒自己这是*出外勤*，不是约会。莱利想对伦敦更熟悉一些，她呢，需要人帮忙拎袋子。如果是约会的话，她肯定会苦苦纠结好多天该穿什么，想好几个妙趣横生的奇闻趣事，在对话中假装不经意地丢进合适的位置，还要查好备选地点，以便随机应变。只有做好充分的准备工作，才能表现得自然从容。也不是说迄今为止这些招数都管用，莫妮卡想到了邓肯，那个热爱蜜蜂的素食主义者。她刻意触碰那段回忆，就像检查疼痛的牙齿，似乎仍有痛感。其实就是隐隐作痛罢了。干得漂亮，莫妮卡。

莱利很晚才现身。莫妮卡知道自己说的是十点左右（她尽量让自己的语气听上去放松而随意），但她的意思就是十点，不是十点三十二分。但是，同莱利生气就好像是对一只小奶狗生气。他是那么朝气蓬勃，对一切都充满热情，和莫妮卡是那么不同。莫妮卡觉得他很神秘，很有趣，同时也让人有点儿筋疲力尽。而且他还那么帅，她心想，而后又责备自己太肤浅。"性别物化"可不行，在任何情况下都不可以。

"真希望我的兄弟姐妹都能看到眼前这一切。"两人在货摊间绕来绕去时，莱利说道。多种多样的文化元素与影响力构成了伦敦这座大熔炉，大家彼此抗衡，冲击感官，为了各自的文化风俗而相互竞争。

"真希望我有兄弟姐妹。"莫妮卡说，"我是个备受期待的独生女。"

"你有没有创造出一个想象中的朋友？"莱利问道。

"没有，的确没有。那是不是意味着我严重缺乏想象力？不过我确实给所有的泰迪熊都起了名字，每天晚上都要拿着登记表给它们点名。"哦上帝啊，她是不是分享得太多了？她绝对是分享得太多了。

"我所有的空闲时间都花在了特里格海滩上，和哥哥们冲浪。在我还很小的时候他们就带我出去，那时候我连冲浪板都拿不住呢。"莱利说。他们排进了买手撕猪肉卷的队伍，"我就是很喜欢街头美食，用手来吃，你也是吧？"莱利问，"我想说，究竟是谁发明了刀叉？真是太扫兴了！"

"真要坦白说的话，街头美食其实会让我有点儿紧张。"莫妮卡说，"我可以肯定他们绝对没有定期进行食品安全检查，而且没有一家有食品卫生证书。"

"我敢肯定，百分之百安全。"莱利说。莫妮卡喜欢他的乐观，只是，虽然他可爱又天真，但也很危险。

"是这样吗？看看那个正在操作的女人。她都没有戴手套，既要做吃的，还要收钱找钱，那双手简直就是滋生细菌的温床。"莫妮卡知道，自己很可能要给人留下轻微强迫症的印象了。很可能，或者说不出所料，莱利并不像她那么在乎食品安全。她还发现，在用到"温床"

这种字眼的时候，她瞬间脸红了。镇定一点儿，莫妮卡。

　　过了一会儿，莫妮卡意识到，虽然不是出于本意，但她明明就是在享受做这样一个女孩：在街上用手吃东西，身边还有个不怎么认识的大帅哥。这绝对是不计后果。相比几分钟之前，世界似乎猛然间变得宽广了，也装满了更多可能性。他们继续前往售卖墨西哥小油条的摊位，小油条还热着，撒满了糖，蘸了融化的巧克力。

　　莱利竖起大拇指，轻轻揩了一下她的嘴角。"你漏掉了一点儿巧克力哟。"他说。莫妮卡的心中涌起一股强烈的欲望，比她对糖的渴望强烈得多。她飞速检索了一遍心里的清单，为何这些挤进她脑袋里的如此色情但绝对不受欢迎的想象永远也不会成真，理由都在这份清单上：

　　1.莱利只是个过客。卷入其中压根儿没有意义。

　　2.莱利才30岁，比她小7岁。而且他看起来比实际年龄更小，是梦幻岛上的迷失男孩。

　　3.他绝不会随随便便就对她感兴趣。她大概知道自己在吸引力等级里的位置。莱利充满了异国风情的帅气（她发现莱利的爸爸是澳大利亚人，妈妈是巴厘岛人），和她根本就不是一路人。

　　"我们得回去了。"她说，同时意识到，如果有那么一条编织好的咒语，那么此刻她正在打破它。

　　"你的父母也是美食家吗，莫妮卡？你的天赋由此而来？"经过某个摊位时，莱利问她。这个摊位摆满了一篮一篮的橄榄，满目深浅不一的绿色和黑色。

　　"事实上，我妈妈去世了。"莫妮卡回答。她为什么要说这个呢？你肯定觉得，现在的她应该明白，这种话题必定能瞬间让一段对话迅速降温。她继续说了下去，滔滔不绝地说了一大堆，避免言语间出现任何空白，以免莱利觉得自己有必要说点儿什么填补一下。"我们家堆满了方便食品——土豆泥、松饼、为特殊场合准备的炸鸡。你看，我妈妈是个激烈的女权主义者。她认为从头开始做饭是向父权投降。当我念的学校宣布说女生们要学家政学，而男孩子要学木工时，她对着学校大门，威胁说要砍掉自己的手，除非我可以自由选择。我太羡慕朋友们了，她们都能带着装饰得美美的纸杯蛋糕回家，可我呢，只能辛辛苦苦地做一只摇摇欲坠的鸟笼。"

莫妮卡还能鲜活地记得自己冲妈妈大吼大叫："*你又不是埃米琳·潘克赫斯特！你只是我妈妈！*"

妈妈回答了，声音如不含一丝杂质的钢铁般冷硬："*我们都是埃米琳·潘克赫斯特，莫妮卡。不然这一切是为了什么？*"

"我打赌你妈妈肯定会为今天的你骄傲，莫妮卡。拥有自己的事业。"莱利说。

此时此刻，这是最正确的一句话。莫妮卡渐渐哽咽起来。哦上帝，拜托你千万别哭。她又赶紧把自己变成麦当娜。麦当娜是永远、永远也不会让自己在公众面前哭出来的。

"没错，我想她会的。事实上，我开这家咖啡馆的主要原因之一，"她说，努力驱走声音中的犹豫和颤抖，"就是我知道她会有多爱它。"

"你妈妈的事我真的很遗憾。"莱利说着伸手搂住她的肩膀，因为拎着太多莫妮卡买的东西，所以动作有点儿笨拙。

"谢谢。"莫妮卡回答，"已经过去很久了。我只是从来没能明白，为什么是她。她真的是个超级离经叛道的人，个性鲜明，活力四射。所以你总觉得，癌症必然会挑个容易点儿的目标才对。每当人们说到与疾病'搏斗'或者'抗争'时，她就很厌恶。她会说：'*我要怎么期待自己去和看都看不见的东西搏斗？根本就不是一场公平竞争，莫妮卡。*'"

他们步频相同地往前走，双双陷入沉默，莱利并没有试图去化解这份沉默，这让莫妮卡很开心。随后，她又将对话拽回了定价结构方面，总算自在多了。

"我不太确定我能不能长时间应付这种天气。我是怎么想到要在11月来英国的？我还从没来过这么冷的地方呢。"穿过伦敦桥、回到泰晤士河北岸的时候，莱利告诉莫妮卡，"我的旅行包里空间不多，只能装一些轻便的东西，所以在冻死之前我得给自己买件长大衣。"他的澳大利亚口音将每一个陈述句都变成了疑问句。起风了，吹起莫妮卡长长的黑发，糊了她一脸。

他们停了一分钟，在桥的正中，这样莫妮卡就能给他指一指泰晤士河沿岸的伦敦地标——圣保罗大教堂、贝尔法斯特号巡洋舰，还有伦敦塔。在她做介绍的时候，意想不到的事情发生了。莱利仍然抱了满怀的盒子还有袋子，俯过身来，亲吻了她。就是那样，在话说了一半的时候。

你不能这么做啊，这显而易见吧？在这种日子，还有这把年纪，根本就不合适。你得先获得允许。或者，至少，等待一个信号。她之前是在说如果伦敦塔上的乌鸦飞走了，迷信说法是皇权和国家就会陷落，而且她绝对可以肯定，这句话百分之百不能被看作邀请。她等着怒气聚集起来。结果呢，她发现自己吻了回去。

"脆弱啊，你的名字是女人！"她心想，紧跟着想到的是，哦，真该死。她不顾一切地抓紧脑海里的那张理由清单，清单上列着，为何这绝对不是个好主意。而后，当莱利再次吻她时，她将这份清单撕成两半，撕成碎片，将纸屑纷纷撒向大桥的一边，眼看着它们如雪花般飘入桥下的河流中。

显然，莱利永远也不属于明智的长期课题，他和自己太不一样了，太年轻，转瞬即逝。而且她愿意打赌，莱利永远也不会读狄更斯的小说。但是，或许她可以拥有这么一段露水情缘呢？看看会怎么样。顺其自然。或许她可以试着戴上那样一张假面，就像穿上化装舞会的套装，就一小会儿。

15　莱利

　　莱利在飞往希斯罗的航班上已经待了几个小时，深深沉迷于面前大屏幕上的航班追踪，上面显示有一架小型飞机正飞越北半球。直到上周，他还从来不曾跨越过赤道。英国的水流真的都是以反方向的漩涡流进排水口的吗？估计他找不出答案，因为他从来没注意过在家的时候漩涡是什么方向。我是说，你怎么会去注意那种事儿呢？

　　他伸手去够放在脚边的旅行包，想拿一直在看的惊悚小说来读，结果却抽出了一个浅绿色的本子。这本子不是他的，虽然让他想起了在家时用的笔记本，里面草草记下园艺生意上的客户信息。有那么一瞬间，他怀疑自己是不是拿错了包，但包里的其他东西都属于他：他的护照、钱包、导览手册，还有鸡肉三明治，芭芭拉包得非常可爱。于是他转向邻座那位面目友善的中年女子。

　　"这是你的吗？"他问，心想她或许是误将他的包当成自己的了，但是她摇了摇头。

　　莱利翻过本子去看封面。封面上写着"真相漂流计划"几个字。"真相"，真是个大词。他在嘴巴里反复体味这个词，大声念了出来。莱利翻开第一页。他还有八个小时要打发，既然这本子免费搭上了他的行李，那么看看里面究竟有什么或许也无妨。

　　莱利读了朱利安和莫妮卡的故事。看起来朱利安像是个很正经的人，在他的想象中，英国人就应该是这种样子。莫妮卡需要再松弛一点儿。她应该到澳大利亚来生活！很快她就会放松下来，拥有一窝一半澳大利亚血统的孩子在脚边跑来跑去，让她发疯。他在《伦敦游览大全》里查找富勒姆，这是客户赠予他的临行礼物。富勒姆就在伯爵宫的拐角处，那正是他要去的地方。多巧啊。想到他从来没有见过这些人，现在却知道了他们心底最深处的秘密，多奇怪啊。

莱利翻到下一页，字迹一下子从莫妮卡整洁的浑圆字体变成了鬼画符，就好像是昆虫穿过一汪墨水，然后死掉了。

我叫蒂莫西·哈扎尔·福特，然而，一旦你有个哈扎尔这样的中间名，就没人会叫你蒂莫西了，所以，人生中的大部分时间，大家都只知道我是哈扎尔·福特。没错，我的名字听起来像个路标，这种玩笑我都听腻了。哈扎尔是我外公的姓氏，把这个名字加到我的名字里可能是我父母做过的最有突破性的事情。从那以后，他们的全部人生就被"邻居们会怎么想"这个问题给占据了。

哈扎尔，莱利当然知道这人是谁。他的上一站是泰国，哈扎尔就是他在那儿遇到的前股票交易员，对莱利的生活和计划都特别感兴趣。哈扎尔的本子怎么会跑到他的包里呢？他到底要怎么才能还回去呢？

你肯定已经读过朱利安和莫妮卡的故事了。我从来没见过朱利安，所以他的事儿我没办法告诉你更多，但是我可以多和你讲一讲莫妮卡。我住的地方离她的咖啡馆只有几步路（富勒姆路783号，对了，就在"游牧书店"的旁边。你会需要这个信息的！），所以读完她的故事之后我过去看了一下。

你会需要这个信息的！谁？莱利好奇，哈扎尔在跟谁讲话呢？莱利希望能找出来。

我去那里只是想把本子给还回去，但是我没有还。不仅没还，还给带到了泰国，带到了一个名叫科帕南的小岛上。

我读的是男校，六年级招收女生。当新来的姑娘初次走进餐厅时，我们每个人都要举起一张评分卡，给她们打分，满分十分。不管怎样，如果莫妮卡走进餐厅的话，我肯定会给她八分。事实上，那时候我荷尔蒙爆棚，总是单相思，很可能会打到九分。

莫妮卡完全符合这个分数。她很苗条，面部干净小巧，翘鼻子，头发打理得像要去演出一样。但她整个人很紧绷，已经到了有点儿可怕的地步，让人不太受得了。她让我觉得自己肯定是做错了什么（我很可能是做错了，实话实说）。她是那种人，会将所有罐头整齐排放在橱柜里，一律正面朝外，还会将所有的书按照字母顺序摆放在书架上。她身上有一种绝望的气息，我可能是通过想象给夸大了，因为我读过她的故事，却让我想要逃跑。她还有个让人生气的习惯，就是堵塞人行道，不过那又是另外一个故事了。

长话短说，莫妮卡不是我的菜。但是我希望你可能会喜欢她，因为，如你所见，这姑娘的确需要个好男人，我希望你比我要好。

莫妮卡计划发广告，招募美术老师，借此帮助朱利安，我不知道有没有用，但是我知道，如果只把这件事交给她一个人处理，那肯定是白搭。她贴了一张广告，这样根本不够，就贴在咖啡馆的橱窗上，朱利安绝对不可能注意到的啊。所以，我稍微帮了她一下。我把海报摘下来，去了最近的复印店，印了十份，全都贴在了切尔西工作室附近。我还找到了司令的墓碑，就是朱利安提到过的那个，在那上面也贴了一张。我在那个恐怖的墓地里转来转去，差点儿就错过了飞机。如今回头再看，看得出我并没有那么无私。专心致志地投入莫妮卡的广告之战里，阻止了我去酒水商店买伏特加带着上路。我真的希望所有努力都能见成效。

我猜我应该回答朱利安的问题：究竟是哪一件事定义了你，让你成为如今的自己？好吧，我没必要考虑太久：我是个瘾君子。

过去十年左右，我所做的每一个决定，无论大小，几乎都是被我的毒瘾所驱使。它诱导了我对朋友的选择，如何度过业余时间，甚至连我的职业也是。让我们开诚布公地说吧，证券交易不过就是赌博的合法形式罢了。如果你在伦敦遇见我，肯定会以为我拥有以下全部——高薪的工作、漂亮的公寓、美丽的女人，但真相是，我每天都要花大量时间来计划下一次的嗨点。即便是最轻微的焦虑、压力或者厌倦感一闪而过，我都会被淹没，并且会抓着一瓶伏特加逃到厕所去，来缓解我的情绪。

莱利琢磨了片刻，不知道自己是否有权阅读这个截然不同的哈扎尔的故事。他之前见到的哈扎尔绝对是个健康至上主义者。他不喝酒，不开派对——多数晚上，他在九点左右便上床睡觉，而且早早起床冥想。莱利之前猜测他是个纯粹的素食主义者（或许是因为他留着嬉皮士风格的胡子，还总穿着纱笼），直到后来，他看到哈扎尔在吃鱼。但是，他细细思量，有多大可能，还存在另一个叫哈扎尔的人，他的本子莫名其妙地就跑进了自己的包里来？可能性为零。

莱利皱了皱眉头。他对哈扎尔的判断怎么会错成这样？所有人都是这么复杂吗？显然他自己就不复杂。他真的了解每个人吗？莱利略微警惕地继续往下读。

那些好玩的、有意思的，我早就通关了。最嗨的也不再嗨了，只是我度过漫漫长日的必需品。我的人生变得越来越狭隘，困在了令人痛苦的跑步机上。

最近我发现了一张自己的照片，20岁左右，我意识到，我弄丢了自己。回到那时候，我很友善，很乐观，很勇敢。我经常旅行，四处冒险。我学会了怎样吹萨克斯，学会了说西班牙语，学会了跳萨尔萨舞，还有玩滑翔伞。我不知道自己还有没有可能再成为那个男人，或者说，已经太迟了。

就在昨天，有那么一瞬间，当我发现，夜深人静时，面对大海里的磷光现象，我大口大口地喘气，那让我想起，或许我可以重新发现那种惊奇与喜悦。希望如此。我觉得我无法承受余生都不能再振作起来。

所以，现在该怎么办？我不可能回去重操旧业。就算能够努力融入旧日团队，进行市场运作，同时保持清醒，但我宁愿烧掉回头的桥梁。在向前老板辞职的时候（显然很嗨。告别演出，就是这样），我无意中吐露，在上一次公司派对时，我和他的老婆共享了一克可卡因，跟她在老板一直工作的那张办公桌上做爱了。当时我还开了个关于事情圆满完成、收获雷鸣般掌声的玩笑。在提到我的时候他恐怕不太可能热情洋溢。

读到这里，莱利惊得瞪大眼睛。他深信，在珀斯绝对不会存在像哈扎尔这样的人。

不管怎样，在金融城工作会吞噬你的灵魂。除了金钱之外，你从未真正创造出什么东西来。你留不下什么遗产。你没有以任何有意义的方式改变世界。就算可以回去，我也不愿回去了。

所以，莱利，现在你打算怎么做呢？

看到自己的名字写在里面，莱利倒吸一口凉气，搞得坐在他旁边的中年女人好奇地侧头看他。他对女士歉意地一笑，继续往下读。

这个笔记本不是偶然着陆在你的包里的。过去四周，我一直在寻找合适的人来接手。你将带着朱利安的笔记本回到我将它带离的那个地方。我想知道，你是否适合做朱利安的朋友，或者做莫妮卡的爱人，抑或二者皆可。你会去找那家咖啡馆吗？你会改变某个人的人生吗？你会写下你的故事吗？

希望有一天我能看到接下来发生了什么，我会想念这本笔记的。当我在宇宙中漫无目的地漂流时，是它牢牢地将我和空间站拴在一起。

旅途愉快，莱利，好运。

哈扎尔

莱利已经来到伦敦两天，还是觉得有些不真实，就好像是活在一场旅行节目里。位于伯爵宫的公寓似乎是在一片巨大的建筑工地中间。周围的一切不是推倒，就是重建，给了他一种漂泊不定的感觉，仿佛一旦站定不动，他就会陷入拆毁重组的危险之中。

有时候，莱利真希望自己从未发现这个笔记本。他并非热衷于知道他人的秘密——这种感觉就好像是在打探隐私。而且，读了他们的故事后，他就没办法再忘掉朱利安、莫妮卡和哈扎尔。这就好像是读小说读到一半，将越来越多的情感投入到小说人物的身上，结果却在读完之前把书给落在了火车上。

他忍不住想去咖啡馆一探究竟。他想着可以去看一眼莫妮卡，或许也能去看看朱利安，想象中这两个人的形象在莱利的脑海中根深蒂固，他想去看看真人是否与之吻合。反正又没什么坏处。他向自己保证，绝对不会参与其中。然而，朝着"莫妮卡咖啡馆"走去时，他的期望越来越强烈，在来到门口时，这种期待已经达到顶峰，以至于他完全忘记了只当个看客的想法，而且，一看到满屋子的人，他便下意识地去推门把手。

他完全没反应过来究竟是怎么回事儿，就稀里糊涂地加入了朱利安教的美术课。而现在呢，他正和莫妮卡一起在超棒的市场里逛街。

莫妮卡和莱利在家时约会过的那些愉快、有趣、率直的女孩如此不同。一分钟前她敞开心扉，向他倾诉母亲的亡故，下一分钟她又闭上嘴巴，开始谈论她买的这些东西的毛利率，还真是让他有点儿大开眼界。在园艺生意上，他只是粗略估计一下成本，然后将价格提升至客户可以承担的水平，这样就定好价格了。他总是在为弗斯太太（最近刚刚丧偶）工作的时候出现亏损，但他也收取同一条路上的基金经理双倍价钱，那似乎就是最公平的工作方式了。

他决定不向莫妮卡提出这个建议，因为她对定价真的非常严谨。她嘟哝着百分比、日常开支、批量折扣，没用计算器就全都给算了出来，并且在随身携带的袖珍笔记本里匆匆做好记录。

努力接近莫妮卡就好像是在玩孩子们的"婆婆步游戏"——趁着她没看他的时候慢慢地小步往前挪，只要她转过身来，发现他在动，他就得不停地返回起点。但是，莱利完全没有因此感到厌烦，反而更想了解莫妮卡了。

除了莫妮卡对细菌的奇怪执着外，唯一让莱利不那么愉快的事情就是，他知道自己必须告诉莫妮卡"真相漂流计划"的事情。他对莫妮卡的了解远远超过莫妮卡对他的了解，让他觉得自己不够诚实，而且他这人天生就是个相当诚实的人。所见即所得。

第一次见到莫妮卡，是在美术课的课堂上，他没能提到那本笔记。在众人面前说出"对了，我知道你有多渴望丈夫和孩子"似乎不那么合适。但拖的时间越久，就越是难以启齿。此时此刻，可能有点儿任性吧，莱利不想让她尴尬，让她感觉不舒服，从而毁掉这一整天的好情绪，如果坦白自己知道她埋藏心底的秘密，结局绝对是这样。他觉得自己就好像随身携带了一枚还没爆炸的炸弹，和那些手工奶酪、火腿还有西班牙辣味香肠一起，绑着到处走。到最后，他决定什么都不要说。很有可能，今天之后，他再也不会见到莫妮卡了，这样一来，她不知道的事情并不会伤害到她。

然后，他吻了她。

莫妮卡一直在说伦敦的地标云云，而莱利几乎昏了头，并且渐渐被眼前这个人给迷住了，黑色的头发，鲜红的嘴唇，洁白的皮肤，被刺骨寒风吹出了玫瑰红的脸颊，她看上去就像是迪士尼动画里的白雪公主。她是那么强大，无所畏惧。像她这样的女孩通常都会把他吓个半死。然而他看过了她的故事。他知道，躲藏在强硬的外表之下，她只是渴望获得救赎。就在那短短的一瞬间，他觉得自己好像童话故事里的英俊王子，因此他吻了她，而她也回吻了他。说实话，相当激烈。

要不是两人之间横亘着障碍物一般的秘密，那么即便永远这样吻下去他也很乐意，鼻尖碰鼻尖，在横跨泰晤士河的桥上。事到如今，他到底该怎样告诉莫妮卡呢？

他真不知道是该诅咒哈扎尔，还是该感谢他。

16　朱利安

有客人要来朱利安家中喝茶。

他记不起上一次有客人来访是什么时候了。这里说的是真正意义上的客人，不是政治说客，或者耶和华见证会的那些人。朱利安一直在努力做一些事儿，他坚信这些事儿可以被描述为"胡堆乱塞"。几十年来陆续获得的物品堆满了他的起居室，但是在两三个小时的艰苦收拾后，他几乎没有取得任何进展。

至少得腾出足够的空间，让每个人都有地方坐才行。他为什么要让房间变成这副模样呢？玛丽会怎么说呢？她总能让房间保持干净整洁。或许，他之所以有填满每一寸空间的冲动，是因为这样可以让他不那么孤单，或许是因为每一件物品都充满了回忆，联通那些更让人愉快的时光。而且事实证明，物品比人要可靠多了。

他已经用垃圾填满了小别墅外面的两个垃圾桶，于是他打开楼梯下面的储物间，尽可能地将东西往里塞：书籍、杂志、一摞黑胶唱片、三双威灵顿长靴、一只网球拍、两盏坏掉的灯，还有二十年前一时心血来潮留下的一套养蜂套装。关上储物间后，他背靠在门上。实在是处理得太晚了。不过至少他清理出了沙发和几把椅子。

门铃响了。很准时！朱利安压根儿就没指望他们能准时。他出席社交场合的时候总是要迟到个三十分钟。他喜欢中途进场，或许是因为守时这种行为显得不时尚吧。看来他要学的还有很多。

朱利安走出小别墅，走向通往富勒姆路上的那扇黑色大门。他以自己特有的夸张动作打开大门，引三位客人进门：莫妮卡，帅气的澳大利亚男孩儿莱利，还有巴兹。他们告诉朱利安，本吉在看店。

"请进，请进！"他说道，而三位来客则呆若木鸡，张大嘴巴，盯着砖石铺就的院子。院子中心处有座喷泉，草坪修剪齐整，还有古老的果树和由工作室的建筑组成的小聚落。

"哇哦。"莱利惊叹，"这地方简直棒呆了。"

这个美式的表达让朱利安皱了皱眉头，而且澳大利亚式的发音更突出了这种美式的感觉，但随它去吧，现在不是大讲特讲英语之美与广泛用途的时候。

"我觉得自己就像是《秘密花园》里的小女孩，她追逐知更鸟，发现了墙后的魔法世界。"莫妮卡说。她比莱利要更浪漫，朱利安注意到了这一点，并且表示认同。"就好像身处截然不同的时间范畴，在另一个国度似的。"

"这里是1925年建造的。"他们热烈的反应鼓舞了朱利安，他告诉他们，"是由一位名叫马里奥·曼南提的雕塑家所建。显而易见，他是意大利人。他将自己位于佛罗伦萨的庄园复制了过来，这样一来，待在伦敦的时候也能觉得和在家时一样了，而且只把工作室租给志趣相投的画家与雕刻家。现在嘛，当然了，他们已经全都搬进了公寓。我是唯一留下来的画家，但是我也很久没有画画了，自从玛丽……"他的声音渐渐微弱下去。为什么直到玛丽不在了，他才意识到，玛丽就是他的缪斯呢？他曾经认定一位缪斯必须超凡脱俗，转瞬即逝，绝不是总围着你打转、不被你当回事儿的人。若是他能早点儿明白，事情或许就会大不一样了。他重新振作起来。现在可不是反省、后悔的时候，他在忙呢。

朱利安领着他们穿过天蓝色的大门，进入他的小别墅。

"看看这地板！"莫妮卡指着铺满一层的木地板，对莱利说。地板上几乎洒满了油漆点，仿佛是天花板上的彩虹爆了炸，偶有明亮的摩洛哥风格的小地毯穿插其中。"这本身就是艺术啊。"莫妮卡补充说。

"别光愣愣地站着啊。坐，请坐。"朱利安说着把他们领到茶几旁边，刚刚清理出来的椅子和沙发就围在那里。茶几是用一块巨大的斜边玻璃制成的，以四摞古书作为支撑，保持平衡。壁炉里的火焰在他们的面前熊熊燃烧，根本就是在取笑地方政府的空气净化政策。

"喝茶吗？英式早餐茶、伯爵红茶还是大吉岭红茶？胡椒薄荷茶我也有。玛丽以前很喜欢。"朱利安说。

朱利安在小小的厨房里从容不迫，将茶包放进茶壶，莫妮卡则去寻找朱利安指给她看的架子，寻找薄荷茶。终于，她找到了一个锡罐，泛黄的标签上写着"胡椒薄荷"。她打开罐子，想要拿出茶包，结果里面却装着一张叠起来的纸。她小心翼翼地展开来，大声读出了写在上面的话："永远别忘了给你的客人拿曲奇饼干吃。"

朱利安放下水壶，双手捂住脸："哦上帝啊。那是玛丽留下的字条之一。我总是能发现它们，但是已经很久很久没再出现过了，这是近来找出的第一张新字条。显然，她担心我自己应付不来，当她知道自己要离我而去时，就开始满屋子藏字条，给我留下小贴士。该死的，我忘了曲奇饼。但是别惊慌，我有蜂窝松饼！"

"她是多久以前去世的，朱利安？"莫妮卡问道。

"等到3月4号就整整十五年了。"朱利安回答。

"从那以后你就没打开过这个罐子？那我还是喝英式早餐茶吧。"

莫妮卡驻足在一幅铅笔素描前，这张画钉在壁炉上方的架子上，画上一个女人在搅动一只硕大的炖菜锅，同时回眸一笑。

"那是玛丽吗，朱利安？"莫妮卡问。

"哦是的。那是我最深爱的记忆之一。在这栋房子里，这样的记忆随处可见。有一张在浴室里，画的是她在刷牙，那边有一张，"他回过身指向客厅，"画的是她抱着一本书蜷缩在扶手椅里。我不信任照片。照片没有灵魂。"

他们围炉而坐，每个人的舒适程度各不相同，主要取决于朱利安那些五花八门的物品对他们栖身其上的家具的侵占程度。大家都在火上烤蜂窝松饼吃。

　　"我觉得自己就像穿越进了伊妮德·布莱顿的小说里。"巴兹说，"朱利安就像是昆汀叔叔。莫妮卡，你要提议前往科林岛的旅程吗？带上一罐沙丁鱼和许多姜汁啤酒。"

　　朱利安觉得自己好像没那么乐意当昆汀叔叔。那角色不是有恋童癖吗？

　　"我很想知道，你们这么多人，能不能给我帮上忙。"朱利安说。

　　"当然能。"巴兹条件反射地回答，甚至都没等一等，听听朱利安要说什么。

　　"我一直在琢磨，我可能需要一部移动电话。这样的话，如果美术课有什么问题，或者有什么其他事情，你们都能跟我联系上。"这话脱口而出，朱利安真希望自己能给收回去。他不愿让自己听上去贫乏不堪，也不想让别人勉强给他打电话。

　　"你真的没有手机吗？"巴兹问道，语气里流露出彻头彻尾的不理解。

　　"是的，我已经很久没有走动过了，也没人会给我打电话，所以有什么意义呢？我用那个。"说着他指向了角落里的一部深绿色胶木电话机，是有拨号盘的那种，沉重的电话通连在螺旋状的软线上。莫妮卡走过去，凑近了观察，拨号盘中间的小圆片上写着"富勒姆3267"。"还有，"朱利安继续说，"那种电话你们可以狠狠地摔上。但你们不能狠狠地挂断手机。想象一下，整整一代人，他们永远也不会知道狠狠地摔上电话的乐趣。"

　　"我小时候爸妈有一部那样的电话，就摆在门厅里。"莫妮卡说。

　　"我从前确实有过手机。事实上，我可是个先行者。"朱利安说，"他们给过我第一款机型来试试看，因为我当时相当时髦，有家杂志想要采访我，问我认为手机能否流行起来。那本杂志我现在还放在什么地方呢。"

他努力想从椅子里站起来，但是那把椅子比他平常坐的那把要深得多。巴兹拉住他的手，帮他站了起来。"谢谢你，巴兹。"他说，"最近这些天，如果我坐得太久了，身上每一寸地方似乎都无法动弹。"

"你应该打打太极拳，像我奶奶那样。"他说，"她非常相信那个，不打太极都没法开始这一天。让老迈的身体保持活动，让思维警觉，她说。"

"那你当时说它们会流行吗？手机？"莫妮卡问。

"没有！"朱利安哈哈大笑，"我说没有一个正常人想让人时时刻刻都能追踪到他，我肯定是不愿意，那是对隐私的侵犯！"

朱利安伸手去够房间角落里的一个高架子，拿下一个布满灰尘的大硬纸盒。里面是个手机，但是真的很难将那东西描述成手机。它的样子像块砖头，顶部还探出一根直挺挺的长天线，个头嘛，比莫妮卡的手提包还要大，你得有个小行李箱才能带着它出门。

"朱利安，那真的是电影《华尔街》里戈登·杰科用的手机。"莱利说，"你可以在易贝上卖上好价钱。是个相当有价值的藏品。"

"我还有过更新式的诺基亚，"朱利安说，"在90年代的时候，但是玛丽离开后就坏掉了，我完全没想过要换一个。我从来没用过聪明手机。"

"智能手机。"莱利纠正他。

"但你接受了互联网，对吧？"震惊中的巴兹问道，"你有笔记本电脑之类的吧？"

"我又不是个彻头彻尾的勒德分子①，年轻人。我有电脑，一直在更

---

① 勒德分子是19世纪英国工业革命时期，因机器代替了人力而失业的技术工人。现在引申为持有反机械化以及反自动化观点的人。

新。我读报纸、所有时尚杂志，也看电视。我猜，我甚至比你们还要了解2019春夏季搭配的影响力！总而言之，有一样东西我手里有很多很多，那就是空闲时间。"

巴兹拿起一把中提琴，背靠着书架，书架上覆着满满一层灰。"你拉这个吗，朱利安？"他问。

"那不是我的，是玛丽的。请放下。玛丽不喜欢任何人碰她的中提琴。"说这话时，朱利安意识到自己的语气过于唐突，其实完全没必要，很容易让人指责他反应过度。可怜的巴兹好像被吓了一跳。

"我能用一下你的茅厕吗？"莱利问道，很好地吸引了大家的注意力。茅厕？这里可是伦敦市中心，不是澳大利亚内陆。朱利安决定随他去吧，回头给莱利指了指前门的方向。

巨大的撞击声让莫妮卡将正在喝的茶洒到了大腿上。大家全都转过身去看莱利，看他震惊地呆立在原地，被山一般的物品包围。这些东西从储物间里一涌而出，就像杰克从盒子里弹出来一样[1]。一大堆唱片，全都从封套里掉落出来。还有威灵顿长靴和杂志。稳稳搭在最上面的是个养蜂人用的面罩。

"我想我是开错门了。"他回过身冲他们喊道，并且努力把所有东西都给塞回去。这简直就是不可能完成的任务，这一大堆东西占据的空间，似乎比它们逃窜出来的储物间要大上两倍。

"放着别管了，孩子。"朱利安说，"之后我会解决的。我得来趟垃圾场之旅了。"

"绝对不行，朱利安！"莱利喊道，看起来惊魂未定，"我敢肯定这里有些东西真的很有价值。我要帮你在网上把它们卖掉。"

"我真的不能要求你做这件事。"朱利安反对，"你有更好的事情可以打发时间，我能肯定。或者，至少，我得支付你合理的酬劳。"

---

[1]　JACK IN THE BOX，一种玩偶匣，揭盖时，出其不意地跳出玩偶给人惊喜。

"这么跟你说吧，如果你能将卖出价钱的百分之十分给我，那我们两个都会很开心。你处理掉这些杂物，我呢，赚取一些旅行资金。我太想去巴黎看看了。"

"我可以搞定手机。"莫妮卡插嘴说，"我最近才换了新的手机，所以旧的那个可以给你用。我们会给你弄一张预付费的SIM卡。"

朱利安看着莱利和莫妮卡，两人眼下就并肩坐在沙发上。如果他没搞错的话，莱利被爱情轻轻击中了。朱利安那双艺术家的眼睛对姿势上的细节观察入微，之前他就注意到，莱利会模仿莫妮卡的动作，坐得离莫妮卡也很近，近得出乎预料（虽然可能是因为沙发上的弹簧暴露了出来，填充材料也炸开了花，就在莱利的左边）。

哦，年轻人的乐观啊。

17　莫妮卡

莫妮卡擦干净柜台，准备开门营业。她手握清洗液喷射瓶，深深吸入山松那令人心旷神怡的香气，发现自己哼起了小曲。莫妮卡本身并不喜欢哼曲子，但是最近，很是出乎意料，她有好多曲子可以哼。

自从开始了每周一次的美术课，针织圈子和孕妇瑜伽课程的组织者都来跟她合作，他们都在寻找附近的晚间活动场地。"莫妮卡咖啡馆"似乎变成了本地社团的枢纽，正如此前她所梦想过的情形一样，自从第一眼看到这家被木板封住的甜品店，她就有了这样的愿望。更棒的是，当她坐下来汇总昨晚的收入时，几乎是正收益了。这还是她第一次在透支的地下道尽头看见了一丝变现的曙光。

然后就是朱利安。她真的很喜欢朱利安在身边，也喜欢他的美术课，她也和那些做了好事的人一样，心中有着暖暖的、沾沾自喜的光芒，她让某个人的生活变得更好了。在一个面向公司的律师事务所里，这种感觉可不常有。

莫妮卡忽然感觉到，她开设美术课堂是为了帮助他人，但现在，它对自己的帮助似乎更多。在此之前，她从未相信过业报。

蛋糕上的糖霜就是莱利。当然了，她知道他并非整块蛋糕。如果往彼此的关系里深入求索，或将目光放长远些，她都能预见，这段感情并不符合她的标准。于是莫妮卡就停留在这一刻。她顺其自然接受每一天，充分享受就好。谁知道下一个街角有什么在等待？谁知道莱利会在伦敦停留多久呢？

这显然没有那么轻而易举。莫妮卡需要做大量的准备工作，付出艰苦努力，才能做到如此放松。她比平常早起了半小时做拜日式①，反复念诵曼怛罗②。

"昨日即是历史，明日即是未知，今日即是礼物。"刷牙的时候她一直反复念诵。

"并非快乐之人才心怀感恩，而是感恩之人才心有快乐。"洗头发的时候她这样说。

莫妮卡相当骄傲于自己冷冷静静的全新态度。通常到了这个阶段，她会按下头脑中的人生电影快进键，一直快进到她和莱利将在何时何地结婚，他们的孩子要叫什么名字，客房浴室里的毛巾要用什么颜色（白色）。

莫妮卡想到了她买回来的自助书籍，她参加的正念课程，还有手机里下载的冥想APP。这一切都是为了努力阻止自己担忧未来，毕竟，此刻她唯一需要的就是一个像莱利这样的人，因为她很确定，自己的态度变化都是因为莱利。

莫妮卡认识的大部分男人都有自己的烦恼。他们因自己念过的学校、长大的家庭、缺乏雕塑般的腹肌而不知满足。然而，莱利似乎做自己做得舒舒坦坦。他是那么率真、随意，毫不复杂。他不是谜一样深藏不露的男人，而是——这是好话——特别诚实，特别好懂。莱利从不强迫自己去考虑太过遥远的事。事实上，他似乎压根儿不会花多少时间去思考。不过，没有人是完美的。而且，他的态度还挺有感染力的。这是唯一一次，莫妮卡觉得自己没有必要与人周旋，或者给自己建造保护墙。

昨天，他们去了朱利安的家里喝茶，那栋房子有一种惊人的时间

---

① 瑜伽动作里的一种。
② 佛教或印度教中的祷文。

错位感。莫妮卡很喜欢那栋房子，虽然损害健康的风险还挺明显的。在她第一次踏进厨房的时候，差不多一脚踏进了一条由上百只昆虫干尸汇集而成的甬道，太恶心了，她止不住放声尖叫。面对她的惊恐，朱利安镇定自若，告诉她"那只是*捕蝇纸*"。捕蝇纸？真的是那样吗？哪怕是朱利安也应该意识到，人们一般不会建议让那些死尸出现在准备食物的地方吧？他们用烤叉在火上烤蜂窝松饼（她努力不去想这会给气候带来怎样的影响，浮冰融化迫使北极熊宝宝与妈妈分离）。她和莱利并肩坐在沙发上，没人看见的时候，莱利捏了捏她的手。

喝完茶后，莱利跟着莫妮卡回了公寓。他们其实没有讨论过这件事，莫妮卡没有发出邀请，莱利也没有问。事情就这样发生了，自然而然。她用冰箱和橱柜里能找到的所有东西做了晚饭——松子青酱意面，用了一个番茄和一些马苏里拉奶酪，还做了一份罗勒沙拉。他说这是几个星期以来他吃到的最好吃的一顿饭。莫妮卡回忆起过去她为男人们精心准备并烹饪的菜肴——舒芙蕾、火焰烧烤，大多数都没怎么得到过热烈反响。

注意到莱利在打量书架，莫妮卡紧张了一下。如果事先料到会有这次独属两个人的浪漫晚餐，那她肯定会提前挪走一些书。一想到他会注意到《他其实没那么喜欢你》《忽略那家伙》《得到那家伙》《法则》和《男人来自火星，女人来自金星》，她就无地自容。莫妮卡将阅读这类书籍视为合理的准备工作。她准备约会就像准备其他所有工作一样：做背景调查，做计划，设定目标。他们俩谁也没有提及自助书籍，尴尬的瞬间很快就过去了。

莱利没有留下过夜。他们看了一部电影，一起蜷在沙发上，分吃一碗墨西哥玉米片。大多数时间他们都在亲吻，因此错过了大量复杂的主线情节，两个人还拿彼此调侃。她一直都在绞尽脑汁去想，如果他要往前走得更远，她该如何才能温柔地让他冷静下来，而他并没有继续向前，她又因此倍感失望。

18　朱利安

朱利安一点儿也不习惯早上七点半的对讲机嗡鸣。但是，自从他开启了"真相漂流"这个计划，就发生了太多新鲜而奇怪的事情。他的身上还穿着成套的睡衣睡裤，所以他找来最靠近手边的外套披上（大约是亚历山大·麦昆1995年的设计款，有着精妙的肩饰和纺锤形的金纽扣），套上从楼梯储物间弹出来的威灵顿长靴，朝着院子里的大门走去。

朱利安不得不以一米八多的身高优势俯视他的访客。来者是个小个子中国女人，像只小鸟，脸像核桃，眼睛像葡萄干，灰色的短发宛如疯长的野草。她的年纪极有可能比朱利安还要大。他忙着打量她，都忘了开口说话。

"我是贝蒂·吴。"她的声音可比身高要高多了。面对出现在眼前的这个穿着高档时装、破旧睡衣和潮湿防寒装备的混搭男人，她并没有表现出被吓到的样子，"我是为了太极来的。"

"太极？"朱利安重复了一遍，注意到自己的声音听起来傻乎乎的。

"我孙子，毕明，他说你想学太极。"她慢悠悠地回答，是人们在和白痴或者小孩子讲话时会用到的那种语调。

"毕明？"朱利安重复道，听起来就像个白痴，或者是小屁孩，"哦，你是说巴兹？"

"我不明白他为什么不喜欢中文名字。"这位名叫贝蒂的老太太怒气冲冲地说，"他说你想让我教你打太极。"

朱利安并没有说过那种话，但是他意识到，这种爱强迫人的角色，与之争吵是没有任何意义的。

"呃，我没想到你会过来，所以我穿得也都不合适。"朱利安申辩，他远比大多数人都清楚穿上正确衣服的重要性，"或许我们下一次再开始比较好？"

"择日不如撞日。"吴太太说着眯起本就狭长的眼睛望着他，"脱掉那个外套和靴子。"她盯着朱利安的长筒雨靴，仿佛那双靴子极大地冒犯了她，"你穿了大一点儿的袜子吗？"朱利安的脚上正穿着他最暖和的羊毛睡袜，于是默默地点了点头。

吴太太径直走到庭院的中间，耸耸肩，脱掉黑色羊毛大衣，放在熟铁长椅上，从而露出了宽松的黑色裤子，扎着束腰带，上身穿着浅绿色宽松罩衫。虽然天气很冷，但能够遮风挡雨的庭院还是被冬日苍白的阳光给点亮了，那一点点霜冻如同仙尘一样闪闪发亮。

"我说，你做。"吴太太吩咐道，同时分开双脚站定，膝盖弯曲，以飞快的动作将手臂举过头顶，仿佛一只巨型白鹭，通过鼻子，以非常大幅度的方式深深呼吸。

"太极对人的姿态、血液循环以及灵活性都非常有好处，能让你活得久一点儿。我已经105岁了。"朱利安盯着她，不知道怎样回答才算礼貌，结果吴太太却咧开嘴笑了，露出小小的、稀疏的牙齿，至少相对于她的嘴而言，牙齿不算大，"是开玩笑啦！太极很好的，但也没那么夸张。"

吴太太再次弯曲膝盖，而后转向一边，将一只手臂背到身后，另一只手臂推向前方，先是手掌，仿佛是为了躲开入侵者："太极讲究的是阴阳平衡。如果你用坚硬对抗强力，那么两边都会折断。太极则是用柔软应对刚强，那么侵入过来的力量就会自行化解。人生哲学也是一样。你明白吗？"

朱利安点点头，他发觉，想要把吴太太说的一切都听进去，同时还要跟上她的动作，实在是有点儿困难。他一向不擅长处理多线任务，所以始终未能精通钢琴。他没有办法让两只手同时去做完全不同的动作。然而此时此刻，他却在努力用一只脚保持平衡，右边的胳膊肘还要碰到右边的膝盖。

"我们刚来这里的时候是1973年，有两个男人走进餐厅，说：'带上你那些脏兮兮的外国菜滚回国去。'我说：'你们生气了，气是从肚子里来的。坐下。我给你们拿汤来，免费的。能让你们感觉好些。'他们喝了我的馄饨汤。是我奶奶的秘方。之后的四十年，他们一直都是餐馆的食客。以柔软对暴力，人生秘方。现在你明白了吧？"奇怪的是，他还真明白了。

就在朱利安继续滑稽地模仿吴太太大开大合的动作时，一只知更鸟飞了下来，让他想起了莫妮卡对这片秘密花园的形容。那只鸟落在石头喷泉的边缘，抬起脑袋，看着朱利安，仿佛好奇他在做什么。单脚着地的朱利安想着，身子晃了晃。

差不多半小时后，吴太太双手合十，摆出了祈祷的姿势，朝朱利安鞠躬。朱利安学着她的动作，冲着她深深地低下头。

"第一堂课很不错。"她说，"在中国，我们说一口吃不成个大胖子，你需要一点一点，经常做。明天见。还是这个时间。"她拿起外套，耸了耸肩并套上了它，动作一气呵成。

"我应该给你交多少课程费？"朱利安问。

贝蒂猛地用鼻子吸了下气，鼻孔都变白了："不要钱！你是毕明的朋友。你是艺术家，对吧？你教我画画吧。"

"好的。"

贝蒂匆匆忙忙地出门时，朱利安冲着她喊："星期一晚上我们在美术课堂见。和巴兹一起来啊。我是说，毕明。"

吴太太头也不回地抬起一只手来表示感谢，然后就消失了，院子比她到来之前要冷清了许多，仿佛她从院子里吸走了一些能量，带着一起离开了。

朱利安捡起外套和威灵顿长靴，回到小别墅，步伐已经很久没有这么轻盈过了。

星期五似乎总是来得更快，朱利安朝司令墓走去的时候心里想。距离他上次到这里来，好像没有过去多久。他看到几个身影已经靠着那块大理石拱顶，裹着外套和围巾，不过这一回他没那么惊讶了。走近一些后，他认出了莱利、巴兹和吴太太。

"我告诉奶奶我要到这儿来，"巴兹说，"结果她非要带上馄饨汤一起过来。"

"今天很冷。我的汤能让你暖暖身子，暖暖灵魂。"汤就装在巨大的膳魔师保温瓶里，吴太太边说边往四个马克杯里倒，杯子是巴兹用柳条筐带过来的。

"请坐，吴太太！"朱利安指着司令墓上方的大理石厚板说。其实他在意的不是她是否舒服，而是因为她踩在了埋基思的位置上。

"敬玛丽！"莱利说着举起马克杯。吴太太挑起眉毛，活像两条好奇的毛毛虫。

"他的妻子，已经去世了。"巴兹用口型无声地告诉奶奶。

"敬玛丽！"他们齐声应和。

19　莱利

　　莱利正在整理朱利安的楼梯壁橱。这里简直像是《神秘博士》里的时间飞船——光看外表，你完全想象不到里面有多大。终于抵达最里面时，他很好奇，会不会发现自己来到了另一个宇宙，也有可能是纳尼亚王国。如果那里下雪他也绝不会惊讶。炉子里没有一点点火，简直冷得要死。

　　上个星期，他已经花了整整一周时间给他发现的一些东西拍照，上传易贝（eBay），并且已经拿到了七十五英镑的佣金。如果朱利安能允许他去衣帽间翻找一通的话，他们绝对能赚上一大笔钱。他已经向朱利安建议过无数次了。"你连一只袜子都别想给我卖了！"朱利安冲他咆哮过。为了确保全部清理完毕，莱利站在门口，冲着吧台入口处张开笨拙而瘦长的手臂，活像一只基因突变的竹节虫。

　　莱利被三大堆物品环绕。一堆是他觉得能卖上好价钱的东西，一堆是要扔掉的垃圾，还有一堆是要继续保留的。

　　他知道朱利安今天要出门散步，所以上午十点前就到了。因为朱利安会大大降低莱利的速度。他会像只鹰隼在莱利的周围盘旋，然后俯冲下来，从"垃圾堆"里拽出一只破花瓶，惊叫着说："这是我1975年在新邦德街举办展览之后查理给我的。票两天之内就卖光了！你知道吗，玛格丽特公主都来了。我觉得她相当仰慕我。"然后目光戏剧化地飘向远方，"玛丽不喜欢她，一点儿都不喜欢。要是我没记错的话，花瓶里面总是插满了红色的芍药！绝对不能丢掉那个，小莱利。不行，不行，不行，绝对不行。"

　　所以这天早上，只有莱利一人的这一个小时，他取得了重大进展。朱利安一回来，他们就开始了漫长而痛苦的退步，好在点缀了朱利安来自60年代、70年代和80年代的那些五光十色的八卦逸事，还算可以忍受。

　　他会从那堆东西里拿起一张黑胶唱片，放到古老的唱片机里，绘声绘色地给莱利讲，他是如何与席德·维瑟斯和南希开派对，或者他是怎样被金发女郎乐队的《玻璃之心》所诱惑。莱利不太确定自己信他几成。朱利安似乎会出现在当代历史上每一次意义重大的社交活动中，从与克里斯汀·基勒和曼蒂·赖斯－戴维斯共进晚餐，到与米克·贾格尔和玛丽安娜·菲斯福尔一起参加派对，后者因持有大麻而被捕入狱。

　　昨天，朱利安把性手枪、传声头像和法兰基到好莱坞的音乐介绍给了莱利。当他坐在珀斯的沙滩上，想象未来的伦敦之旅时，完全没想到自己会把时间花在这种地方，他弹空气吉他，同时身边有个老头子，对着一个空空的啤酒罐引吭高歌，假装是对着麦克风，唱《无政府的英国》里的歌词。他有点儿惊慌地意识到，随着歌曲（如果真的能称为歌曲的话）接近尾声，朱利安的眼睛都快蹦出来了。

　　"你还好吗，朱利安？"他问。

　　"没事儿。"朱利安回答，像只垂死挣扎的蚊子一样伸出一只手，在眼前胡乱挥舞，"只是一听到这样的歌，回忆就那么鲜活地涌回来。我再一次被所有不同凡响的人包围，我的朋友们，在那个不可思议的年代。然后音乐结束了，我想起我只是个老家伙，只有一根脏兮兮的唱针在黑胶唱片上顺滑地忽上忽下，我心中有太多悔恨了。"莱利不知道该说些什么才好。唱针是什么东西？

　　事实证明，莱利的伦敦之旅既是最好的时候，也是最糟糕的时候。他很爱这座城市，虽然冷得牙齿都冻僵了。他交到了一些很棒的朋友。

唯一的难题是莫妮卡。莱利和她待在一起的时间越多，就越是喜欢她。他爱她的果决，她的精力充沛，还有她的过人才智。他爱她帮助朱利安的方式，她优雅地将他拉进自己的圈子，让他觉得自己被人需要、有用，而不是接受怜悯。他爱她对咖啡馆和客人的热情。只要和莫妮卡待在一起，他就觉得自己更勇敢，更有活力，也更有冒险精神了。

但莱利讨厌的是，他们的整段关系都建立在一个谎言之上。或者，至少是缺乏真相。而他搁置真相的时间越久，澄清也就变得越难。当她发现，她是个前可卡因瘾君子的同情对象，所以他才计划了这一切，她会作何反应？她肯定会暴跳如雷，或者悲痛欲绝，又或者尊严尽丧，也可能三者皆有。

莱利一直试图忘记"真相漂流计划"的事儿，但是他读过了那些信息，没办法装作没读过。通常他都非常松弛，只去享受拥有潜在恋人的美妙时光，随波逐流，顺其自然。但是和莫妮卡在一起，他总能想起她写在那本笔记里的话。他知道她渴望一段长久的关系，渴望婚姻、孩子、工作，可他呢，只是在穿越欧洲的旅程上想要找点乐趣。不是吗？

他在莫妮卡公寓里度过的那个可爱夜晚，哈扎尔的幽灵甚至会时不时地冒出来。他想起哈扎尔猜测莫妮卡会按照首字母顺序排列书籍，他没忍住，去研究了一番。结果她并没有按照字母顺序排列，而是按颜色摆放的。视觉上更舒服，她说。

实话是，他有太多信息了，而莫妮卡所掌握的却不够多，这样就让一切都变得很复杂。莱利甚至弄不清楚自己究竟多喜欢莫妮卡，他的感觉里又有多少是因为哈扎尔的配对呢？如果他是全凭自己去认识她，对她的喜欢会减少，或者会更多吗？然而，他们十有八九根本就不会遇见。

在偶然得到笔记本之前，莱利是个特别真实的人。而现在，他成了虚伪的家伙。

他能看到的唯一解决办法就是，确定自己没有进一步陷进去。这样一来，等几个月之后他离开时，莫妮卡就不会太受伤，而且——最关键的是——她永远也不会发现这一切都是怎样开始的。那就意味着，不能再接吻。事实上，这条作废——（真的很愉快）船已经离港——但是可以肯定，绝对地，不上床。莱利完全可以做到不看重做爱。但是他怀疑莫妮卡做不到。

20　哈扎尔

　　哈扎尔觉得自己好像陷入了《土拨鼠之日》^①。每一天都日光倾城。每一天他都循着同一条路线：和尼尔一起冥想，在海滩上散步、游泳，躺在吊床上看书，午饭，午睡，散步，晚饭，上床。他意识到自己"活在梦中"。他是活在点亮千千万万办公室的电脑屏保画里的人，应当万分感激才是。可是他好无聊，一成不变的无聊，蠢得无聊，无聊得要死。

　　哈扎尔突然发现，他根本就不知道今天是星期几。过去，他的全部生活都被日程表的暴虐统治所支配——周末晚上溺水般的抑郁感，周一早上被粗暴地叫醒，周三晚上不走心的性爱，周五晚上的极度愉悦。然而现在，它们踪影全无。他是在漫无目的地漂流。

　　每一天，海滩上至少都要上演一幕分离，也至少会有一个新人到来，常常是一来好多个，所以总能见到新鲜面孔。但是，要不了多久，对话就会陷入重复的套路。*你从哪儿来？你接下来要去哪里？你在你的国家是做什么的？* 他们只是浮光掠影地完成了解彼此这件事，然后各奔东西。这些源源不断的新开头，没有中间部分，也没有令人满意的终点，让人筋疲力尽。

　　只要再给我几周，哈扎尔对自己说，我就能变得足够强大，可以迈步向前，抵抗诱惑，回家去。

---

① 美国电影《土拨鼠之日》，讲述了一个同一天不断循环的故事。

哈扎尔将越来越多的时间花在对故乡的思考上。很奇怪，他并没有在想家人和朋友——与他们之间的记忆捆绑了太多太多的遗憾。他对"赔罪"这个概念再熟悉不过了。一天晚上，差不多是一年前，有个叫温迪的女孩给他打了个电话。她对哈扎尔说，她是在完成"步骤"。有那么一会儿，对话无法正常进行，因为哈扎尔以为她是要推销健身课程。于是温迪解释说，嗜酒者互戒协会有个"十二步项目"，其中第九步是"赔罪"，所以她打电话来向他道歉，为了几年前对他不忠。当时她没有告诉哈扎尔她已经结婚。哈扎尔惊呆了，因为他花了大量时间往前刷手机里的老照片，然后才想起有她这么一号人。但此时此刻，他却想起了温迪，想起她坚持"为你对他人的不公而赔罪"是康复的关键一环。所有焚毁的桥梁必须重新建立，但哈扎尔还没有做到。还差得远呢，而且实在太难了，所以哈扎尔把"赔罪"归为"回家以后再去处理的事情"。

而且自我憎恨的确要容易得多，也不用那么纠结，与此同时，他一直想着朱利安、莫妮卡和莱利。

莫妮卡有没有努力说服朱利安去上美术课？朱利安是否不再那么孤独？还有让他最想吐槽自己的两个疑问：莱利找到莫妮卡了吗？他是莫妮卡理想中的男人吗？哈扎尔觉得自己好像作家，给一个故事开了头，然后呢，写了一段时间后，笔下的人物就开始在稿纸上随便溜达，自行其是起来。谁允许他们这么干了？他们难道没有意识到，他们所拥有的一切都是因为他吗？他深知幸福结局的可能性微乎其微，但是坐在吊床上，在这片美得不真实的背景里，完全远离现实，一切似乎都有可能。

这种办了什么好事的感觉让他觉得热乎乎的，但又是那么陌生，哈扎尔沉浸其中，为自己取暖。这是无私的事，是善意。只要莱利配合，他就改变了一个人的人生。莫妮卡肯定会对他感激不尽！不过显然，他并不需要她的感谢。

他将一条晒成褐色的腿甩出吊床，脚指头顶住支撑平台的木柱，慢慢地左右摇晃。他责怪自己没有留下莱利的手机号，或者至少问问他打算住在哪里。他甚至连莱利的姓氏都不知道。他真希望自己能发个短信过去，说："嘿，我是哈扎尔。在伦敦怎么样？"然而，他提醒自己，他并没有可以用来发短信的手机。他知道朱利安在哪里，也知道莫妮卡在哪里，他们并没有读过他的故事，而莱利可能还没有对他们提起过他。但他实在受不了这种被排除在外的感觉。哈扎尔向来喜欢在行动中占据中心地位——或许，这就是导致他的生活一团糟的罪魁祸首。

随后，他想到了一个办法。不是很完美，却可以让他重新掺和进那个故事里，让他们知道，他依然还是笔记本里的一部分。

岛上有两班小巴，环海滩行驶，接上游客，把他们带去唯一的镇子里，那里有邮局、银行和商店。小巴再一次停靠"幸运妈妈"的时候，芭芭拉大声喊哈扎尔，哈扎尔便跳上了车。

巴士沿着尘埃滚滚、坑坑洼洼的路面颠簸前行。车上没有门，只有帆布顶棚遮挡阳光，车后是敞开的。空气黏滞沉闷，弥漫着汗臭和防晒油的味道。两排坐凳面对面，每一边都坐了五六个乘客，有些紧紧抓着旅行包，有些只带了沙滩手提袋。哈扎尔低头去看与他并排的一行小腿——全是各种各样的白色、棕色、红色，多数都布满了蚊子叮咬后肿起的包，还有被珊瑚礁擦伤的痕迹。他们进行了老生常谈的对话：*你住在哪里？你去过哪里？你建议我去看看什么呢？* 这样的对话哈扎尔已经进行过太多遍，他已经知道了这个岛上和外围所有可以推荐的旅游景点、餐厅，还有酒吧，但并没有坦白自己一个地方也没去过，除了那片小海滩，还有偶尔去一下的镇子。他不想解释原因：*我无法信任自己。*

巴士停在了小小的轮渡码头，那里有船等着接游客去苏梅岛。那边，有个大一点儿的船可以带他们去大陆上的素吻他尼。有那么几分钟，哈扎尔不知道自己是不是应该上船去。他的腰包里装着护照和现金。或许他本可以这样做，反正他不在乎将所有行李都留在身后的小屋里，但是，他还欠安迪和芭芭拉一周的租金，她们是如此善良，哈扎尔可不希望她们觉得自己是故意逃跑的。

哈扎尔进了杂货店。他就是在这里买的纱笼、防晒霜、香波和牙膏。这里一进门就摆着一个明信片旋转架。哈扎尔转了一圈，发现了一张明信片，上面是他住的海滩，航拍视角，甚至都能清楚地看见他住的那栋小屋。

哈扎尔坐在咖啡馆外的小桌上，嘬着插在一颗大椰子里的吸管，吸椰子水喝，看着从苏梅岛来的摆渡船将几名新游客吐进木头船坞。他们兴奋地聊着目的地的美景，看都不看费了半天劲才把他们的行李弄下船的船主。哈扎尔从服务生那里借来一支圆珠笔，提笔写道：

莫妮卡（收）
富勒姆路783号，莫妮卡咖啡馆
英国伦敦富勒姆

致贩售城里最美味咖啡的女士。
回头见。
哈扎尔。

在改变主意以前，哈扎尔去了邮局，买了张邮票，把明信片寄了出去。

21 莫妮卡

莫妮卡正为晚上的美术课准备咖啡。手机响了五声，她连看都不用看就知道，是朱利安又一次不小心错拨给了她。虽然还没能搞定新手机，但他还是想方设法地一大早就给莫妮卡打来一个电话，说他决定了，课程已经可以进阶到"人体形态"了，能不能请她找人来做模特。

这件事可没有听起来那么容易。没有足够的时间发广告，所以她就去找本吉商量。她解释说这不是毫无理由的裸体，而是艺术。没人会把他当作光着身子的本吉来看，而是会看作一个"题材"，就像那只龙虾拉里一样，唯一不同的是，他不会变成大家的盘中餐。她可以肯定朱利安选择的姿势必定优雅而谨慎。没人会看到他的……（说到这里她的声音越来越小）。最终，她又搬出了给他双倍加班工资和一天休假的条件，终于谈妥了。

朱利安来了，今天晚上穿了件皮衣，像是《油脂》^①里的老年版丹尼，学员也渐渐到齐。"我都起鸡皮疙瘩了，人真是越来越多。"巴兹小声地对本吉哼哼。本吉没有笑，他就蛰伏在柜台的后面，努力让自己看上去既紧张又桀骜。所有人都在桌边坐下后，朱利安便开始分发画纸和铅笔。

"女士们，先生们，我们今天要回到铅笔，因为我们要从静物进阶

---

① 《油脂》是由兰德尔·克莱泽执导的爱情歌舞片。

到人物绘画啦。在开始以前，请允许我为你们介绍吴太太。"

所有人都对那位瘦瘦小小的中国女士高呼"欢迎"，她站了起来，鞠了一躬。

"叫我贝蒂就行！"她有点凶巴巴地说。

"亲爱的本吉非常好心地答应了做我们今天的模特。"欢迎新人的部分结束后，朱利安说道，"你能到这儿来吗，本吉？"

本吉朝人群走去。"呃，我要去哪里脱衣服？"他问。

"衣服？别傻了，老兄，我们只需要看你的手！会走路之前谈跑步是没意义的。这里，坐在这把椅子上，握住这只马克杯，手指扣紧。就是这样。手是人身上最难画的部位之一，所以今天，我们就要专攻画手。"

本吉阴森森地怒视莫妮卡，怀疑自己是不是中计了。莫妮卡也瞪了回去，因为她沉痛地意识到，她要给本吉多付工资，只为了让他坐在椅子上，衣服好好地穿在身上，就这样坐上两个小时。苏菲和卡洛琳看起来很是垂头丧气。苏菲低声对卡洛琳耳语了些什么，卡洛琳忍不住用鼻音笑了出来。

朱利安继续上课，似乎浑然不在意周遭弥漫的负面情绪。"就连最有经验的画家也发现，画手是非常困难的。"朱利安顿了顿，挑起一边的眉毛，仿佛是为了表达对他来说这显然不是什么难事，"试着不要去想你所知道的手和手指头长什么样。要反其道而行之，把它们看作形状、边线和轮廓的组合。去想你能如何运用手中的铅笔，去描绘这只手的皮肤、骨架与他握着的那件硬物之间的不同。拜托了，一定要尽力啊，别把本吉优雅的手指给画成一串香蕉。"

渐渐地，班里安静下来，唯一打破这份安静的只有铅笔的刮擦声和偶尔的低语，或者朱利安的点评。

快要下课的时候，莱利举起了手。

"这是干什么，年轻人？你知道的，我们又不是在学校！你没必要举手！”朱利安说，看起来超级像一位严厉的校长。

"呃，我打算去巴黎旅行，我一直在想你能不能推荐一些比较值得一看的美术馆。"莱利尴尬地放下手臂，说着伸手捋了一下金色的卷发。

莫妮卡的小腹一阵搅动，仿佛遭到背叛。每当莱利提起离开伦敦时，她都会出现这种感觉。她赶走这感觉，像擦掉橱窗上的一块污迹。她就生活在当下，莫妮卡严肃地提醒自己。

"啊，巴黎，我至少有二十年没去过了。"朱利安说，"有太多选项了——显然，卢浮宫是必看的。奥赛博物馆和蓬皮杜中心，以这些地方为开始应该不错。"他顿了一下，蹙眉沉思，"你知道吗？我们都应该去！班级郊游！你们觉得呢？"

莫妮卡最喜欢的就是新方案，于是马上插话："多好的主意啊！我可以在欧洲之星上做个团队预订。如果我们现在就预订1月的时间，应该可以拿到很合适的价格。我可以算出一些花销，然后下周来给大家汇报。与此同时，要留下来吃晚饭的人，今晚是十英镑的晚餐，由厨艺很厉害的贝蒂·吴提供。"

"是蟹肉甜玉米羹、香葱虾饺和素春卷。"贝蒂公布菜单，"毕明！发一下筷子、碗和汤勺，拜托你了。"

"毕明？"莫妮卡低声对本吉嘀咕。

"我知道。什么也别问。"本吉回答，"他会否认的。"

大家陆续离开咖啡馆，紧紧抓着他们画的本吉的手，脸上挂着不同程度的骄傲或尴尬，贝蒂的汤给大家带来满面红光，是抵抗寒冷夜晚的最佳隔离层，然而莱利有些犹豫。

"你愿意让我帮你关店吗？"他问莫妮卡，手顺着她的脊椎上下滑动。他用手勾住了莫妮卡牛仔裤的腰带，将她往自己身上拉了拉。他那冲浪选手的大腿贴上了她的腿，让她呼吸不畅。

"谢谢。"莫妮卡回答，不知道若他开口要求，自己应不应该留他过夜。她想象他睡梦中的脸，长长的黑色睫毛支撑在脸颊上。她在心中描绘出他黝黑的四肢，与她柔软洁白的床单纠缠在一起。她脸颊发热，可以肯定，她绝对是脸红了。莫妮卡不太确定自己真有力量撵他回家。她走过去锁上收银台，莱利跟在她的身后，将四处散落的玻璃杯抱回吧台。

"这些是什么？"莱利指着收银台后面那一堆按色彩排列的便笺，问道。

"是我的客户信息。"莫妮卡回答。莱利拿起一张，瞟了一眼整洁的笔迹，认出是笔记本上见过的字迹。

"斯金纳太太。乳制品过敏。孩子叫奥莉。向新来的小狗狗问好。"他大声读了出来，"原来只有我一个人以为你有超常记忆力啊。"

"我确实拥有超常记忆力。"莫妮卡回答，"这些都是给本吉写的。嘿，巴黎之旅真的让我很激动！"她说，在莱利继续去看那些不那么友好的便笺之前（比如小心伯特，富勒姆足球俱乐部狂热球迷；用手擦鼻子；要用抗菌纸巾），她赶紧转移话题。"你觉得大家都会来吗？我要去找一些很酷的地方吃饭。有太多地方可供选择了。你会喜欢的，莱利。那里真的是世界上最美的城市之一。"莫妮卡说，话说到一半的时候还迅速用"美"替代了"浪漫"。这可是一次文化考察，不是情侣度周末。话虽如此，或许她可以订一个很有风情的精品酒店，这样他们俩就能额外再多留一天。他们可以沿着塞纳河来一场落日散步，早餐的时候就在床上吃巧克力面包，搭配一杯浓浓的咖啡和鲜榨橙汁。

莫妮卡连忙摇摇头，晃醒自己的白日梦，结果发现莱利并没有在看她，而是在看她的身后。她转过身去看看是什么吸引了他的目光，是钉在公告牌上的一张明信片。

"很美的海滩，是不是？是在泰国的什么地方？"她斜眼看了一下右下角的题字，"看来是科帕南。不过，真是奇怪，我完全不知道是谁寄来的，虽然他显然认识我。你看。"她摘下明信片，翻了过来，递给莱利，"是寄给莫妮卡的。回头见。你觉得是什么跟踪狂之类的吗？签名是哈扎尔。我想说，这是个什么名字啊？听着像个路标！"

而后，莱利几乎连再见都是艰难地说出口的，他说自己必须得走了，留下莫妮卡一个人，独自抓着一张奇怪的明信片，不明白自己究竟哪里做错了。

22 朱利安

莫妮卡没告诉朱利安她要来。朱利安猜莫妮卡是故意让他措手不及，这样他就没办法拒绝她登门。莫妮卡站在朱利安家的门口，紧紧抱着一个桶，里面装满各种各样花里胡哨的清洁用品，她的手上还戴了明黄色的橡胶手套。她在公共场合这样穿过吗？显然不可能。

"咖啡馆今天很闲。"她说，"所以我想着过来给你来场大扫除。"朱利安立马警惕起来，表情一定也同样警觉，莫妮卡飞快地补充道："不是你。是你的小别墅。别担心——真的不是什么没劲的工作。打扫是我一向钟爱的活动，真的。而且这地方，是那么不可思议的……"她顿了几秒钟，然后勉强吐出了"挑战"这个词，像从帽子里变出了一只兔子，"这个，我的朋友，它可是清洁用品里的劳斯莱斯哦。"

"好吧，你真是太好心了，姑娘。"莫妮卡急匆匆地掠过他而冲进门厅时，他说，"但是真的没有必要。我喜欢它现在这个样子。是实话。别的不提，这房子里有玛丽的气息。如果你要用那些……*物品*，来袭击这地方，就会把玛丽给冲刷干净。"关于这一点，莫妮卡完全没办法同他争论，不是吗？

莫妮卡停下了脚步，转过身来盯住他。

"朱利安，我没想这么鲁莽，但是——"朱利安忍住了用手堵住耳朵的冲动。人们在说出一些真的非常非常鲁莽的话之前，总是会摆出那副表情。"你是要告诉我，玛丽闻起来就是霉菌、灰尘还有某种难以辨认的东西的味道？那东西肯定早就死在你的橱柜里了。"

"不是的，当然不是了！"朱利安回答，惊恐万分，事实上还有点儿生气。莫妮卡或许感受到了他的情绪，她去拉朱利安的手，幸亏她先摘掉了那副又丑又可笑的手套。

"朱利安，告诉我，玛丽还在这里时，你的小别墅闻起来是什么味道？"莫妮卡说。

朱利安闭上眼睛，努力回想了几分钟，在心里一样叠着一样回忆那些香味。"我记得那些玫瑰花瓣、手工草莓酱、新鲜柠檬。哦，还有油彩的味道，毫无疑问。"他说。

"没问题。给我半小时。我马上回来。"莫妮卡说着便消失了，和她来的时候一样突然。

等她再回来的时候，已经是二十九分钟之后，这回她带过来的东西就更多了。她把那些纸袋堆在角落里，人挡在袋子的前面，所以朱利安看不到里面都有什么。

"朱利安，我觉得你要是出去，留我一个人在这里，可能会好一点儿。"她说，"去咖啡馆里坐坐。我已经跟本吉说好了，把你想喝的、想吃的所有东西挂在咖啡厅的账上。尽量多在外面待一会儿，我需要一点儿时间。"

朱利安已经渐渐学到了，和这个新朋友吵架纯粹是浪费时间和精力，不如离开，和进出"莫妮卡咖啡馆"的人们聊聊天，度过一个愉快的下午。

本吉教了他如何做一杯正宗的卡布奇诺，用到的咖啡机简直和一辆小轿车一样大，而且也和汽车一样复杂。然后呢，他和本吉像两个淘气的男学生，对着莫妮卡的"客户信息"嘻嘻哈哈笑了不知多久，然后还自己编了几条加上去。

他非常努力地不去想自己的小别墅里正在上演"惊天大破坏"。

在朱利安的记忆中，这还是他第一次敲自己家的大门，或许也是这辈子唯一一次。就要进门了，他紧张得不得了，感觉自己像个客人而不是主人。一两分钟后，莫妮卡出现了，头发用丝巾包住，几缕湿漉漉的卷发逃窜出来。她满脸通红，目光灼灼，仿佛也给自己来了场大扫除，身上套了一条玛丽的围裙。她到底是从什么地方找出来的？

"恐怕我只搞完了客厅和厨房。"她说，"下一次我再来把剩下的打扫完。进来吧！"

"莫妮卡！"他说，"完全变样了！"确实变样了。阳光从窗口洒落，落在洁净光亮的地板上。马克杯不再藏污纳垢，而是变得亮澄澄，鲜艳醒目，目之所及也不再有蜘蛛网。这里再次像个家了，莫妮卡仿佛将这十五年的岁月连同尘垢一起冲刷殆尽。

"你能闻到什么？"莫妮卡问。他闭上眼睛，深深吸气。

"柠檬，绝对的。"他说。

"没错。我用了柠檬味的清洁用品。还有呢？"

"草莓果酱！"

"又对了，正在厨房那干干净净的小炉架上慢慢熬着呢。我们得找点果酱罐子。在我完成之前，你先坐下。"

莫妮卡消失在屋外，然后又抱着一大捧玫瑰花回来，之前肯定是把花藏在了院子里。她急急忙忙地四处找花瓶，把玫瑰花安置在不同地方。

"现在嘛，"她非常夸张地说，"点睛之笔！"而后变出了一瓶雅蝶发胶——正是玛丽以前用的牌子——在起居室里喷了一圈。"闭上眼睛，朱利安。现在闻起来是不是和玛丽在的时候一样？"

朱利安靠在自己最喜欢的扶手椅里（再也不觉得油腻腻了），深深吸了一口气。确实。他真想永远闭上眼睛，留在2003年。但是还需要最后一样东西。

"莫妮卡，"他说，"我们得画点儿东西。我要给你上一堂私人课。这是我唯一能做的。"

朱利安猛地推开连接起居室和工作室的双扇门。他找出一卷油画布，在地板上铺开，着手用某种油调起了颜料。

"今天晚上，莫妮卡，我们要画波洛克那种作品。我一直在观察你画画。你的画一直都很整洁、精确。你试图还原眼中所见。但是波洛克说过，绘画是自我发现。每一个优秀的画家画的都是自己。他说那是要表达你自己的感受，而不只是把一样东西画出来。这个，拿这个刷子。"他递给莫妮卡一把画刷，几乎有莫妮卡的手那么大，"波洛克用的是家用涂料，但我没有，所以我们就用亚麻籽和松脂调和油来画。他把画布铺到地上，在画布上方的空气中作画，用整个身体来画，像芭蕾舞演员一样。你准备好了吗？"

他猜莫妮卡并没有准备好，而且也能看出来，她很怕把刚刚收拾好的房子弄得一团糟，但她还是点了点头。朱利安退回起居室，挑了一张黑胶唱片，放进唱片机里。只有一个男人能为这一幕戏来伴奏：佛莱迪·摩克瑞①。

朱利安脱掉鞋子，滑过锃光瓦亮的木地板，回到工作室，以佛莱迪式的热情而非天赋唱起《波西米亚狂想曲》。他拿起刷子，浸入一罐熟褐色，然后轻轻扫过画布，颜料刷出了一条宽阔的圆弧。

"来吧，莫妮卡，来啊！"他喊道，"用整条手臂。从腹部发力。画出来！"

一开始，她动作幅度很小，但是朱利安眼看着她哈哈大笑起来，看着她放松下来，看她将颜料甩得满脑袋都是，活像个从底线发球的网球运动员，结果将镉红色颜料洒满了发丝。

朱利安跳着芭蕾动作滑过整张画布，手腕微微抖动，毫不迟疑，将颜料泼洒下来。"你要来吗，莫妮卡？你要跳凡丹戈舞吗？凡丹戈舞

---

① 佛莱迪·摩克瑞（Freddie Mercury，1946—1991），英国男歌手、音乐家，摇滚乐队皇后乐队（Queen）的主唱。

什么样？管他呢。胆小鬼又他妈的是谁？^①"他们双双坐在地板上，筋疲力尽，放声大笑，旁边就是精彩绝伦的色彩大乱斗。新鲜颜料的味道悬浮在头顶的空气里，和玫瑰、柠檬、果酱还有雅蝶发胶的气味混在一起。

"玛丽是在家里去世的吗，朱利安？"等他们平静下来、平复呼吸之后，莫妮卡问道，"我不知道那是什么感觉，你知道的……"

"我不想聊那个，如果你不介意的话。"朱利安猛然打断她，说道。紧接着他的感觉很糟糕。因为她问的那个话，听起来就好像是要告诉他什么事情。谢天谢地，她换了话题。

"你和玛丽一直没有孩子吗？"莫妮卡问。上帝啊，这个问题真是再好不过了。

"我们尝试了。"朱利安回答，"但是在一系列可怕的流产之后，我们决定不能这样。那段时间非常不容易。"朱利安说得轻描淡写。

"不想领养？"莫妮卡问，就像他的狗狗基思，一根骨头都不愿放过。

"不想。"他说，其实不是实话。玛丽一直都很想领养，但朱利安否决了这个想法。如果不能延续自己的基因，他实在看不到要孩子的意义。想象一下，你长久端详孩子的脸庞，想知道那张脸从哪里来。朱利安估计这个解释听上去会让他显得很没有同情心。

"你有其他家人吗？兄弟姐妹？侄子侄女？"莫妮卡问。

"我哥哥40岁时去世了——多发性硬化症，非常可怕的病。"朱利安回答，"我并没有帮上多少忙，虽然我应该帮忙的。这是我的诸多失败之一。他没有孩子。我姐姐，格蕾丝，70年代的时候就移民去加拿大了。她已经有十多年没回来过。她说年纪太大了，没法长途旅行。她有两个孩子，但我只在他们很小的时候见过，之后就只在脸书上看

---

① 凡丹戈舞和胆小鬼都来自《波西米亚狂想曲》的歌词。

过了。脸书，了不起的发明。不过我还是很开心，在我依然英俊潇洒的时候没有这种东西。我可能会沉迷其中。"他意识到自己说话急促含混起来。

"那么，你打算和谁一起过圣诞呢？"莫妮卡问。朱利安假装出努力思考的样子。"上帝啊，我有太多选择了，还没有决定。"他说。她打算邀请自己做点什么吗？他尽量让自己不要过度激动，万一她只是好奇一下而已呢。

"好吧。"莫妮卡在这尴尬的沉默里奋力前进，"我爸爸和伯纳黛特要去搭游轮，去加勒比海。这是他们的第五个结婚纪念日，这就意味着，我要一个人。莱利也是，他的家人都在地球另一边嘛。所以，我们觉得可以在咖啡馆里安排圣诞午餐。你愿意加入吗？"

"我实在想不出还有什么选择能比这个更好。"朱利安回答，兴奋得一阵眩晕，"我想我从来没有告诉过你，我有多开心，是你发现了我的笔记本，莫妮卡。"

"我也很高兴是我发现了。"莫妮卡回答，将手搭在朱利安的手上。朱利安这才发现，自己如今有多不习惯肢体接触。唯一一个经常触碰他的人就是理发师。

"朱利安，你应该画莱利！"莫妮卡说，"他肯定是个超棒的模特。"

"嗯……"朱利安心想，画莱利的话应该用不着涂很多层。他暗暗批判自己。那种念头也太宽容了吧，他再也不是那个心胸狭隘的自己了。

"说到莱利，"朱利安说道，尽量让自己的语气听起来只是随口一提，"我估计他可能是有那么一点点地爱上你了。"

"你那么认为？"莫妮卡问，看起来有点儿难过，"我完全不确定。"

"你也在本子里写东西了吗？"朱利安问道，转移了话题，以防让莫妮卡别扭。他想象着，这恐怕就是一个父亲会有的感受吧——想表现出兴趣，但又小心翼翼地生怕越界。如果莱利让她伤心，那朱利安就得责无旁贷地照顾莫妮卡。

"写了，但现在，我觉得自己写在里面的东西真的很尴尬。虽然我记得你说，'但也有可能，讲述那个故事会改变你的人生'，但是，我觉得只是写下来就已经施展了某种魔法，因为从那以后，我的人生真的改变了。所有东西似乎都同时到来。至少，我自己是这么认为的。我把本子留在酒吧里了，几个星期以前。"

"真想知道是谁捡到了本子。记得我写的后半句话吗？'或者改变你素未谋面的某个人的人生。'"

"好吧，"莫妮卡说，"它已经取得了极大成功，你不觉得吗？"她冲朱利安微笑。这个朋友朱利安才认识不久，不知怎的，却觉得已经认识了一辈子。

23　莱利

　　莱利坐在窄窄的单人床上，膝头放着笔记本电脑——是从室友布莱特那里借的。他能感觉到右腿下面的床垫弹簧，硬邦邦的，凹凸不平，所以他稍稍往左边挪了一点儿，重新调整了一下腿上的键盘。他正在喝不加奶的茶，因为有人喝完了他昨天才买的一品脱牛奶。他的六罐装拉格啤酒现在也只剩下四罐，而他的切达干酪消失了相当大的一个切角，同时留下了一排牙印。他尝试将自己所有的物品贴上标签，但真的很气愤这群室友把自己变成了这种人。他并不是一个捍卫领土的打标签机器。

　　11月温暾的太阳将房间照亮，努力穿透玻璃窗上厚厚的灰尘，这些灰尘无不来自千千万万辆汽车的尾气，它们在沃里克路上一天二十四小时轰鸣不息。莱利觉得自己就像枯黄的植物——因为缺乏阳光和新鲜空气而虚弱、泛黄、枯瘦。天生的深色皮肤都变成黄疸色了，浅金色的头发颜色也变深了。他心想，很快他的头发和皮肤就会变成一样的颜色。

　　这还是莱利来到伦敦之后第一次感觉到自己那么渴望珀斯，渴望浸泡在阳光里的日子，渴望给别人的花园施肥、浇水、除草、修剪。他看了看床边的软木板，看着钉在上面的一张张照片，都是从家里带来的。十几岁的他和爸爸还有两个哥哥一起，都在同一片海里冲浪。他们对着妈妈咧开嘴大笑，这是妈妈拍的照片。一如往常，她的构图一团糟，天空的部分拍得太多。另一张是妈妈拉着年幼的他，在回故乡巴厘岛探亲的路上的照片。还有他的朋友们，冲着相机举起啤酒瓶，这是他游学旅行归来后，大家为他举办的烧烤派对。他为什么要用灿烂苍翠的大自然所环绕的生活来交换被混凝土禁锢的生活呢？每一次呼吸都会吸入污染物。

莱利正在查看挂在易贝上的那一大堆东西的售卖情况。朱利安几乎没怎么用过的养蜂人套装是贱价抛售的。谁能知道附近竟然有那么多业余养蜂爱好者啊？还有蒂芙尼灯，他诚实地描述为"无法运转""需要维修"，却每隔几分钟都会出现新的叫价。最厉害的是朱利安的古董手机，眼看就能卖到比最新款苹果手机还高的价格。莱利继续往下刷的时候，轻轻吹开耷拉在眼睛上的一绺卷发。

房间里为数不多的家具就是五斗橱，一个活动挂衣杆，挂着几个铁丝衣架，还有一个东摇西晃的书架，看起来好像是某个人在按照宜家的说明书做组装时稍微喝高了点儿。余光望去，能看到朱利安的笔记本从卷了角的小说和旅行手册之间探出头来，刺激着他。

莱利觉得自己深深陷入了流沙之中，这种处境前所未有。他还记得，在莫妮卡的咖啡店里看到那张明信片时胃里翻江倒海的感觉，他多希望那只是巧合啊。莫妮卡提及哈扎尔名字的那一刻，他就应该澄清才对。他本可以说："哦没错，那是我在泰国碰到的人，就在来这里之前。他给了我一本笔记本，所以我才找到了你。"那样说出来真的有那么难吗？可是他失败了。更糟糕的是，他当了逃兵，留莫妮卡一个人站在原地，手握明信片，茫然不知所措。现在，他的欺骗行为越来越严重。他始终没有办法宣称合适的时机还未到来，他没有机会坦白，也没有办法争辩说那张明信片来自另一个哈扎尔。要是他的名字普通一点儿就好了，比如詹姆斯、萨姆或者莱利。顶着莱利这个名字，你肯定不会出什么差错。

莱利和自己达成约定，他会把整件事告诉莫妮卡，然后面对结果。如果莫妮卡再也不想见他，那就这样吧。或许也是时候离开了。但是她也有可能坚强接受——觉得是件趣事，可以作为两人的初遇故事，讲给朋友们听。显然，她一定能看出来，他们的相遇虽是哈扎尔的设计，但之后发生的一切都是因为内心的喜欢吧？远不只喜欢，莱利意识到，连自己都吓了一跳。

离圣诞节只有一周了，莱利不敢冒险毁掉莫妮卡精心安排的计划。在咖啡馆里举办圣诞午餐会，他很清楚莫妮卡有多激动。他在莫妮卡公寓里的茶几上看到了全部清单：购物清单，分秒必争的烹饪计划，礼物清单（莱利还没看到莫妮卡要送他什么，莫妮卡就抢先藏了起来）。莫妮卡试图将他的注意力转移到讨论詹姆斯·奥利弗和妮格拉这两位厨师谁更厉害上，但显然发现了他满脸的茫然，所以还是放弃了。

莫妮卡邀请了美术班的全体学员，在回家庆祝圣诞前，先来喝杯餐前酒。大部分人都要出城，但是贝蒂和巴兹打算参加。本吉会来吃午饭，他决定在除夕夜①的时候回苏格兰和家人一起庆祝，圣诞节就不回去了。

莱利决定了，圣诞节之后就告诉莫妮卡，绝对要在新年之前就说。

向自己做了这番承诺之后，心中欺骗他人的重担才稍稍减轻了些。莱利看向那本笔记，想要摆脱它。现在他决定了该怎么做，在接下来的一周左右，他要忘记"真相漂流计划"的存在——可是本子就摆在这里，要无视实在太难。

他想过随便扔掉，可他不想成为打破链条的那个人。破坏他人仔仔细细写下的真心话，感觉会种下很可怕的恶果。或许他应该把本子传递下去，就像莫妮卡和哈扎尔那样。也许它能给别人带来好运呢——毕竟，它真的带来了好运，让他认识了莫妮卡，还有这么一大群朋友。甚至还帮他找到了工作——如果可以把朱利安的易贝工程描

---

① 苏格兰的除夕夜是指12月31日，一年里的最后一天，在苏格兰传统里是比圣诞节更重要的节日。

述成工作的话。他万分确定，下一个拿到笔记的人一定不会像自己一样蠢，一定会谨记，这一切的宗旨都是真实人生，不是谎言。

突然响起一阵有节奏的噪声，砰砰砰，夹杂着些许过于戏剧化的呻吟，从隔壁房间传来。这间公寓改造得相当差劲，墙体极薄，隔着两间房之外传来的放屁声莱利都能隐约听见，对于布莱特积极活跃的爱情生活，莱利真是不想这么了解。他能推断出，布莱特眼下的女朋友是在假装高潮。和这位尼安德特人①一般的室友在一起，不可能有人这么快活。

莱利把笔记本从书架上拿下来，从旅行包侧面的口袋里找出一支笔，写了起来。

写完的时候，外面天已经黑了，莱利感到压在肩头的重担似乎被卸下，转移到了笔记本里。一切都会顺利的。他走到窗边，拉上不够宽的窗帘时，忽然发现了某样惊人的东西。他一定要告诉莫妮卡。

---

① 尼安德特人生活于石器时代的欧洲，常用尼安德特人来比喻守旧、僵化过时、粗鲁无礼的人。

24　莫妮卡

　　莱利出现的时候，莫妮卡正把门上的牌子从"营业"翻成"休息"，看莱利的样子，好像是从伯爵宫一路狂奔过来的。要是她没把门打开的话，他恐怕已经一头撞在门上了。

　　"莫妮卡，看！"他大喊一声，"下雪了！"他拼命摇头，甩出细细密密的小水滴，就像游完泳之后激动的寻回犬。

　　"我知道。"莫妮卡回答，"不过我怀疑积不起来。很难积雪。"她察觉出，这并不是莱利所期待的回答，"莱利，你以前见过雪吗？"

　　"当然见过啊，在电影里、网上，还有其他一些地方，但没见过这样从天上飘下来的真正的雪。"他指着胡乱飞舞的雪花回答。莫妮卡惊讶地望着他，警惕起来。

　　"那个，"他说，听上去有点儿愤慨，"你见过内陆地区的沙尘暴或者野火吗？"莫妮卡摇摇头。"我想也是。不过，我们得出去！国家历史博物馆旁边有个溜冰场。我们走吧！"

　　"是自然历史博物馆。"莫妮卡纠正他，"我不能就这样出去啊。我得把这儿清理干净、算账，准备明天要用的一切。抱歉。"莱利是忘了上一次见面时，她话还没说完他就那么走出去了吗？

　　"莫妮卡，"莱利说，"你必须享受一下生活。那些东西都可以等。抓住当下。停止担心未来，享受乐趣。你只能年轻一次。"他说出的这些陈词滥调就像是蹩脚的好莱坞电影台词，莫妮卡微微蹙眉。

　　"接下来你就打算告诉我，临终前躺在床上时，没有一个人会希望自己在工作上投入更多时间，是不是？"她说。说罢，她盯着莱利的脸庞，目光炙热，充满期待。莫妮卡心想，*到底为什么不去呢？*

莫妮卡小时候上过滑冰课，还有芭蕾课、钢琴课、长笛课、体操课和戏剧课。直到16岁那年，她不再上任何课程。但是，没花几分钟，她的肌肉就追回了那些遗忘良久的记忆，很快便自信地滑行、转弯，颇为潇洒自如。她想不明白，为什么她再也没有重新开始滑冰？年轻的时候她充满激情，那些曾让她心跳加速、满怀梦想的事情，都因为选择了努力工作、切合实际、规划未来而放弃了。

提到梦想，哪怕是在最天马行空的白日梦里，她也从未想过会和莱利这么英俊的人在一起。她必须不断地掐自己。无论他们去到哪里，人们都会盯着他们看。莱利这辈子肯定都是被人盯着看的，因为他对别人的目光似乎毫无觉察。他们是不是都在疑惑，*他跟她在一起做什么呢？*

莱利对自己的外表毫不在意。此时此刻，初次涉足冰湖的他就像是小鹿斑比——难以配合的四肢扭作一团，更多的时候是四仰八叉地躺在冰面上，而不是站着。他仰面躺着，金色的卷发散落开来，将脑袋围在中间，像极了天使的光环，只不过是个被赶出天堂的天使。莫妮卡伸出手扶他起来。莱利抓住她的手，一跃而起，结果脚又滑了出去，人又一次摔到地上，连带着莫妮卡一起摔倒了。

莫妮卡四仰八叉地压在莱利的身上。她能够感受到他哈哈大笑的整个过程，感受到笑声的起点，感受到气息深深沉入腹部，然后再次充盈胸腔，最后贴着她的耳畔爆发出来。她用亲吻将笑声堵了回去。那笑声与亲吻唤起的感觉，是那么自然，那么直接，她意识到所有的陈词滥调都是真的。的确，莱利并不符合她所有的标准，但是，应当责怪的或许是标准，而不是莱利。

莱利冲着她粲然一笑："你是怎么做到的，莫妮卡？在冰上那么优雅地旋转，就像北极仙子一样，太让人惊叹了。"莫妮卡心想自己恐怕要开心得爆炸了，看来她是能够让人心生惊叹的女人。

莱利站起来，同时帮一个小孩子也站了起来，那孩子也一下子扑倒在地。莫妮卡惊讶地看着莱利，仿佛他是个圣诞老人。看来，就连10岁以下的孩子都无法抵挡他的魅力呢。

莫妮卡和莱利回到咖啡馆时已经快十点了。莫妮卡知道她得把之前放下的工作全都做完，但仍旧被率性而为的浪潮裹挟，仿佛得了一种暂时性的精神失常。

莫妮卡打开咖啡馆的灯，又一次看见了那张明信片，就在吧台的后面，这一眼猛然将她唤醒，去与莱利对峙。

"莱利，那天晚上你为什么那么快跑出去了？"她问道，努力让自己的语气听起来不那么咄咄逼人，"是我让你不开心了吗？"

"上帝啊，不是的。千万别那么想。"莱利说。莫妮卡相信他。莱利太坦荡了，很难说出令人信服的谎话来："我只是有点儿，你知道的，突然间吓坏了。"他垂下头去看自己的脚，尴尬地走来走去。

莫妮卡完全明白了。终于，他们之间的关系还是让他畏缩了——所有的关系都建立在频繁见面的基础上。莫妮卡无法责怪他！事实上，发现莱利也在与复杂的感情做斗争，她反而松了口气。或许，他们比她想的要更相像一些。

"为什么不来点儿热红酒呢？"莫妮卡提议，想着酒精或许能帮着重建之前松弛的氛围。她去了咖啡馆里面的小厨房，打开煤气灶，将一瓶红酒倒进一口大锅，还丢进去一些香料、橙汁和丁香。她能听到莱利打开了音乐。是艾拉·费兹杰拉，不错的选择。她将红酒搅拌了十分钟，其实时间还不够长，不过今天她一直都在跟着感觉走。

莫妮卡端着两杯热红酒回到咖啡馆大堂。莱利将两杯酒都接了过来，小心翼翼地放在桌子上，而后拉过她的一只手，同她跳起舞来，将她向外送时巧妙地避开了所有的桌椅，只是轻轻地牵着她的指尖，然后再拉回自己的身边。之前那么笨拙的双臂与双腿突然间优雅协调，调度自如，简直难以相信它们是同一个人的四肢。

翩翩起舞时莫妮卡意识到，她总是带在身上的焦虑的死结不复存在了。至少在这一刻，她没有担心接下来呢？如果？会往什么方向发展？也没有近来新出现的担忧：*究竟是谁正在读我写在那本笔记里的东西？*唯一重要的事情就是音乐的节拍，以及被莱利拥在怀中的感觉。

一辆巴士驶过，片刻间照亮店外的人行道，就在窗户前驻足着一个年轻女人，怀里抱着最漂亮、最松软的小宝宝，如同现代版的《圣母与圣婴》。宝宝的拳头紧紧攥着妈妈的头发，仿佛是要确定妈妈永远也不会放开自己。

有那么一瞬间，她与年轻的妈妈四目相对，那位妈妈似乎在说，*看看你的人生啊，如此随便，如此空虚。这才是真正重要的东西，我所拥有的东西。*

巴士继续前行，向帕特尼驶去，窗外的人行道再一次骤然陷入黑暗，眼中的画面也随之消失。或许，根本就没有过那幅画面。或许那都是她自己想象出来的，她的潜意识在提醒她，别忘了尚未兑现的梦想与抱负。但是，无论那幅画面是真是假，无忧无虑、兴奋欢愉的时刻都已然过去。

25　爱丽丝

　　已经快夜里十一点了，爱丽丝正推着婴儿车里的邦蒂，咚咚咚地走在街上，努力想哄她入睡。似乎起作用了，号叫声渐渐变成了呼哧呼哧的喘息，最后的十五分钟，是美好的安宁。爱丽丝转身回家，迫不及待地想睡觉。谁能想到竟然会有这么一天，这个世界上她最渴望的东西竟然是八小时的完整睡眠，超越金钱、名气和最新款的名牌高跟鞋。

　　当爱丽丝路过自己最喜欢的咖啡馆之一时——叫什么来着？"达芙妮咖啡馆"？"贝琳达咖啡馆"？反正是个很老气的名字——她停下脚步。咖啡馆里亮着灯，能看到两个人，绕着咖啡桌翩翩起舞，仿佛最新上映的好莱坞爱情片，这一幕叫人赏心悦目，完美得不真实。

　　爱丽丝知道自己应该继续往前走，可是双脚却牢牢地焊在了地面上。人行道上一片漆黑，恰好可以隐匿起来，她看着，男人低下头去看怀中的女人，爱意弥漫，温柔流淌，爱丽丝简直想哭。

　　一开始，麦克斯看她的眼神仿佛她是童话故事中的公主，无法相信自己竟然如此好运。可是，他已经很久很久没再那样看过她了。她估计，眼睁睁地看着你的爱人经过分娩这一遭，经过那些叫喊、汗水、眼泪和体液，会在很大程度上永远改变你看待她的视角。她要求麦克斯待在一边，可他坚持要亲眼看着自己的第一个孩子来到世上，爱丽丝确定，那绝对是个可怕的错误。当时麦克斯便吓得一屁股瘫在地上，脑袋在手推车上撞开了花，他们必须再找来一名额外的助产士负责照

117

顾麦克斯。就在昨天，麦克斯还把爱丽丝的痔疮膏当成了牙膏。所以，他们之间连一丝浪漫都荡然无存，不过，这也没什么好大惊小怪的。

爱丽丝百分之百确定，眼前如电影般存在的女人一定没有年幼的宝宝、妊娠纹或者痔疮。她是自由的、毫无负担的、独立的。世界是她盘中的鲜美生蚝。而后，仿佛是为了提醒爱丽丝，那些美妙的词与她毫不相干，邦蒂开始哭喊起来，因为小推车突然停下了，所以孩子醒了过来。

爱丽丝抱起邦蒂，用羊绒毛毯将她抱住，希望除了烦躁外，她还能感受到一些别的。雪上加霜的是，邦蒂一把攥住爱丽丝的头发，往自己的嘴巴里送，猛地扯着了发根。一辆巴士呼啸而过，照亮了人行道，就在那一刻，咖啡馆里的女人扭过头来，满眼遗憾地望着爱丽丝。*你这可怜的家伙*，她似乎想说，*难道你不希望你是我吗？*

爱丽丝真的希望。

爱丽丝破碎的夜晚夹杂着断断续续的梦，梦里都是咖啡馆里的那对男女。然而，在她的梦里，她是跳舞的那个女人，而别的人——她不知道是谁——在旁观。爱丽丝摇摇头，试图将这幅画面赶走，好集中精力处理手中的杂务。而她拼命想要赶走的其实是她那愚蠢的节日头饰。

爱丽丝和邦蒂双双戴了驯鹿角发饰。爱丽丝把邦蒂斜过来，这样她们的鼻子几乎就能碰到一起。邦蒂整张脸喜笑颜开，全都框在画面里，但你只能看到爱丽丝挑染的蜂蜜金色的头发（是*@丹尼尔理发店*①的免费试用）和一点点的侧面轮廓。以防万一，爱丽丝多拍了几张照片。

邦蒂真正的名字是艾米丽，但是，在她出生几天后，夫妻俩还在

---

① 文中凡是带有@符号的，都是代表 Instagram 账号。

吵着要给她起什么名字，于是便用"邦蒂宝贝"这个小名来喊她（如果非要说实话不可，他们到现在依然会为不计其数的事情而争吵），于是小名就这么固定了下来。现在@邦蒂宝贝几乎和@爱丽丝漫游奇境的粉丝一样多。

爱丽丝把最好看的一张照片导入修图软件，在适当范围内把眼睛的某些部分变白，去掉黑眼圈，擦除所有细纹。邦蒂，从她的Instagram上，你永远也不可能知道她染上了让人痛苦的奶疹和乳痂，爱丽丝也同样给她做了修复。然后爱丽丝给照片加上滤镜，键入"圣诞来啦"几个字，并添加了一些圣诞表情，还有所有普通妈妈以及时尚博主都会用的话题。她圈出了@宝贝爱打扮，就是这个博主给她寄了鹿角，然后按下"完成"键。她把手机面朝下放在桌子上，放了五分钟，然后翻过来，查看赞数，已经有547个赞了。那种照片肯定能表现不错，般配的母女照向来如此。

邦蒂开始放声大哭，搞得爱丽丝左乳渗奶，弄得T恤上到处都是。她才刚刚穿好衣服，而且这还是她最后一件干净衣服。缺乏睡眠让她觉得自己灵魂已出窍，更像是在一旁围观自己的生活，而不是身在其中。她想哭。有很多很多时候她都很想哭。

邦蒂咬紧牙龈，咬住她疼痛破裂的乳头，爱丽丝的眉头紧锁。她想起了昨天发在@邦蒂宝贝上的母乳喂养照片，一派和谐美好，如诗如画，光线、拍照角度和滤镜遮蔽了水疱、疼痛和眼泪。哺育自己的孩子是多么自然而然的事啊，怎么能这么可怕呢？为什么没有任何一个人提醒她？

有时候她真想用系在脖子上的饰带勒死社区里的助产士，这个人手举身份证，不停地叫喊"母乳最佳、母乳最佳"，若有哪个妈妈胆敢想着掺入一瓶配方奶，她便指手画脚地训诫人家。当然了，想要杀死助产士对于新手妈妈来说绝不是什么健康的思想。

爱丽丝把涂了牛油果泥的吐司推到一边，早餐的时候她拍了照片。

她将手伸向橱柜去拿应急用的蛋糕，邦蒂仍旧咬着左边的乳头。爱丽丝吃掉了整块蛋糕。她等着平常那种自我憎恨的感觉慢慢浮现。哦，没错，来了，准时到达。

邦蒂喝完奶，打了个嗝，往爱丽丝的T恤上吐了一大口奶，爱丽丝便开始翻找那堆宝宝服，都是@宝宝和我赞助的。她必须在圣诞季过去之前再发一张时尚宝宝的照片。她找出了一件最可爱的双排扣粗花呢大衣，还有与之匹配的帽子以及婴儿编织鞋，效果应该不错。

现在，爱丽丝必须出门，这样才能更好地展示外套。而且爱丽丝的联排别墅里挤满了硬纸盒、宝宝玩具、待洗的衣服、满满一水池待洗的餐具，实在不适合用来当背景。@爱丽丝漫游奇境可是住在雅致、清新、激励人心的家中。反正，和宝宝一起漫步在新鲜空气中是新手妈妈们常做的事情，不是吗？她们这算是与身份相称。

她实在没有办法再找出一件干净的上衣，所以直接套上一件外衣，遮住宝宝的呕吐痕迹和奶斑。希望没人会离她很近而能闻见。她摘下鹿角，换了一顶羊毛帽，帽子顶上有个神气活现的绒球（@我爱绒球），这样就能遮住油腻腻的头发。她在门厅处的镜子里审视自己。至少，看起来这么糟糕，没人会认出她来的。她时刻记着要在麦克斯回来前好好打理一下自己。对于麦克斯那样的男人来说，外表很重要。有孩子之前，麦克斯见到的爱丽丝全都是妆容完美，头发吹得有型，毛也脱得一干二净。自从有了孩子，一切都急转直下。

接下来，爱丽丝觉得自己花了好几个小时将那些几乎用不到的必需品装进硕大的单肩包——平纹细布、湿巾、屁屁霜、乳贴、尿布、牙齿舒缓凝胶、拨浪鼓和嘟嘟（邦蒂最喜欢的兔子玩偶）。自从四个月前，邦蒂来到这个家，整栋房子都变得像是为攀登喜马拉雅山而做好了准备。爱丽丝回想起曾经的日子，那时她所需要的只有钥匙、钱和手机，都能塞进牛仔裤口袋里。如今想来，那仿佛是另一种生活，属于另一个截然不同的人。

爱丽丝给邦蒂穿戴完毕，固定在婴儿车里，后退着走下台阶，来到人行道上。邦蒂开始哭。不是吧，她不可能又饿了吧？爱丽丝以为自己早就彻底习惯了宝宝的哭闹。她已然能够分清哪种哭声是饿了，哪种是累了，哪种又是因烦闷而不痛快。然而事实是，邦蒂的所有哭声似乎都意味着同一件事：*失望*。*这不是我期待的事情*，她似乎在说。爱丽丝明白，因为她自己的感觉也是一样的。爱丽丝加快脚步，希望小推车的轻轻摇晃能够安抚邦蒂的情绪，并且在拍完照片前千万别睡着。

爱丽丝朝附近公园里的小游乐场走去。她可以把邦蒂放在婴儿秋千上，这样就能完美展现她的全身装束，而且邦蒂很喜欢秋千，所以希望她能露出笑容。邦蒂皱眉头的时候千万不要太像温斯顿·丘吉尔，那副表情会让她失去一大批粉丝。

爱丽丝真希望自己在中学或者大学的老朋友中也有人有了孩子。那样的话，她至少能有人说说话，说说自己对这一切的真实感受。她可以从中发现，原来做母亲是如此辛苦，如此令人筋疲力尽，而这再正常不过。可是朋友们都觉得，26岁就要孩子为时尚早。究竟是为什么，爱丽丝竟然不这么觉得呢？一直以来，她都那么急吼吼地要完成那幅完美画面：英俊富有的丈夫，在富勒姆的恰当区域拥有维多利亚时代的联排别墅，漂亮快活的宝宝。她一直都生活在梦幻之中，不是吗？粉丝们显然都这么觉得，这让她觉得自己真是身在福中不知福。

游乐场空空如也，但婴儿秋千却不是空的，上面有个笔记本。爱丽丝环顾四周，想看看会是谁的。可是周围一个人都没有。她捡起本子——看起来特别像她拿来给邦蒂做喂奶记录的本子。*早上5:40，左乳十分钟，右乳三分钟*。她想建立起某种秩序，就像专家们建议的那样，但是没能坚持多久。最终她气鼓鼓地把本子扔进了尿布箱，仿佛那只是为了用来证明她的全部未来。

她的本子封面上有几个字：*邦蒂喂养日记*。她画了个爱心圈住邦蒂的名字。这个本子的封面上也有几个字，但是笔迹比她的漂亮得多：**真相漂流计划**。爱丽丝很喜欢这几个字的发音。毕竟，她的个人品牌（不再是个人了，她提醒自己，因为邦蒂已经加入进来）的全部要义就是真实人生。*为现实生活中的妈妈和宝宝提供现实生活中的时尚*。笑脸。

爱丽丝打开本子正要看，突然下起雨来。啊，就连该死的老天也哭起来。硕大的雨点瞬间模糊了些许字迹。她连忙用袖子吸掉纸上的雨水，把本子塞进了包里，塞在尿布和婴儿湿巾之间。现在，她必须在两个人都淋成落汤鸡之前赶回家去。

26 朱利安

朱利安非常满意他的太极套装，是在网上买的。他意识到，这是玛丽去世后他头一次买新衣服。他现在知道网络购物有多方便了，还订购了一大堆内衣和袜子。是时候了。或许他可以让莱利把以前的内衣、袜子都放到易贝上卖掉。他很愿意听听莱利对这个提议的反馈，这会让他有权来打劫朱利安的衣帽间。

朱利安非常喜欢老年忍者的装扮。全身漆黑，宽松的裤子和袖子宽松的衬衫，前襟是一排编织纽扣。他看得出来，吴太太（他发现很难把她当成贝蒂）对他的打扮印象深刻。她高高地挑起眉毛，有好一会儿，他们就站在庭院中央，面面相觑。

朱利安和吴太太一起进行一系列热身活动，现在他已经很熟悉那套动作。他心想，比起两个星期以前，吴太太第一次出现在大门口时，如今他早就不那么摇摇晃晃，也灵活了不少。她开始在过来的时候带上一袋种子，每节课开始前撒在周围，要不了多久，他们就会被鸟儿包围起来。

"被大自然环绕是很好的。"她解释说，"也是很好的福报。鸟儿们饥寒交迫，我们喂它们，它们开心，我们就开心。"有时候，当他跟着吴太太的动作弯腰向前，双臂背在身后时，能够看见鸟儿俯冲向种子，心底便油然生出一种奇妙的感觉，觉得鸟儿们也加入了他们。"你能感受到你的祖先吗，朱利安？"

"不能，我应该感受到吗？"他问。他们在哪儿？他应当期待自己在什么地方感受到他们呢？这种想法真让人不舒服。他环顾四周，希望看到爸爸坐在长椅上，不满地透过阅读眼镜看着他。

"他们总在我们的左右。"吴太太说，显然能够与这种观念和平共处，"你能在这里感受到，"她用力将拳头砸向胸口，说道，"在你的灵魂之中。"

"我们是怎么就变得这样老了呢？"朱利安问道，转向让人更舒服一点儿的话题，"我心里依然觉得自己只有21岁，然后我就看见了自己的手，皱巴巴的，斑斑点点，好像根本就不是我的手。昨天我在莫妮卡咖啡馆用了烘干机，手背上的皮肤真的像波浪一样起起伏伏。"

"在这个国家，变老不是什么好事。"吴太太说道。朱利安早就发现了，这是她最喜欢的话题，"在中国，老人会因智慧而受人敬重。他们已经走过了漫长的一生，学到了很多很多。而在英国，老人被人讨厌。家人把他们送走，送到养老院，那里就像关押老年人的监狱。我的家人是不会那样对我的。他们不敢。"

朱利安绝对相信。然而，他并不那么确定自己是不是有智慧，或者是不是学到了很多很多。他和20岁时的自己并没有多大区别，所以每每照镜子时，才总是受到那么大的冲击。

"你有个可爱的家庭，吴太太。"朱利安说着抬起右腿向前，双臂打开，伸向两侧。"贝蒂！"吴太太凶神恶煞地说。

"巴兹，我是说毕明，是个非常可爱的男孩，也是个超棒的男朋友，和本吉。"

吴太太的动作刚做到一半，猛然顿住："男朋友？"看上去很震惊。

朱利安意识到自己一定是犯了个可怕的错误。他以为吴太太知道自己疼爱的孙子的事："没错，你知道的，男性朋友。他们相处得很不错，作为朋友。你知道的。"

吴太太狠狠地瞪了朱利安一眼，什么也没说，同时优雅地切入了下一个动作。

朱利安深深地松了口气。幸好他比一般人的情商要高，看来他似乎挽回了局面。

27 莫妮卡

今年，莫妮卡热情洋溢地对咖啡馆进行了圣诞装饰。朱利安的美术课堂想必是释放了她压抑良久的创造性。她在"阅读角"放了一棵圣诞树，点缀了传统的彩色饰品和浅白色的LED灯。每张桌子中间都装点了冬青和常春藤，吧台上悬垂着一大把槲寄生。本吉开开心心地给男人女人们分发他的亲吻。

"骚货！"六号桌的巴兹喊道。

"要柠檬味的吗①？"本吉灿烂一笑，幽默地反驳。

店里一整天都在循环播放圣诞精选特辑。如果莫妮卡再听见波诺问他们为什么知道今天是圣诞，那她会不管不顾地把本吉的iPad和等待洗涤的餐具一起扔进水池。

热红酒浓郁的香气在整个咖啡厅弥漫。因为今天是平安夜，莫妮卡告诉过本吉，酒是免费赠送给所有熟客的。结果本吉故意曲解，递出每一杯红酒的时候都要问候一句，例如："今晚看上去很热辣嘛，克赛利斯太太！"小朋友们全都得到了免费的巧克力金币，因此出现了许许多多的欢声笑语和巧克力指纹。莫妮卡拼命克制自己想拿着一块湿抹布追着他们满屋跑的冲动。她提醒自己，这对于做妈妈来说是很好的训练。她看了看表，已经快五点钟了。

"本吉，我准备拿上一瓶热红酒到公墓去，没问题的吧？"莫妮

---

① 巴兹嗔本吉"骚货"的词是tart，也是食物里的"挞"的意思。

卡问。

"我可不确定那儿的家伙是不是需要你的热红酒，亲爱的。"排在队伍里的一个女人打趣道。

莫妮卡跳上巴士，冲司机咧嘴一笑，司机戴了顶圣诞老人的帽子。她想不起上一次因为圣诞节而这么兴奋是什么时候了。似乎那时她还拥有一个幸福快乐的三口之家。

莫妮卡从富勒姆路这一边的公墓入口朝司令墓走去，她看得到莱利正从伯爵宫那边朝她走过来。莱利朝她挥了挥手。

"上帝保佑你们，快活的先生们①。"两人一起坐在大理石墓碑上时，莱利唱道。而后他吻了莫妮卡。这个吻的温度、强烈程度，无不让她头晕目眩，完完全全反映出了她刚刚喝的热红酒的影响。她不知道两个人究竟纠缠在一起多久，就像附近墓碑上覆满的常春藤，而后他们听到了朱利安的声音。

"呃，或许我应该去别的地方？"两个人啪的一下弹开了，莫妮卡觉得自己就像是在学校舞厅外接吻，结果被老爸抓了个正着。

"不不不。"莱利说，"毕竟你是最先来这里的。少说也有四十年了。"

"我们给你带了热红酒。"莫妮卡说着冲他挥了挥保温瓶。

"好吧，看到你们俩进展得这么好，我不能说我很惊讶。从莱利踏进美术课堂的那一刻起，我就已经预感到了。我们艺术家能看到别人看不到的东西。这既是我们得到的祝福，也是诅咒。"他用莎士比亚剧演员的那种夸张语调说道，"好吧，一切都很顺利，不是吗？我本以为，圣诞节不可能有更多美好了。"

莫妮卡给每人倒了一杯热红酒，为不去分享朱利安的百利甜酒表示歉意。那可能是玛丽最喜欢的酒，但酒太甜了，小小抿一口就觉得

---

① *God rest ye merry gentlemen* 被誉为最古老的圣诞颂歌之一。

牙齿仿佛融化了一样。"圣诞快乐，玛丽。"她说，为自己不近人情的想法深感惭愧。

"圣诞快乐，玛丽！"大家一起说。

"易贝上有好消息，朱利安。"莱利说，"我们净赚了快一千英镑。你的楼梯储物间可真是名副其实的宝库。"

"工作出色嘛，小莱利。"朱利安说，"我现在能上网买东西了。我发现了这个相当惊人的网站——叫'波特先生'，时髦绅士所需要的一切上面都有。你应该去看看。"

"谢谢，朱利安。"

"朱利安，我得回咖啡馆了，帮本吉关店。"莫妮卡说，"我们明天上午十一点见。"

"我送你回去，莫妮卡。"莱利说道。朱利安一脸明白地冲他眨眨眼，这表情要是放到其他老人身上，真是一点儿也不合适。

他们沿着富勒姆路往前走，莱利的胳膊挂在莫妮卡的肩膀上。因为节假日，伦敦城变得空空荡荡，街道寂静得可怕。每一个擦肩而过的人都讲述了一个故事——在最后一刻紧急购买礼物的男人；妈妈领着孩子们回家，包好要放进袜子里的礼物；一伙年轻男子刚刚结束办公室的午间圣诞聚餐，这一顿一直吃到接近傍晚。

莫妮卡想不起上一次觉得如此放松是什么时候，让她惊讶的是，她竟然并不真的在意莱利是否很快就要离开伦敦。她不在乎他都有什么打算。目前，她能在精神上做到，将所有身为沉闷无趣的未婚女性的焦虑弃置在落满灰尘的架子上，归档为"待定"。她唯一在乎的就是此刻的完美，她靠着莱利的肩膀，他们脚步轻快又一致地走在人行道上，踩着酒吧里播放的圣诞颂歌的节拍。她祝贺自己成了不折不扣的正念减压法大师。

"莫妮卡，"莱利开口道，语气里有一些和平常不太一样的犹豫，"我希望你知道我有多喜欢你。"莫妮卡的小腹猛然抽搐，仿佛是坐在过山车上——喜悦与恐惧无缝连接，她完全不知道一个在哪里结束，另一个又从哪里开始。

"莱利，你这话听起来就像小说里，英雄说他有妻子和家庭，必须回家去。"莫妮卡说，努力表现得幽默。他没有家庭吧？

"哈哈！没有，当然没有。我只是想确定你知道我的感情，仅此而已。"

"好吧，我也一样很喜欢很喜欢你。"莫妮卡觉得此时此刻是前所未有的绝佳时刻，可以说出早已准备好的台词。她已经花了一段时间来精心准备，让自己高水准表现出并不那么在意的样子。她甚至用手机录下来，回放给自己听。上帝啊，她有没有想起来给删掉啊？"你今晚想留下吗？反正你明天还要过来。只要你不介意我走来走去地给火鸡填馅料，剥孢子甘蓝。"

莱利有些犹豫，只是犹豫得太久了，久到足以暗示他接下来要说的话："我很想，但是我答应了室友，今天晚上要跟他们一起庆祝，因为明天我不在。真的很抱歉。"

莫妮卡听见脑海中有一个熟悉的声音反复吟唱，*他其实没那么喜欢你*，莫妮卡像捏碎一只可恶的小飞虫一样捏碎了这句话。她不愿让任何事情破坏自己的情绪。明天会是完美的一天。

28 爱丽丝

这个世界上，爱丽丝最想要的圣诞礼物就是睡懒觉。只要睡到早上七点就好。但是邦蒂有自己的想法。她会径自醒过来，向爱丽丝要求食物与关注。爱丽丝不得不再次使用配方奶，谨防自己的奶水仍然因为前一晚的豪饮而含有酒精，但配方奶是邦蒂最讨厌的。她甚至不能足够负责地好好喂养自己的孩子。厨房看上去就好像玩具店里发生了大骚乱。她本想在睡觉前把东西都收拾干净，准备好圣诞午餐所需要的一切蔬菜，但是她和麦克斯之间的可怕争吵让这些彻底泡汤。她去橱柜里拿止痛药，仿佛能够吃药治愈那些记忆，还有宿醉。

麦克斯很晚才回来，明显有点儿醉醺醺的，他带团队去吃了圣诞午餐，结果一整个下午都鸡飞狗跳、吵吵闹闹。等他回来的时候，爱丽丝已经筋疲力尽，并且确定自己正处在乳腺炎初期：乳房痛得要死，硬得像石头块一样，还有点儿发烧。她去谷歌上搜了症状，把冷冻卷心菜叶放在内衣里能有所缓解。她还从来没能在不吵醒邦蒂的情况下出门购物，谢天谢地，她终于快速睡着了。所以，当麦克斯终于露面时，她让麦克斯帮忙去买卷心菜。

他去了有一个世纪那么久，而怨恨则在爱丽丝的心里文火慢炖，他已经快活了一整天，而自己呢，却一直深陷尿布和湿巾的深渊。结果麦克斯买了一包孢子甘蓝回来！他解释说，因为今天是平安夜，大部分商店都关门了，不然就是货架基本空了。

"我能拿孢子甘蓝那蔫了吧唧没什么用的小叶子干什么？！"爱丽

丝冲他吼道。

"我以为你是要吃啊。人人不是都在圣诞节吃孢子甘蓝吗？简直跟法律一样。"麦克斯回答。爱丽丝把甘蓝朝他的脑袋扔去时，他低头躲开了。现在爱丽丝意识到了，这个回答也不是不合理。甘蓝没有砸到麦克斯的头，但是砸到了墙上，像飞溅的弹片，把一幅裱了框的拼贴画砸歪了。那幅画是用邦蒂的照片拼起来的，都是爱丽丝Instagram上的照片。

爱丽丝从冰箱里拿出一瓶酒，还拿了一盒黑加仑夹心巧克力（都是圣诞当日限定），然后以创纪录的速度飞快吃光、喝光，同时刷遍所有社交平台，负能量爆棚地想着，*这下他总能明白了吧*？

现在她意识到，他根本什么也没明白，或者，至少不是爱丽丝想让他明白的。她所做的一切，唯一的作用就是让她自己在凌晨三点醒来，浑身脱水，长相思白葡萄酒全都通过汗液流了出来。而后她甩了甩头，翻了个身，冲自己默默叫喊了两个小时，而后邦蒂加入了，震耳欲聋地冲她叫嚷起来。

麦克斯走进厨房，亲了一口她的头顶（爱丽丝还捧着自己的脑袋呢），说了句："圣诞快乐，亲爱的。"

"圣诞快乐，麦克斯。"爱丽丝尽量愉快地回答，"我猜，在我找机会补点儿觉的时候，你恐怕没办法照顾邦蒂一小会儿吧？"

麦克斯看着她，瞪大眼睛，仿佛爱丽丝提议邀请老迈的邻居们来参加时髦培训课程："你知道我一般都愿意，亲爱的。"她可不知道有这种事。"但是几个小时之内我父母就要来了，我们有很多事情要做。"这番话充满了责怪，与此同时，麦克斯还意味深长地看了一眼堆成山的玩具、快要放满东西的洗涤槽和垃圾箱，以及还没削皮的土豆。

"当你说'我们'时，麦克斯，那是否意味着你想要帮忙？"爱丽斯问道，尽全力让自己的语气不带任何感情色彩。她可不想在圣诞节当天再吵一架。

"当然是了，亲爱的！只是我得先搞定一些比较讨厌的工作上的事情，我很快就能到你的身边。对了，父母来之前，你会换上更合适的衣服，是吧？"他问。

"当然。"爱丽丝回答，而她并没有这个打算。麦克斯消失了，回到了他的书房，爱丽丝真希望能够像换件衣服一样轻轻松松地换一种人生。

爱丽丝把邦蒂放进婴儿袋，这样在她满屋子冲刺着收拾东西、为麦克斯的父母准备午餐时，邦蒂会很开心，也很安全。爱丽丝并非不喜欢麦克斯的妈妈（至少，她努力让自己不要不喜欢），但是瓦莱丽有自己的一套准则。她很少在明面上挑剔，但是爱丽丝心知肚明，她有一大团沸腾的评判，因为遏制住了，反而更有杀伤力。她从来都不曾真正忘记爱丽丝是在伯明翰郊区的政府廉租房里长大，由单亲妈妈抚养，妈妈在学校食堂负责监督学生用餐。

爱丽丝最小的弟弟还是个小宝宝时，爸爸就离开了他们。整个婚礼过程中，瓦莱丽身穿淡紫色西服裙套装，搭配同色帽子，坐得笔直，越过走道，对爱丽丝的家人侧头而视，整张脸就像是心灰意冷的李子干。她原本期望唯一的儿子能有更好的结婚对象。她把栏杆竖得太高，哪怕爱丽丝穿戴得当、举止审慎、发音纯熟，也永远无法企及她的高度，所以渐渐地，爱丽丝自暴自弃，直接对着高高的藩篱喝起了闷酒。

当然了，麦克斯什么也看不出来。在他的眼中，妈妈是不会做错事儿的。

两个小时的疯狂清理后，厨房看起来体面不少，午餐也在烹饪中。可能没有办法在该吃午饭的时间准时开餐，但是下午三点前肯定能吃上。然而，爱丽丝本人还完全没有准备就绪，也没有那么像样。她没洗头，乱七八糟地在头顶扎了个丸子头，因为酒精、巧克力、缺乏睡眠，她的脸基本毁了，生育后的小肚腩，因为迷恋蛋糕而越发蓬松，都从瑜伽裤裤腰处挤了出来。

爱丽丝没敲门就进了麦克斯的书房。她注意到麦克斯飞快地合上了笔记本屏幕。他有什么东西不想让她看见？爱丽丝粗暴地将邦蒂扔到麦克斯腿上，想去洗个澡。

爱丽丝曾经以为，有个孩子能让麦克斯和自己更亲密。他们会有全新的目标，共同披荆斩棘。然而事实如何呢？邦蒂的到来似乎让他们之间的距离更加遥远了。

她的思绪又回到了合起来的笔记本电脑上，想到深夜的会议和两人之间日益加剧的沉默。他是在外面有人了吗？如果他真在外面有人了，又真的有那么糟糕吗？至少，她可以不用为自己常常假装睡着或偏头痛来躲避做爱而感到愧疚。但是，光是想到背叛就让她焦躁到无法呼吸。她已经感觉到自己缺乏信心、不性感、不可爱。若是麦克斯证实了那些猜测，恐怕只能让她彻底完蛋。万一他想离婚怎么办？她没办法放弃自己完美的人生，她经营得那么努力，还有成千上万不如她好运的女人给她的Instagram照片点赞。

*打住，爱丽丝，只是荷尔蒙的作用罢了。都会好的。*强有力的花洒将水砸向她疲倦的肌肤时，她对自己说。

后来爱丽丝才意识到，在担心麦克斯离开自己的时候，她一次也没想到过自己可能会想念他。当然了，她一定会想他的。

29　朱利安

　　朱利安穿衣服的时候格外小心，因为今天是个特殊日子。他选了老朋友维维安·韦斯特伍德[①]（或许应该再去看看她，她肯定以为他已经去世了）设计的一款套装——一条苏格兰格子呢裙，夹克外套上的格子则与裙子风格迥异，衣服边全都不对称。如果你不能在圣诞节当天穿上韦斯特伍德的衣服，那还能什么时候穿呢？他打开收音机，转到音乐台，里面正在播放《纽约童话》，朱利安跟着收音机唱起来。

　　朱利安曾经是名人，但后来则成了无名小卒。今天，他又觉得自己是名人了。至少，是受邀参加圣诞午餐的人物，有名有姓。和朋友们一起。他们是朋友，不是吗？真正的朋友。莫妮卡邀请他并不只是出于同情，或者觉得有义务这么做，朱利安可以肯定，绝不是这样。

　　朱利安想起了玛丽离开后的第一个圣诞节，他压根儿就没有意识到那一天是圣诞，直到下午三点左右，他打开电视，欢乐的节日氛围充斥荧屏，让他抱着冷冰冰的番茄酱烘豆罐头、叉子和满满一碗悲痛之情回到了床上。

　　他面对衣帽间里的全身镜尝试某个太极动作，发现自己看起来像个疯狂的苏格兰高地人。他走进起居室，那里有他给莫妮卡、莱利、本吉、巴兹和吴太太的礼物，都放在茶几上，等着打包。包装礼物的

[①]　维维安·韦斯特伍德（Vivienne Westwood，1941— ），英国时装设计师，时装界的"朋克之母"。

时间比他预计的要长，笨拙的手指把透明胶带搞得一团糟。他试图用牙齿咬住胶带来整理清楚，结果把嘴巴给粘上了。

走在富勒姆路上时，朱利安一眼就看到莱利正朝这边走来。他肯定是从伯爵宫那边穿过公墓而来的。那他就是没有留宿莫妮卡的公寓。还真是保守啊。朱利安从来没有那么保守过，即便是在人们普遍应当保守的时代。莱利穿上这身衣服还蛮惊人的，显然给朱利安留下了深刻的好印象。

莫妮卡打开咖啡馆的门，看上去可爱极了。她穿了红色连衣裙，外面套了纯白围裙。看来已经围着热腾腾的炉子忙活了很久，脸蛋红扑扑的，从她惯常扎着的马尾辫里跑出来的卷发全都湿漉漉的。她的手里还擎着一柄木勺，在说"进来"时大幅度地舞动勺子。

咖啡馆当中拼了四张大桌子，能坐下八个人，铺了白色亚麻桌布，点缀了玫瑰花瓣，花瓣全都喷了金漆。每一套餐具都用一颗金色松果做标记，松果上有张小卡片，写了姓名。桌上有红色的圣诞拉炮、红色和金色的蜡烛，中央装饰了冬青和常春藤。就算以朱利安挑剔的目光来看，也是相当迷人。

"你一整晚都没睡吗，莫妮卡？"他问，"布置得美丽动人，和你一样。这可是专业观点。"莫妮卡的脸更红了。

"我起得特别早。去和本吉一起翻一下'阅读角'吧，礼物放到圣诞树下面了。"

在其中一张桌子上，冰桶里懒洋洋地插着一瓶香槟，旁边还有超大一盘烟熏三文鱼。空气里弥漫着烤火鸡的香味和国王学院合唱团演唱的圣诞颂歌。圣诞节就是这样的日子，所有的精心安排全都齐聚一堂。

莫妮卡过来坐下，摘掉围裙："现在，在我摆上最后一道蔬菜前还有一个小时的时间。我们要不要拆点礼物？可以现在拆一点儿，吃完午饭再拆一点儿。"

朱利安和莫妮卡不一样，他不是个能延迟满足的人，他说："拜托了，能先拆我的吗？"并且没有给他们一点点拒绝的时间，便从树下拖出自己的一堆礼物，全都包在匹配的包装纸里，一一分发出去。

"恐怕算不上是真正买了什么东西。"他解释道，"只是在家里翻了一圈。"

本吉是第一个撕掉包装纸的，此刻正目瞪口呆地看着腿上放的礼物。"是《佩珀中士》唱片，还是黑胶唱片。你不能把这个送人，朱利安。这个太值钱了。"本吉表示抗议，却紧紧抱着唱片不撒手，仿佛无法承受与之分离。

"我更愿意把它送给真正欣赏它的人，亲爱的小朋友，我知道你有多喜欢披头士。他们从来都不是我的菜。太善于讨好卖乖了。性手枪，他们才是长在了我的喜好上。"

朱利安转向莱利，莱利正惊叹地举起一件原版滚石T恤。"嗯，你已经觊觎我的衣服很久很久了，小莱利。如果你愿意的话可以卖了它，不过我觉得，你穿上应该会很不错。"

朱利安真正想看的是莫妮卡打开礼物。他看着她小心翼翼地剥除透明胶带，简直花了一万年那么久。

"随便撕掉就行了，亲爱的孩子！"朱利安对她说。可她看上去有点儿震惊。

"如果撕掉就不能重复使用了。"她说，仿佛是在责备一个过于兴奋的蹒跚幼童。

最终，莫妮卡打开包装纸，深深吸了一口气。这就是朱利安等待的反应。其他人全都凑过来仔细端详她膝头的礼物。

"朱利安，太漂亮了，比我漂亮太多了。"她说。朱利安给她画了一幅油画，部分凭借印象，部分来自美术课上偷偷摸摸画的速写。只是一幅小油画，表现的是莫妮卡手托着下巴，一缕秀发交缠在食指上。就像朱利安画的所有人像，笔触粗犷，大范围扫过去，几乎是抽象派画法，然而他在这幅画中所传达的细节并不比他略去的细节要少。他看着真正的莫妮卡。莫妮卡似乎要哭出来了。应该是喜极而泣吧，他猜想。

"除了我们最近一起画的那个波洛克风格之外，这是十五年来我画的第一幅作品。"他说，"所以我担心可能有点儿生疏了。"

砰砰的砸门声打断了他们。本吉意识到，肯定是巴兹和他奶奶，于是马上过去开门。朱利安把巴兹和吴太太的礼物放了在旁边的桌子上预备着。他背对门口，所以没看到巴兹的脸色，直到巴兹加入进来，大家全都安静了下来。

"出什么事儿了吗，巴兹？"莫妮卡问，"贝蒂呢？"

朱利安的心中一惊，他知道接下来要发生什么了。他能感觉到巴兹的目光像轮辐一样死死地轧在他的身上，可是他不敢看巴兹。于是他就低下头去看自己的鞋。古典，黑色雕花皮鞋，锃光瓦亮。如今这个时代，没几个人会把鞋子擦得这么光亮了。

"从昨天晚上开始，奶奶就一步没出过屋子。"他说，声音里压抑着怒火。

"为什么？"本吉问道，"她病了吗？"

"或许你应该问问朱利安。"巴兹回答。

朱利安塞了满满一口荞麦烤薄饼，却咽不下去，喉咙干燥得发紧。他拿起香槟，喝了一大口。

"真的，真的很抱歉，巴兹。我以为她知道。显然，如今你爱上了谁并不是什么大不了的事儿吧？完全不像60年代的时候，我的朋友安迪·沃霍尔①是我知道的唯一一个公开同性恋身份的人。与此同时，公开同性恋身份的事件随之急剧增加。"

---

① 安迪·沃霍尔（Andy Warhol，1928—1987），被誉为20世纪艺术界最有名的人物之一，是波普艺术的倡导者和领袖。

所有人都陷入了沉默，已经猜到是怎么回事儿了。

"她哭了好几个小时，哭她的人生都白费了。她拼命工作，创立一份事业，让子孙后代可以继承，如果她都没有什么子孙后代，那这一切又有什么意义呢？她要疯了。"巴兹坐下来，双手捧住脑袋。朱利安心想，他宁愿巴兹愤怒，也不愿他悲伤绝望。

"那你的父母呢，巴兹？还好吗？"本吉去握他的手。巴兹飞快地抽开手，仿佛奶奶能看到一样。

"他们倒是蛮乐观的。我猜他们应该是早就知道了。"

"我不会为自己不小心泄露了秘密找借口，亲爱的孩子，但是，把这些事情说开了难道不是更好吗？不是解脱吗？秘密会让你生病。我最是知道。"朱利安说。

"现在说出来的并不是你的秘密，朱利安！我会用我自己的方式告诉她，在我自己的时间线里。或者干脆什么都不说。诚实并不总是最佳方案。有时候我们保留秘密是有理由的——为了保护我们爱的人。如果奶奶躺进坟墓的时候是相信我和我的中国妻子能够接手餐厅，生一堆吴家的小宝宝，这难道很糟糕吗？"

"可是，我——"朱利安开了口，却被巴兹打断了。

"我不想听，朱利安。还有，我没有一分钟相信你是安迪·沃霍尔的朋友，或者玛丽安娜·菲斯福尔，或者什么该死的玛格丽特公主。你就是个大骗子，穿着可笑的格子裙坐在这里。你为什么不回你的垃圾堆里，别管我的事儿？"巴兹说着站了起来，走出咖啡厅。

巴兹将令人瞠目结舌的沉默留在身后，咖啡厅里静得连一根松针掉在光洁的橡木地板上都能听得到。

30　莱利

　　莱利永远也想不到，那么瘦小、热心、善良的巴兹竟然能这么生气。他将全部的愤怒都发泄到了朱利安的身上，坐在椅子上的朱利安似乎吓得往后缩了缩，像干巴巴的苍蝇困在了蛛网中。自从莱利认识朱利安之后，后者进步了很多，变得更自信，也更精力充沛。在几分钟的沉默里，所有这些全都消失无踪。

　　莱利看着本吉，他明显受到了间接伤害。他看上去也同样惊恐而害怕。巴兹摔上门的声响在咖啡馆里回荡了几秒钟，而后本吉开口了，一反常态，声音很微弱。

　　"你们觉得我应该去追他吗？我要怎么办？"

　　"我认为你应该让他自己静静，把事情想明白，和家里人谈谈。"莫妮卡说。

　　"要是他家里人讨厌我呢？要是他们再也不让他见我了呢？"

　　"你知道的，听起来他们对你没什么意见。而且，就连他父母好像都不在意巴兹是同性恋。"莱利说，"不管怎么说吧，他们是不能不让他见你的。你们俩都是成年人了。这又不是罗密欧和朱丽叶。"

　　"我应该离开。"朱利安说道，声音听起来和年纪一样苍老，"以免惹出更多麻烦来。"

　　"朱利安，"莫妮卡转向他，说道，像个交通警察，截停迎面驶来的汽车，"你就待在这里。巴兹不是故意要说那些的，他只是在发脾气。这不是你的错，你又不知道会这样。我知道你并不希望发生这种事。"

"真的不希望。"朱利安说道，"一发现自己说错了话，我就马上往回找补。我还以为都糊弄过去了呢。"

"最后总能皆大欢喜的。如果你不用时时刻刻担心巴兹的家人发现你们的关系，这不是很好吗？如果你们可以手牵手地从饭店门口走过，甚至搬到一起同居，这不是很好吗？总有一天你会认为，朱利安是帮了你们大忙。哦，上帝啊。烤土豆！"

莫妮卡赶紧冲向厨房，朱利安的手伸进包里，拿出了一瓶颜色黯淡的波特酒。

"我买了这个作为餐后酒，可是，或许眼下好好喝上一大口会比较好。"他说着便往本吉和莱利的杯子里倒了满满一大杯，然后也给自己倒了一杯。

莱利不喜欢冲突，他很不习惯。是这里的一切都那么复杂，还是他进入的这个圈子太复杂了？

几个人沉默地坐着，喝着黏稠的波特酒，刚刚发生的事情让他们备受打击，无话可说。差不多只过了一刻钟，可感觉上却像是过了一个小时。莫妮卡大喊，午餐准备就绪。

幸好，他们从"图书角"转移到了餐桌旁，心情也随之有了转变。他们拉响圣诞拉炮，每人戴上一顶纸帽，早先的欢快氛围也渐渐回来了。他们似乎都决定忘掉这次摩擦，至少此刻忘掉。

"莫妮卡，食物太惊人了。你也一样惊人。"莱利说着，在桌子下面捏了捏她的膝盖。而后，他无法遏制内心的渴望，手慢慢滑向她的大腿。莫妮卡唰的一下脸红了，被孢子甘蓝给呛住了。莱利不知道这是默许呢还是生理抵触，于是把手又往上挪了一点。

"哦哦哦哦哦！"莱利喊起来，莫妮卡用叉子戳了他的手。

"怎么了，莱利？"本吉问。

"抽筋了。"莱利回答。

莱利观察着朋友们进食。莫妮卡精确地给大家分每一道菜，在吞下每一口菜前都要充分咀嚼上很久。朱利安餐盘里的食物摆得如同一幅抽象画。他从不吃满满一大口，而是间或闭上眼睛，露出微笑，仿佛是在享受每一口的滋味。然而，本吉几乎没怎么吃东西。

　　他们轮流读拉炮里那些可怕的笑话①，喝下更多的酒，而且喝得太快了，这一天似乎也回到了正轨。过后他们会再去处理巴兹的事情。

　　莱利帮莫妮卡清理了桌上所有的盘子。他们把餐盘放进洗碗机。或者，不如说是莱利把餐盘放进洗碗机，莫妮卡负责拿出来，放到别的地方。她说，她有自己的一套体系。随后莱利抱起莫妮卡，把她放在料理台上，亲吻她，伸出双臂将她搂进怀里，紧紧抱住。她闻上去是黑加仑和丁香的味道。亲吻、红酒，这一整天的兴奋情绪让他眩晕。

　　他散开莫妮卡的马尾辫，手指深入发丝，将她的头发缠绕在手指上，温柔地将她的头向后拉扯，亲吻脖子底部潮湿而微咸的凹陷处。莫妮卡的双腿缠绕上莱利的背，将他拉向自己。他爱旅行。他爱伦敦。他爱圣诞。而且，他开始去想，他爱莫妮卡。

　　"找个屋子！"本吉大喊一声，莱利转过身，看到本吉和朱利安站在门口，咧着嘴笑。朱利安端着一个船形肉汁盘，本吉则端着一碗剩下的孢子甘蓝。

　　"但是在我们吃到布丁前可不行。"朱利安补充道。

　　莫妮卡将圣诞布丁放到桌子中央，大家全都围着桌子站好。朱利安把白兰地浇上去，莱利划亮一根火柴，点燃，结果烧到了手。

　　"玩火就会这样，莱利。"莫妮卡说道，若有所指地挑了挑眉毛。莱利想知道，朱利安和本吉还要多久才能离开。

　　"哦，给我们来点儿无花果布丁吧！"本吉说。莱利伸手揽住莫妮

---

① 玩拉炮是英国人过圣诞节时的传统习俗。当两个人分别拉动拉炮两端时，它就会发出"嘭"的声音。每个拉炮里都有一张写着谚语或者笑话的字条。

卡的腰，莫妮卡将脑袋靠在了莱利的肩膀上。

　　下一秒，门开了。莱利这才意识到，巴兹离开后，他们没人去关门。莱利转过身去，希望看到巴兹和吴太太，结果并不是。"大家圣诞快乐！"一个黑头发的高个子男人说道，声音特别大，似乎填满了整个咖啡馆，并且在墙壁间反复回荡，"我就是喜欢计划完成的感觉！"

　　是哈扎尔。

31　哈扎尔

那是圣诞节前三天。海滩上挤满了新来的游客，至少包括三对蜜月旅行的新婚夫妇，他们说的每一句话都要带上"我丈夫"或"我妻子"，并且拼命地想要在秀恩爱方面碾压其他人。哈扎尔和达芙妮、瑞塔、尼尔一起在"幸运妈妈"喝茶。他们在几周前就开始了这一独特的英国仪式，表达对故乡的温柔思念，尽管哈扎尔根本想不起上一次在伦敦喝下午茶是什么时候。他更多的是在下午大口喝饮料，而不是喝茶吃蛋糕。瑞塔甚至教了芭芭拉怎么做司康饼，于是他们就能吃到热乎乎的司康饼配椰子果酱了。如果能有浓缩奶油的话那就真是完美了。

尼尔给他们展示之前在苏梅岛旅行时刺的文身，是用泰语写的，环绕脚踝一圈。

"是什么意思？"哈扎尔问。

"是安宁与平和。"尼尔回答。芭芭拉看到他们赞叹这个文身时表现出一脸的震惊，由此哈扎尔判断，这些泰语根本不是尼尔所说的意思。继而他冲芭芭拉眨眨眼，伸出手指竖在唇前。尼尔不知道也没什么坏处。

"我们圣诞午餐吃什么，芭芭拉？"达芙妮问，"会有火鸡吗？"

"有鸡肉。"芭芭拉回答，"不是这里干瘦干瘦的鸡。我有从苏梅岛来的很肥很肥的鸡。苏梅岛的东西都会肥一点儿。"她鼓起腮帮子，用手臂表达胖的意思，而她的客人们则沉浸在这无心的赞美之中。

哈扎尔忽然间渴望起伦敦来。他渴望塞满栗子的火鸡、烤土豆和孢子甘蓝，渴望冷空气和圣诞颂歌，渴望双层巴士、交通污染和拥挤不堪的地铁车厢，渴望BBC、报时钟和新国王路上的烤羊肉串。他知道，时候到了。

他要回家了。

唯一能买到票的航班是没什么人想搭的一班——平安夜整晚的飞行，圣诞节一早抵达伦敦希斯罗机场。飞机上充满了节日氛围，空乘分发免费香槟，饮料种类也比平常多两倍。所有人都有点儿飘飘然、醉醺醺，除了哈扎尔。他始终目光直视前方，死死地盯着屏幕上播放的电影，屏蔽酒瓶的金属盖啪嗒一声打开的声音和香槟木塞的砰砰声。他很想知道，有没有可能会有那么一天，他听到木塞子释放出来，心底却不存一丝渴望。

机场和街道都如鬼城般荒凉，有点儿像身在僵尸灾难片里，但是心情要快活得多，也没有衣衫褴褛的活死人。周围的人对同伴全都满怀爱意，也都愿意戴滑稽的帽子，穿圣诞风格的套头衫。

哈扎尔费了好大力气才打上一辆车，车太少了，供不应求。一直开到富勒姆路，他在这里下车，像问候老朋友一样问候周遭的冷空气，将旅行包背在身后。距离上次来到这里仿佛过了一生那么久，那时的他与此刻截然不同。他还没有告诉父母他已经回来了。他不想扰乱他们的计划，而且，在开启搭建桥梁这漫长而艰苦卓绝的工程前，他也需要几天时间来适应。

哈扎尔沿着富勒姆路朝自己的公寓走去。他能看到"莫妮卡咖啡馆"就在前头。他太想知道把笔记本丢给莱利后都发生了什么。他意识到这已经成了一种不良的执念——某件事情让他不再执着于内心无法释怀的强烈渴望。他知道莫妮卡确实不太可能见到朱利安，更别提莱利了，那只是发生在他狂热想象中的故事。

当他走到咖啡馆门口，忍不住往里看，里面就像是圣诞贺卡上的舞台布景——全都是蜡烛、冬青和常春藤，以及残留着圣诞大餐的餐桌。有那么一瞬间，他以为是自己的大脑在开玩笑，因为，正如他所想象的那样，莫妮卡和莱利就在那里，在拥抱。还有个身穿双色格子呢套装的老人，模样出人意表，这个人只可能是朱利安·杰索普。

他可真是个天才！多么惊人的社交小工程啊，随手为之的善意举动有了善果，真是绝妙。他等不及在现实中与莫妮卡和朱利安面对面，把自己作为这出好戏里的关键角色介绍给他们，和他们聊一聊这一切是怎么来的。他推开门，走了进去，自认为像个凯旋的英雄。

大家的反应却并不完全符合他的预期。莫妮卡、朱利安以及一个红头发的第四者，全都一脸茫然地看着他。与此同时，莱利看上去就像只小兔子，不幸落入了汽车前灯的光束里，甚至还有点儿惊恐。

"我是哈扎尔！"他宣布，"显然你当时发现笔记本了，莱利！"

"你是寄明信片的那个人。"莫妮卡看着他说，脸上没有一点儿感激之情，哈扎尔原本以为她会有的，可眼下她的脸上只有怀疑与反感，"你最好解释一下到底是怎么回事儿。"

此刻的气氛让哈扎尔知道，突然出现在这里真的不是什么好主意，可惜为时已晚。

32　莫妮卡

　　莫妮卡一直在店里跑来跑去，情绪如坐上过山车一般大起大落，还喝了太多酒，所以筋疲力尽，但这是她记忆中最开心的时刻。她怀揣着善意、友情和信息素——感谢她和莱利在厨房里的亲吻插曲。她甚至努力不去想，在专业厨房的操作台上亲热会有怎样的健康与安全风险。

　　然后，有个男人走进了咖啡馆。他有一头黑色卷发，看上去已经有段时间没跟剪刀见过面了，漫画英雄一样的下颌轮廓遮蔽在短短的胡楂儿下，皮肤晒得黑黝黝的。他带了个很大的帆布背包，看起来像是刚刚风尘仆仆地从国外回来。模样还有点儿眼熟，而且给人的感觉好像是期待着被认出来。他是某个二流名人吗？如果是的话，圣诞节这天他跑到她的咖啡馆里到底是要干什么？他说了，他叫哈扎尔。

　　莫妮卡花了点儿时间才想起来她在哪儿见过这个名字。明信片！她也想起了在哪里见过这张脸。他就是几个月前在人行道上撞到自己的那个傲慢自大的讨厌鬼。只是人变得更瘦、更黑，头发也更长了。他怎么叫她来着？*蠢笨的母牛？傻婊子？*大概就是这类词。

　　莫妮卡的思绪完全飘走了，以至于没有听见他接下来说的话。但很显然，这个人认识莱利。有些事情不太对劲。她给莱利看过那张明信片，而莱利并没有说自己认识哈扎尔。她的大脑与所有真相搏斗，努力将它们拼合在一起，此时此刻，一丝焦虑在她的小腹里如蛇一般蜷曲、舒张。

莫妮卡拒绝给他提供椅子。要是她表现出殷勤好客的样子就太该死了。他就算站着也能说清楚到底是怎么回事。*蠢婊子*，就是这个词。

"呃。"哈扎尔相当紧张地看着莱利，"我发现了笔记本，'真相漂流计划'，在酒吧的桌子上，就是那边。"他伸手朝街对面的酒吧挥了挥，"我读了朱利安的故事——"他冲朱利安点点头，"我想着你那个广告宣传相当不充分，其实可以稍微再用心一点儿。"莫妮卡投之以最冷硬的目光。他清了清喉咙，继续说了下去。

"所以，我复印了你的海报，贴在了所有显眼的地方。我带着笔记本一起走了，去了泰国。我以为能帮到你一点儿，莫妮卡。"莫妮卡不喜欢他用这么熟悉的方式来喊她的名字，仿佛真认识她似的。"然后，在泰国的时候，我考察了我见到的每一个单身男人，看看他们有没有可能当个好男友。你知道的，为你……"

他的声音弱了下去。他肯定看出她有多窘迫了。一切都可怕地澄清了。

"而你出现在了那座岛上，是不是，莱利？"莫妮卡问道，几乎无法直视他。莱利什么都没说，只是痛苦地点点头。*胆小鬼。叛徒。*

莫妮卡在心里掂量这个全新的事实。莱利并不是碰巧出现在美术课上。他是被哈扎尔派来的。他不是因为莫妮卡漂亮才无法自拔地吻了她。他当然不会，又蠢又傲慢的女人。莱利读过她的故事了，为她难过，或者认为她很绝望，抑或两者兼而有之。他们是否曾在背后取笑她呢？他们是拿她打了什么赌吗？*如果你能把那个局促不安的咖啡馆女老板搞上床，我就给你五十英镑。*哈扎尔是不是那天晚上撞到她之后就故意针对她呢？如果是的话，为什么呢？自己对他做了什么？朱利安是否也知情？

突然间，她耗光了全部力气，兴致勃勃喝下去的酒和吃下去的食物在肚子里翻江倒海。她觉得自己要病了，要吐满自己精心布置的桌子了，喷了金漆的玫瑰花瓣混着大块还原的胡萝卜。所有她对未来的全新愿景，荒唐又乐观的快乐结局已经渐渐在心中成形，现在全都要倒带、删除，用她所习惯的枯燥乏味、平淡无奇的故事情节覆盖掉。

"我觉得你最好给我出去。"她说，"你吃了我的东西。你喝了我的酒。现在，你他妈的从我的咖啡馆滚出去。"

莫妮卡之前从来没有说过脏话。

33 莱利

　　这一切怎么就出了问题呢？前一分钟他还满心只有圣诞布丁和爱，唯一的担忧就是怎样才能吃点前者，又不毁了后者。然后呢，下一分钟，莫妮卡就把他扔了出来。而这一切都是哈扎尔的错。

　　"我真的很抱歉，莫妮卡。"哈扎尔说，"我只是想帮忙。"

　　"你是在玩游戏，哈扎尔。拿我的人生玩游戏，就好像我们是在演什么真人秀节目。我不是你的慈善或者什么社会实验对象。"莫妮卡疾言厉色地冲他说。

　　莱利究竟能说些什么让她明白呢？

　　"莫妮卡，或许我是因为哈扎尔才见到你，但那不是我和你在一起的理由。我真的很在乎你。你得相信我。"他说道，但是这些话肯定会碰壁。莫妮卡转过来怒视他。他真希望自己刚刚保持沉默。

　　"我没必要相信你说的任何话，莱利。这段时间你一直在跟我撒谎。我信任你，我以为你是真心的。"

　　"我从来没有跟你撒谎。我没有告诉你全部的真相，我承认，但是我从来没有骗你。"

　　"该死的语义学，你自己心里清楚！"语义学？那是什么？"你只是因为那本笔记才和我在一起，而我却以为那是命运，是天赐的情缘。我怎么能这么蠢？"她马上就要哭出来了，莱利发现这样比她生气还可怕。

　　"好吧，这样说也没有错。"莱利说道，努力通过语气表达出自己的真诚，"因为你看起来无比坚强，而我通过那本笔记知道，在你心里，你真的……"他努力寻找准确的词，千钧一发之际终于找到了，"很脆弱。我想，我正是因此爱上你的。"他意识到，此前他从来没有对莫妮卡说过"爱"这个字，而现在，又太晚了。

有那么一瞬间，莱利以为他的话可能让他夹缝求生。结果，莫妮卡端起圣诞布丁，幸好已经没在燃烧了，但是上面仍然向外探出来一片多刺的冬青，莫妮卡将它举过肩膀，像扔铅球一样扔了过来。莱利不确定她是想砸自己还是哈扎尔，又或者两个人都想砸。他趔趄向一边，布丁砸到了地板上，黏糊糊地碎了一地。

"滚出去！"莫妮卡吼道。

"莱利，"哈扎尔低声说，"我想我们最好按照这位女士说的做，等大家都冷静一点儿，好不好？"

"啊，我现在是女士了，不是蠢婊子了？自以为是的讨厌鬼！"莫妮卡喊道。莱利不明白她到底在说什么。她是彻底疯了吗？

他们退到门外，以免莫妮卡再朝他们扔什么东西。莱利看到朱利安就在他们的前面，离他们几个街区。莱利喊他，但他没有听见。从背后看，朱利安比莱利所认识的那个他要老态龙钟得多。他弓着背，拖着脚，仿佛要尽量不给周围环境带来任何影响。一辆出租车驶过，掀起小水坑里的水花，溅在了朱利安裸露的腿上，朱利安似乎并没有注意到。

"这全都是你的错，哈扎尔。"莱利说道，他发现自己就像个赌气的小孩子，但他不在乎。

"嘿，这可不公平。我又不知道你不打算告诉她你捡到笔记本的事儿。那完全是你自己的决定，而且蠢死了，如果你不介意我这么说的话。你应该知道的，不给出最关键信息，从来就不会有好结果。"哈扎尔抗议道。事实上，莱利并不介意他这么说。莫妮卡说得没错，哈扎尔就是个自以为是的讨厌鬼。

"你看，酒吧开着呢。我们去喝一杯。"哈扎尔说着便拖住莱利的胳膊把他拽到马路对面。

莱利举棋不定。真要说起来，他不确定此时此刻，自己是不是真愿意跟哈扎尔一起打发时间，但他确实想跟什么人聊聊莫妮卡，而且他完全没有心情应付室友的醉酒狂欢。最终，需要倾诉的心情胜出，他跟着哈扎尔进了酒吧。

"我就是在这里发现了朱利安的本子。"哈扎尔对他说，"桌子上，就是那边。感觉已经过了好久好久。你要喝什么？"

"我喝可乐，谢谢。"莱利说，"今天喝酒已经超量了。"

"一杯可乐，双份威士忌。"哈扎尔对男招待说，男招待不情不愿地在头上戴了闪闪发光的鹿角。莱利一个健步冲到他的面前。

"那个，伙计，能麻烦你来两杯可乐吗？"他转身对哈扎尔说，"你忘了，我读过你的故事。你不想喝酒。"

"我真的想，你知道的。再说了，就算我按下自暴自弃的按钮，你又有什么可在乎的呢？此时此刻，我恐怕不是你喜欢的人吧，不是吗？"

"话是没错，但是，即便如此，我也不会眼睁睁地看着你毁掉自己的人生。你已经完成得很不错了。我在科帕南见到你的时候，真以为你是个超级注重养生的人。"

"要不然我就喝一杯怎么样？没什么坏处的，不是吗？而且，话说回来，今天可是圣诞节。"哈扎尔看着莱利，像个知道自己是在得寸进尺的小孩子，但是不管怎样都要试试。

"是，没错。然后要不了十分钟，你就会告诉我，再多喝一杯也没什么关系，等到了半夜，我就会手足无措，不知道究竟该怎么把你弄回家。老实说，你已经给我惹了不少麻烦了。"莱利的措辞让哈扎尔偃旗息鼓。

"胡说八道！哦，好吧……我知道你说得没错。等到早上的时候，我肯定会痛恨自己。你知道的，距离我上次喝酒已经过去八十四天了。不是说我在刻意数日子什么的。"哈扎尔说着从男招待手里接过可口可乐，情绪相当激动。他走向之前指给莱利看的那张桌子，坐在了沙发座上。

"想想上一次我们坐在一起喝东西的时候，还是在世界的另一端，在世上最完美的海滩上，是不是很神奇？"他对莱利说。

"没错。那里简直轻松得不像样。"莱利回答道，叹了口气。

"我知道，但是，相信我，过上两个月那种生活你就会开始明白，那样活着真的太肤浅了。所有短暂的友情都变得无聊透顶，我迫不及待地想要回到真正的朋友身边。然而问题是，我不确定身边还有没有朋友。从前，我尽可能寻找跟我一样喜欢派对的人，用这些人把真正的朋友一个一个地替换掉，我连外套都没脱下，他们就已经开始给我灌酒。对瘾君子而言，再没什么比清醒的人更讨厌了。我早就该明白的。"哈扎尔凄凄惨惨地盯着玻璃杯里的可乐。莱利发现，真的很难一直跟他生气。

"肤浅并没有什么错，伙计。"莱利说，"有深度的才惹麻烦呢。我究竟该跟莫妮卡说什么呢？她认定我们俩是在耍她。我知道她现在看起来好像不是这样，但是，承受这一切其实会让她特别没有安全感。她会失望透顶的。"

"你看，我可不是什么世界级的专家，能搞清楚女人的脑袋里在想什么，你可能以为我很了解，但是我绝对有把握，莫妮卡只要冷静下来，马上就能发现自己反应过度。顺便说一句，你的反应速度可以啊。我以为她会拿无花果布丁砸中你呢。"哈扎尔咧开嘴，笑嘻嘻地说。

"她要砸的人是你，不是我！她肯定是真的生气了。莫妮卡最讨厌的就是食物掉在地板上，就连肉眼根本不可见的一点点食物碎屑都不行。"莱利面无表情地说。

"那么，你有多喜欢她呢？"哈扎尔问，"我是对的……还是对的呢？"

"这个现在已经不重要了，不是吗？"莱利说道。说罢又担心自己的语气听起来有点儿恶劣，于是补充说："实话实说，这一切实在让人有点儿稀里糊涂的，因为那本笔记。那本笔记让我觉得自己真的很了解她。但同时呢，也有点儿吓到我了。我的意思是，我只是短暂地来到这里，而她所寻找的却是承诺。或许这样反而是最好的。"莱利这样说，但马上意识到自己根本就不是这么想的。

"你看，给她一两天时间，然后再跟她谈谈。我告诉你，努力做到真实，哈哈。"哈扎尔说，"我敢肯定，她一定能原谅你。"

可是哈扎尔又知道什么呢？他和莫妮卡根本不在同一个频道上。事实上，在眼下这种处境里，莱利唯一能找到的安慰就是，就算莫妮卡当即不再喜欢自己，那她也绝对不可能喜欢哈扎尔。

34　爱丽丝

　　午餐简直就是一场大灾难。中午十一点，麦克斯的父母抵达家中，麦克斯打开了香槟。爱丽丝空腹喝了两杯。之后呢，她又一杯红酒下肚，是做饭的时候放在一边用来调肉汁用的。睡眠不足，紧张，喝了太多酒，这些叠加在一起便意味着所有的节奏都被打乱了。火鸡烤干了，孢子甘蓝都成了糊状，烤土豆硬得像子弹一样。而且，还把肉汁忘到了九霄云外。

　　关于午餐，麦克斯的妈妈说了所有恰当的客套话，但是——一如往常——把批判全都包装成褒奖的话："用商店买来的馅料可真是聪明呀。我总是自己动手做。太傻了，得花上好长好长时间才能做得恰到好处。"爱丽丝很清楚她这是在干吗，但是麦克斯则浑然不觉。

　　爱丽丝真希望是在自己家里，和妈妈一起，和兄弟姐妹还有他们的家人在一起，挤在狭小的前厅。经年累月，妈妈亲手挑选的地毯、窗帘、家具，实用性和价格亲民要远远超过美观，这些东西结合起来，创造出风格迥异、碰撞强烈、眼花缭乱的样式与色彩。亲人们此时肯定全都套上了花哨的节日毛衣、纸帽子、相互斗嘴，拿彼此取笑。

　　爱丽丝在富勒姆的房子粉刷了 Farrow & Ball[①]最恰当的色调，家具的颜色也都非常协调，低调不张扬，偶尔会有那么一抹最新的流行色出现。一切都是敞开式的，照明顾问花了好几个小时的时间，也花

[①]　Farrow & Ball，英国油漆与壁纸品牌。

了麦克斯的大笔奖金，来确保能够创造出适应各种场合的氛围。品位十足，但毫无灵魂。没什么地方让人不喜欢，但也没什么地方让人特别喜欢。

午餐过后，爱丽丝帮着邦蒂拆开了更多礼物。爱丽丝意识到自己有点儿过头了，而且心理学家肯定会说，这是对小时候圣诞节的补偿，那时大多数礼物都是手工制作的，而且都是一代传一代。她仍旧记得10岁那年，妈妈亲手为她精心制作的针线盒，充满爱意，而她一点儿也瞧不上，里面存满了针、彩虹一样的线、纽扣和布料。她想要个CD播放机。她怎么能那么不知感恩呢？

爱丽丝把自己拉回眼前这一刻，往Instagram上传了一张邦蒂可爱的照片，是她在嚼礼物的彩色包装纸，打的都是平时常用的标签。突然间，麦克斯一把夺过她的手机。

"你为什么就不能真正地过你那该死的日子，而不是永远在拍照？"他怒气冲冲地低声说道，同时把她的手机扔到房间角落。手机掉进放积木的盒子里，像个粉碎球一样把积木砸得东倒西歪。

继而，出现了令人愕然的沉默。

爱丽丝等着有人能为她挺身而出，告诉麦克斯，他这样做很不得体，他不能那样跟妻子说话。

"爱丽丝，亲爱的。邦蒂什么时候应该小睡一下？"结果呢，等来的却是麦克斯母亲的提问，仿佛之前那几分钟的事情不曾发生过。

"她……她没有小睡的时候。"爱丽丝回答，努力不掉眼泪。婆婆不赞同地噘起嘴巴。爱丽丝做好准备，迎接那些老生常谈的斥责，讲规律有多么多么重要啦，麦克斯从前是个多乖的宝宝啦，从医院回来之后，马上就能睡上一整夜什么的。

"好吧，你和麦克斯为什么不带这个小甜心出去稍微散散步呢？爱丽丝，我会帮你把家里收拾好，这样对你有好处，还能呼吸点儿新鲜空气。"

154

爱丽丝一眼就看穿了这句话的本质：明明是在批评她的家务活，却伪装成善意，但是爱丽丝不打算跟她吵。她迫不及待地想离开一会儿，哪怕知道，只要她一踏出家门，公公婆婆就会数落出她的一堆缺点。她没有去积木盒子里翻找手机，免得让自己进一步蒙羞，因此她带上邦蒂和单肩包离开了房间，麦克斯紧随其后，似乎并不像爱丽丝那样期待与另一半共度时光。

家门一关上，爱丽丝就转向他。

"你怎能在你父母面前那样羞辱我？麦克斯，我们本应是一条战线上的啊。"爱丽丝说道，等着丈夫向自己道歉。

"可是，在我看来并没有那么像一条战线，爱丽丝。你和邦蒂在一起的每一分钟，都围着那些该死的社交媒体打转。我也有需求，你知道的！"

"该死的，麦克斯！你是在吃一个孩子的醋吗？你的孩子！很抱歉，如果我没有花足够的时间来迎合你——"确实，她没有，"但是邦蒂远比你更需要我。或许你可以试着帮点忙。"

"不只如此，爱丽丝。"麦克斯说道，忽然间沮丧大过了愤怒，"你变了。我们都变了。我只是在努力适应这一切。"

"我们当然变了啊！我们现在为人父母了！我得明知不可为而为之，我得在大半夜变成移动的奶站，我已经连续好几个星期没有一天睡觉超过三小时。显而易见，我正变得和你所娶的那个无忧无虑的公关女孩有点儿不一样。不然你还期待什么？"

"我不确定。"麦克斯轻声说，"你知道的，我还记得我们结婚那天，我看着你沿走道走过来，我想着，我真是世上最幸运的男人。我心想，我们的人生是受到祝福的。"

"我也是一样的感觉，麦克斯。我们确实是受祝福的。现在势必会比较困难。所有人都会发现，刚有孩子的那几个月真的很棘手，不是吗？"她等着麦克斯回答，可是他并没有回答。

"听着，你回家去，和你的父母谈谈。"爱丽丝说，"我不想再吵架了，我真的累死了。我会及时回去给邦蒂洗澡。"

爱丽丝有一种感觉，又有一块砖头从他们修建糟糕的婚姻地基上被抽走了。

游乐场里空无一人，爱丽丝坐在长椅上。她正用脚前后推拉邦蒂的婴儿车，想哄她睡着。她能看得出，女儿的眼皮越来越沉，牙龈咬住小拳头，驯鹿图案的印花连体衣上到处都是口水。

没有手机，爱丽丝觉得空落落的。她不断翻口袋，这才想起，手机在家。她不想回家，可是没有什么东西能点赞、上传或者评论，让她坐立难安。她需要点儿东西转移注意力，这样就不必去想与麦克斯的争吵。太让人心灰意冷了。在没有涉足社交媒体前，空闲时间她都做些什么呢？她想不起来了。

爱丽丝打开包，万一她在包里放了一本杂志呢。没那么好运。不过，她找出了几天前在游乐场里发现的那本绿色笔记本，她已经完全忘了这东西。既然实在没什么别的事可做，她拿出了笔记本，看了起来。

*每个人都会用谎言粉饰自己的人生。*好吧，真相不就是如此吗！@爱丽丝漫游奇境的十万粉丝显然看不到爱丽丝那痛苦的真实生活。她回想起所有展现自己和麦克斯恩爱对视、万般柔情凝视宝宝的帖子。这本笔记是什么？是故意留给她的吗？

*如果你选择说出实话，会怎样呢？*真的有人想知道真相吗？真的吗？真相往往不那么光鲜，不那么激励人心，不那么适合Instagram上的四方图片。爱丽丝呈现出了某个版本的真相，即人们希望在订阅里弹出的内容。任何过于真实的东西都会让她陆陆续续地掉粉。没人想知道她不那么完美的婚姻、她的妊娠纹、邦蒂的结膜炎和乳痂。

爱丽丝读了朱利安的故事。他真是个妙人，可惜太悲伤了。爱丽丝很好奇今天他在做什么。有人跟他一起吃圣诞午餐吗？他是孤身一人待在切尔西工作室吗？他是否仍会为亡妻摆好桌子呢？

她开始读莫妮卡的故事。她很熟悉那家咖啡馆，她很确定，在最近的分享里，她在标签里标记这家咖啡馆很多次。你明白那种事儿的——看看我的咖啡，泡沫牛奶里有爱心形状的图案，还有我这碗健康的水果、酸奶、燕麦片。事实上，她都能想象出莫妮卡极其高效地在咖啡馆里忙来忙去的样子：比爱丽丝大10岁，仍然很漂亮，是那种情绪强烈、精神紧绷的人。

爱丽丝震惊地意识到，那个让她念念不忘的女人，几天前无忧无虑翩翩起舞的女人，就是莫妮卡。当时她没能将各种事实联系起来，因为她所看见的那个女人似乎和她白天习惯见到的那个女人截然不同。

她读到了莫妮卡对宝宝的渴望。要小心你所期待的东西，爱丽丝悲观地想，邦蒂已经开始微微扭动，似乎马上就要醒过来，进入尖叫环节。她是否在某个时间节点上特别想要个孩子呢？她想不起有这样的时候，但是她猜自己肯定有过。

她曾经是多么嫉妒莫妮卡的人生啊，结果呢，莫妮卡一直以来想要的却是被她视为理所当然的东西。她感觉到，在她和这个不算真正照面过的自立却沮丧的女人之间有着一线关联。虽不可见，却牢不可破。她低下头去看邦蒂，看着她松松软软的漂亮脸蛋而感受到爱的浪潮，她发誓，永远不会让自己忘记这种爱。

哈扎尔。哟，这里有个浪漫英雄的名字嘛。她的确期待哈扎尔灿烂夺目，不然，要是瘦骨嶙峋，喉结和粉刺都特别突出的话，真是浪费了哈扎尔这么个名字。爱丽丝想象他骑着马，不用马鞍，沿着康沃尔郡的悬崖小径漫步。哦上帝啊，一定是荷尔蒙作祟。

读到哈扎尔的故事，她生出了一丝很不舒服的感觉，她和酒精之间的关系同哈扎尔身上所发生的其实没什么两样。她不只是为了在派对上尽情放松才喝酒，她喝酒是为了能把一整天给熬过去。她连忙把这恼人的想法推到一边。她值得在晚上的时候喝上一杯酒（或者三杯）犒劳自己。其他人也都这么做。她的社交媒体上充斥着"微醺时刻"和"妈妈的小帮手"这样的嗯。这让她觉得自己像个成年人，仿佛她仍旧有自己的生活。那是她的"自我时间"，而且——坦白地说——那也是她应得的。

爱丽丝读完哈扎尔的故事，意识到他都做了什么。哦我的天！这就好像身处丹尼尔·斯蒂尔的小说里一样！哈扎尔找到了莫妮卡的梦中情人，莱利，把他送到了伦敦，将莫妮卡从痛苦的单身生活中拯救出来。多浪漫啊！而且成了！很显然，莱利就是她在"莫妮卡咖啡馆"看到的那个男人吧？和莫妮卡在一起，满眼都是爱慕地凝视莫妮卡。

爱丽丝迫不及待地想要读下面的故事，她猜肯定是莱利的。大致翻了一下接下来的三页，她看得出来，莱利的笔迹很潦草，一看就是出自男性之手，但是她得回去给邦蒂洗澡了。或许她可以多花几分钟，稍微绕点儿路，从"莫妮卡咖啡馆"的门口经过，通过窗户飞速朝里面看一眼。这样就能再多给她一点儿时间，让她不去想与麦克斯之间的可怕争吵。爱丽丝很肯定，圣诞当天咖啡馆肯定关门了，但是推着小推车从门口走过也没什么关系啊，邦蒂一定会享受额外的散步的。

出了公园，爱丽丝向左转，走上了富勒姆路，旁边就是中餐厅。从她有记忆起，这家餐厅就一直开在这里，但是她从来没有进去过。比起鸡肉炒面，她还是更喜欢牛油果和蟹肉寿司卷。人行道装饰得很漂亮，节日期间富勒姆的绝大多数人似乎都出城去了乡村，因此站在餐馆外的两个男人才引起了她的注意。其中一个看起来像中国人。他很瘦小，怒气冲冲，浑身上下散发出与身高格格不入的巨大能量。另一个是个高个子的红发男人，看起来训练有素，爱丽丝确定在什么地方见过他。他好像在哭。这究竟都是怎么回事儿？搞不好她并不是唯一一个今天过得不怎么样的人。这种想法竟然让她振作了不少，她为此感到惭愧。

爱丽丝朝咖啡馆走去，走着走着，她意识到，这么久以来，这还是她头一回怀着激动之情去做什么事儿，而不全是为了完成任务。过去的几个月是一件琐事连着另一件琐事——喂奶、擦拭、清洁、换尿布、做饭、熨衣服、洗洗刷刷，周而复始，无休无止。这是一件新鲜事，她并不能确切地知道接下来会怎么样。有孩子的人生实在是一眼就能望到老。紧接着，爱丽丝又责备自己竟然会这么想，转而提醒自己有多么幸运。

爱丽丝走近咖啡馆，发现灯似乎亮着。但这也并不意味着开门营业。有很多当地店铺甚至会二十四小时亮灯呢。这让她非常生气——@爱丽丝漫游奇境的内容全都与善待地球有关。早在形成流行趋势前，她就不再使用一次性咖啡杯和塑料袋，甚至也尝试了重复使用尿布，但结果不太好。

爱丽丝透过橱窗偷偷地往里看了一眼。莫妮卡独自坐在桌边，一看就是为好几个人布置的餐桌。她在哭，真的在哭，号啕大哭，涕泗横流，脸上斑斑点点，绝不是那种上镜的哭脸，莫妮卡必定是那种不能在大庭广众下失声痛哭的女性。或许，如果她们能成为朋友的话，爱丽丝会让她知道这一点。那会是一种善意。

爱丽丝感到自己的乐观情绪消失了。她是多么想相信从此以后就是幸福快乐的结局啊。究竟是哪里出了差错呢？怎么才几天，那无比浪漫的氛围就变成了眼前这孤独凄凉的不幸图景呢？

爱丽丝是女性团结的虔诚信徒。女人必须守望相助。她也信奉这样一句至理名言："在一个你可以成为任何人的世界里，就做一个善良的人吧。"她把这句话印在了T恤上。她没办法就这样走过去，留一个女同胞像那样哭个不停。别的不说，至少她一点儿都不觉得莫妮卡是陌生人。爱丽丝觉得自己了解她，至少有那么一丁点儿的了解。真要说实话，恐怕比她的大多数闺密都要更了解她。

爱丽丝从包里拿出笔记本，作为信物，挺直身子，挂上友好又关切的笑容，走进了咖啡馆，地板上有一团看起来很可怕的棕色物体，她小心翼翼地跨过去。那到底是什么玩意儿？

莫妮卡抬起眼，睫毛膏顺着脸颊流下来。

"嘿，我是爱丽丝。"爱丽丝说，"我发现了这个笔记本。你还好吗？需要帮忙吗？"

"我真希望我一眼都没看过那该死的本子，我也绝对不想再看见它了。"莫妮卡回答，从她嘴里迸出的每一个字都像是机关枪扫射，让爱丽丝本能地退缩了，"我真的不是有意这么粗暴，而且我肯定你——和其他人一样——以为你了解我，因为读了我原本永远不该写下的故事，但你不了解。而我可以百分之百地肯定，我不了解你。我也不想了解。所以拜托了，请走开，让我一个人待着。"

爱丽丝照做了。

35 莫妮卡

一直到节礼日①那天晚上，莫妮卡才从公寓楼上下来。咖啡馆看上去宛如剧院布景，演到一半弃之不用。桌子还在那里，上面仍旧摆着布丁，酒杯半满。圣诞树也在，树下摆着没有拆开的圣诞礼物。旁边的地板上，好像洒了一大坨弥漫着水果味道的牛粪，一枝冬青兴高采烈地从里面伸出来。那原本是一块无花果布丁。

莫妮卡往桶里灌满热肥皂水，戴上一双洗碗手套，开始工作。她总是发现打扫卫生有疗愈的作用，坦白地讲，简直是太有用了。她的五星卫生等级醒目地展示在咖啡馆的橱窗上，这是让她倍感骄傲的成就之一。即便是与卫生清洁相关的言语都能起到治愈的作用：*大扫除，干净的纸，把那个人从我的脑海中冲走。*

此时此刻，莫妮卡有了时间冷静下来，她才意识到，哈扎尔和莱利不太可能故意耍她。当莱利说他是真心喜欢莫妮卡时，莫妮卡是相信的（她不认为那些亲吻是能装出来的），但她还是觉得很丢人。一想到这段时间莱利一直在对自己说谎，她就受不了。她不愿意去想哈扎尔和莱利同情她。她厌恶他们讨论她，计划着纠正她过去的悲惨生活。她觉得自己愚不可及。她并不习惯于觉得自己蠢笨。上帝保佑，她可是得过A等经济学凯恩斯奖的。

---

① 节礼日（Boxing Day），为每年的圣诞节次日或是圣诞节后的第一个星期日，是在英联邦部分地区庆祝的节日，一些欧洲国家也将其定为节日，叫作"圣士提反日"。这一日，传统上要向服务业工人赠送圣诞节礼物。

她才刚刚开始相信好事终会发生，而且她值得被莱利这样不可思议的人爱着。结果呢，事实证明这一切都是计划好的。妈妈以前总是对她说，如果有些事情太好了，好得不像真的，那可能就不是真的。而莱利呢，绝对是好得不真实。

过去几周，她一直让自己敞开心扉，渐渐开始"顺其自然"，不再痴迷于做计划。她觉得自己开心多了，也更无拘无束了。可是呢，看看这一切将她置于怎样糟糕的境地！

莫妮卡不知道自己还有什么可想的。

她知道的是，她不想见到他们任何一个人，至少暂时不想见。她希望一切都倒回去，回到她在咖啡馆发现那本愚蠢的笔记本之前，回到她写下那段故事之前，回到自己稀里糊涂陷入别人的计划之前。那个世界没什么滋味，平淡无奇，但至少它安全，都在预料之中。

莫妮卡的心中一惊，她忽然意识到，还没有取消这周的美术课。于是她拿起手机，点进她建立的班级群。"美术课暂停，开课时间另行通知。"她键入，不觉得有道歉或解释的必要。凭什么要她道歉或解释呢？

莫妮卡走向"阅读角"，桌子上还躺着朱利安为她画的漂亮的半身像。一个截然不同的莫妮卡正盯着她——那个莫妮卡并不知道她的生活建立在谎言之上。

她朝圣诞树下伸出手，去拿一份礼物，标签上写着"致莫妮卡，来自莱利的爱，亲吻亲吻亲吻"。她本想看都不看一眼就把这东西扔出去，那样做才是值得骄傲的，但最终还是好奇心获胜。

莫妮卡小心翼翼地拆开包装纸。里面是个蓝绿色的笔记本，她马上就认出是斯迈森[①]的本子。她告诉过莱利这个牌子一直都是她的心头好吗？一定花了他不少钱。封面上是凸起的烫金字母：希望与梦想。

---

① 斯迈森（Smythson）是英国文具和皮具配件品牌。

她抱起本子，凑到鼻子跟前，深嗅皮子的味道。然后她打开本子，去看写在内封上的文字：圣诞快乐，莫妮卡！我知道你有多喜欢好文具，我知道你有多喜欢待办清单，我也知道你有多好，所有的希望与梦想都值得成真。爱你，莱利，亲吻亲吻亲吻。

这真是最棒的礼物。是在看到莱利写下的字迹渐渐模糊起来时，莫妮卡才发现自己哭了，咸湿的污迹破坏了封面的完美，这让她哭得更厉害了。

她为原本可能的结果而哭泣，为在她面前短暂闪现过的完美未来而哭泣，她才刚刚开始相信那一切可能成真。她哭自己丧失了自信，她原以为自己坚强、聪明，结果呢，却那么好骗，奇蠢无比。但是，最让她想哭的，还是她以为自己正在成为的那个女人，那个冲动行事、心血来潮、玩乐至上的女人，做事全凭一时冲动，毫不担心后果。这姑娘在笔记本里写下秘密，然后随风散播。这姑娘傻乎乎地同英俊的陌生人坠入爱河。

这个姑娘，离开了。

36　爱丽丝

　　现在是晚上十一点。爱丽丝坐在婴儿摇椅上给邦蒂喂奶，被碧雅翠丝·波特①夜灯的昏暗光线笼罩。昨天和麦克斯大吵一架，直到现在她还觉得备受打击，吵完之后他们都没有再提起这件事。被莫妮卡大吼一通也没什么用。姐妹之情不过如此。她把手伸进包里拽住那本笔记，把灯调亮了一些，可以看书，但也没有那么亮，不会把邦蒂弄醒。她翻到那一页，哈扎尔的笔迹转换为莱利的笔迹，她心中生出一丝强烈的期盼。像那样光芒万丈的男人能藏着怎样的秘密呢？

　　我叫莱利·斯蒂文森。我30岁，是来自珀斯——澳大利亚的一个城市——的园丁。据说苏格兰也有一个珀斯。现在回答朱利安的问题。我知道家里所有邻居的名字，他们也知道我的。在我很小很小的时候他们就知道。说实话，在那里过上一阵子就会让人觉得有点儿窒息。那是我离开的原因之一。

　　天哪，他对伦敦到底适应得怎么样了呢？这真是从一个极端跑到另一个极端。爱丽丝稍微挪动了一下邦蒂，这样她才能往后翻页。

---

① 碧雅翠丝·波特（Beatrix Potter, 1866—1943），英国女作家、插画家，大名鼎鼎的彼得兔就出自她的笔下。

我猜，我的真相是，就因为我并不像这里的大多数英国人一样过得那么纠结混沌，他们就假设我是某种笑嘻嘻的傻白甜，所有这样想的人都会让我很生气。你知道的，我没有那么多疑和偏执。但他们却真的如此。

显而易见，开开心心、直白率真应当是好事儿，而不应该是某种性格缺陷吧？不复杂并不等于肤浅，不是吗？

哦我的天，爱丽丝心想，真是个甜甜的男孩。

有时候，我发现莫妮卡和朱利安看我的时候就像看小孩子，他们肯定在想："哦我的天，他是不是超甜的？"

啊呀。这本子能读出她的想法吗？

你知道的，我其实并不喜欢这个本子。它帮我交到了一些很棒的朋友，但同时，我发现我的人生并没有变得更真实，反而因此更不真实。我和莫妮卡的关系建立在谎言之上。我还没有告诉她我们是因为这本笔记才得以相遇，可我根本就想不起来为什么没有告诉她。

住在这座城市，没有阳光，没有植物，没有泥土，这一切都在慢慢改变我。我觉得必须回到自己的根去。就连写在这里的话都不像是我自己写的。我从来都不做什么自我剖析之类的事情。我就是那种"所见即所得"的家伙。至少，从前是。

而且，你知道吗？这本笔记也并没有讲述其他人的真相。

读了朱利安的故事，你肯定会想象出一个忧伤、透明人一般的老者。但是我所认识的朱利安是个空前绝后的奇人。他让生活变得丰富多彩，他让你想去看新鲜的地方，体验新鲜事物。

至于哈扎尔，如果没有见过他，我肯定以为他是个傲慢自大、无

165

比自恋的浑蛋。但是我在泰国与之聊天的那个男人，很平静，很绅士，还有点忧郁。

还有莫妮卡，她觉得自己不招人喜欢，虽然她又温暖又好看又善良。她把人们聚拢到一起，帮助他们。从这个角度来看，她是个天生的园丁，像我一样。她也会是个很棒的妈妈。我很清楚，如果她能稍微松弛一点儿的话，一定能找到自己想要的一切。

我打算和莫妮卡说实话。坦白之后，我也不太清楚会发生什么。但是至少，我们的根系会扎在更加合适的土壤里，而不是在沙粒之中，这样我们就有机会了。

现在你会怎么做呢？希望这本笔记能给你带来比我更多的幸运。

爱丽丝悲伤极了。通过之前与莫妮卡的正面邂逅判断，事情并没有如莱利希望的那样顺利进行。莫妮卡看起来一点儿也不温暖，不好看，不善良，也没让爱丽丝觉得受到了照顾。坦白地说，她还有点儿刻薄。

可爱的莱利。一个失去了花园的园丁。

就在这时，爱丽丝的心头浮起一计。

37 朱利安

朱利安裹在安安全全的被窝里，舒舒坦坦。他模糊地注意到远处传来的嗡鸣声，但是他无能为力，即便他想去响应。他觉得自己离一切都是那么遥远。

"朱利安！该起床了。你不能一整天都躺在床上。"玛丽说。

"别管我。"他抗议道，"我几乎一整夜都在画画。去工作室看看——你就知道了。我就快画完了。"

"我看见了，很了不起，一如既往。你很了不起。但是快要吃午饭了。"

过了一会儿，因为玛丽知道他的弱点而补充说："我给你做班尼迪克蛋。"

朱利安伸出一条腿，看看能否感觉到基思躺在床尾。基思不在。

他睁开一只眼。玛丽也不在。她已经很久很久不在这里了。朱利安再次闭上眼。

只有一件事阻止他彻底睡着，让他就快要掉到地上去了。他知道有些事情必须去做。他有一种感觉，觉得人们都在指望他。他有责任。他听到了乒乒乓乓的声响。这一次，声音就在他的耳边。他伸出手去，拿起那只已经被他遗忘的手机。屏幕上出现一条信息："美术课暂停，开课时间另行通知。"就是这个，这就是他一直紧紧抓在手里的。现在他可以放手了。或许他可以待在这里，就这么躲在被窝里，直到最终被推土机清走，被一个多功能娱乐综合体取代。

"电量低"，屏幕显示。朱利安放下手机，没有去连充电器，又把被子拉过脑袋，吸入那发霉又充满安慰的气味。

38　哈扎尔

　　和父母一起在牛津郡过了四天后，哈扎尔回到城里。难以置信的是，他们似乎并没有对他怀恨在心，只是在看到他状态不错而且很开心后松了口气。虽然每天吃早饭的时候都能看到哈扎尔，但母亲仍对此万分惊讶，就好像料定他会在半夜潜逃，醉生梦死。公平地说，那的确是他以前会干的事儿。他很好奇，究竟还要过多久，母亲才能重新信任他。或许永远也不会了吧。

　　哈扎尔本打算待得久一点儿，但是父母要为社团举办除夕夜派对，他觉得，如果那天晚上自己过应该会更安全一点儿。他计划在十二点之前上床睡觉，感谢他的幸运星，能让他在自己的床上开始新的一年，没有宿醉，没有他想不起名字的人，在他的记忆中这还是头一回。

　　哈扎尔拿起手机查看时间。手机是最基本的预付费款式，从来没有响起过，因为没人有他的号码（截至今天上午，只有妈妈有）。他忽然意识到，就连自己的手机铃音是什么样的他都还不知道。哈扎尔向来合群、善于社交、工作努力，所以他发现，在没有朋友、没有工作的情况下要适应这个世界还真有些困难。他很清楚，他不可能永远逃避生活。

　　现在是下午四点半，他穿上外套，锁好公寓门，朝墓地走去。他可以肯定，圣诞节那天他偶然引爆的那颗燃烧弹一定已经余波消散，他会发现莫妮卡、朱利安和莱利又成了好朋友。眼下已经无法再进入旧时的社交圈，所以他真的很希望能加入莫妮卡他们的圈子。

他经过了"莫妮卡咖啡馆",里面黑漆漆的,门上贴着通知:"休业至1月2日"。

哈扎尔坐在司令墓的墓碑上,一刻不停地左顾右盼,留意着朱利安或者莫妮卡是不是从公墓南边往这里走,结果完全没有注意到莱利从北边走了过来,一直走到只有几米开外哈扎尔才注意到。或许莱利会想要他的电话?他该怎么开口才不显得落寞或者急不可待呢?

"你,没看到他们?"莱利问,"我已经等了整整一个星期,就等着星期五下午五点,希望他们会出现。"

"没有。我来这里已经一刻钟了。只有我和渡鸦。你和莫妮卡怎么样?"哈扎尔问。看到莱利有气无力地沉下去的肩膀时,他猜到了答案。

"她不接我电话,咖啡馆也关门了。我也很担心朱利安。他电话关机,圣诞过后我每天都去按门铃,但是没人开门。朱利安一般只在上午十点到十一点之间出门,而且他也没说他要出去。你觉得我们要不要报警?"

"我们在附近走走,然后再试一下吧。"哈扎尔说,"别的暂且不说,要是我在这里再坐上一会儿,屁股都要冻在这个司令的墓碑上了。"

朱利安的门铃旁边写的名字是"J & M①杰索普",虽然M已经离开这个家十五年之久。这种悲伤让哈扎尔几乎无法承受。洗心革面的哈扎尔变得特别多愁善感,他自己也注意到了。门铃反复响了五分钟左右,依然无人应答。

"好吧,我们找莫妮卡确认一下,看看她是否知道朱利安在哪儿,如果不知道的话,我们就报警。"哈扎尔说。

"她不会搭理我的。"莱利说,"所以得你试试看。虽然她也不怎么

---

① 朱利安和玛丽的首字母缩写。

喜欢你。"莱利不是唯一的攻击目标,这让他的语气听起来相当宽慰。

"她住附近吗?"哈扎尔问。

"对,就在咖啡馆楼上。"莱利回答。

"很好,我们去找她。"

这份共同的使命感在两人之间缔结出一条纽带,就像肩负特殊任务的士兵,他们携手向前,无声而果断地朝咖啡馆走去。莱利指出了通往莫妮卡公寓的门,门被刷成了毛茛黄,他们按下了门铃,但没人响应。他们敲咖啡馆的门,还是无人应答。哈扎尔向后退,迈下人行道,伸长脖子,仰头去看莫妮卡的窗户,搞得一辆黑色出租车突然转向,狂按喇叭。

"伙计,你在只有一条路的岛上生活太久了。"莱利说。

哈扎尔回答:"我经历了这么多,结果却被富勒姆路上的一辆出租车给撞死了,也太讽刺了吧。你看,楼上有灯亮着。"

他放声喊道:"莫妮卡!我们得和你谈谈!莫妮卡!莫妮卡,你看到朱利安了吗?我们需要你帮忙!"

就在他要放弃的时候,垂直的推拉窗一下子推了上去,莫妮卡的脑袋出现了。

"看在上帝的分儿上,邻居们会怎么想啊?"她气鼓鼓地低声说,听起来也太像哈扎尔的妈妈了,"等一下。我马上下来。"

几分钟后,门开了。莫妮卡扎了个乱糟糟的丸子头,拿铅笔当簪子,身上穿了件毫无形状可言的大T恤和运动裤,在哈扎尔的预期中,没有一件衣服是莫妮卡会穿上身的。她只是把他们领进咖啡馆,并没有表现出欢迎的姿态。

"莫妮卡,我太想和你说话了。"莱利说。

"嘿,莱利,我们就集中精力说眼前的事。"在莱利全力以赴把话题带偏前,哈扎尔说道,"你可以之后再说那些。重要的问题是——最近有没有朱利安的消息?圣诞节之后?"

莫妮卡蹙眉道："没有。哦上帝，我感觉很不好。我只顾着把自己裹起来，完全没有考虑到他。我究竟是个什么样的朋友啊？我看出来了，你们已经去过他家了，手机呢？"

"打了无数遍。"莱利回答，"真希望我知道他的座机号。可我没记过。"

"富勒姆3276。"莫妮卡说。

"哇哦，"莱利惊叹，"你怎么记住的？"

"过目不忘。不然你以为我是怎么当上金融城律师的？"莫妮卡回答，并不吃莱利恭维她的那一套，"富勒姆的这个区域是385，那么他的号码就应该是0207 385 3276。"她在手机上按下这些数字，再按下免提。电话响了又响，最终重新回到拨号音。

他们屏息凝神盯着莫妮卡的手机，过了好一会儿才发现有人在敲咖啡馆的门。是巴兹，他戴了副约翰·列侬风格的眼镜，身穿一件黑色皮衣，一脸疲惫。莫妮卡打开门让他进来。

"嘿，伙计们。我真的、真的得和本吉谈谈。你们知道他在哪儿吗？"他问道，有点儿上气不接下气，"我想说对不起。我的情绪有点儿失控了。"

"现在恐怕有点儿迟了。"莫妮卡简明扼要地说，"他已经去苏格兰过除夕夜了。这些天来他一直都拼命想要跟你聊聊。巴兹，这是哈扎尔。"莫妮卡做介绍的时候一眼都没看哈扎尔。她说出哈扎尔的名字时就好像说的是脏话。

"嘿，"巴兹说道，几乎没空看哈扎尔一眼，"你有他家的座机电话吗？他手机关机了，要么就是没信号。"

"没有，抱歉。现在有点儿紧急状况。"莫妮卡说，"我们正想办法联系上朱利安。圣诞节后就没人有他的消息了。"在提到"圣诞节"这个词后，出现了一段尴尬的沉默，所有人的思绪都回到了那一天。

"这可不妙。我们去找奶奶吧。她每天早上都要去见朱利安，练太极。她应该知道怎么回事。"

于是一行四人出发朝百老汇走去，因为有更重要的事情要办，所以彼此间的战争先搁置一边。

贝蒂精神矍铄地摇摇头："我按照往常的时间去上太极课，但是星期一、星期二、星期三、星期四、星期五都没有人开门。"她边说边用手指头数数，"我以为他是去和家人过节了。"

"他在英国没有家人。"莫妮卡说，"我们过去吧，看看能不能进去。"

于是五个人走过百老汇，朝着切尔西工作室进发。事已至此，对于有人应门这件事他们已然不那么乐观了。果然无人响应。

"我们去找邻居。"吴太太说着伸出极具侵略性的尖锐的食指，按遍了上上下下的所有门铃，顺序完全随机，仿佛是在指挥整个管弦乐队演奏实验性的乐章。

"别忘了，奶奶是在20世纪70年代离开的家乡。"巴兹小声地对莱利和哈扎尔说，"她和我爸爸游到香港，把最值钱的东西全都紧紧捆在背上，就像海龟一样。你们可别去干涉贝蒂·吴。"

最终，对讲机里传来一个微弱的声音，听起来怒不可遏。

"如果你是要推销洗碗布，或者跟我谈什么永恒的救赎，我没有兴趣。"那个声音说。

"请让我们进去。我们很担心我们的朋友，已经很多天没见过他了。"吴太太说。

他们清清楚楚地听到了一声叹息，之后，过了几分钟，一个金发碧眼的女士开了门，头发卷得很漂亮，人不算年轻。她的脸像蜡一样光滑，但是脖子却像火鸡一样，身上裹着一件爱马仕披巾。有一种女人，当丈夫开车载她去某个地方，她会坐在后座上，眼前这个女人看起来就是这一类。

"你们找谁？"她开门见山地问，没有做任何自我介绍。

"朱利安·杰索普。"莫妮卡回答,面对任何人她都不会怯场。

"好吧,希望他好运。我们已经在这里住了快六年,我两只手就能数过来见到他的次数。"女士在他们面前挥舞着精心保养的双手,"或许一只手也够了,想想看吧。他一次都没来参加过居民委员会的会议。"她眯起眼睛打量他们,仿佛擅自认定他们应当为朱利安的缺席负起责任。"我是主席。"她补充道,是个既不必要也不令人意外的信息,"我想你们最好还是进来。上帝啊,你们究竟有多少人?"

他们从她身边走过,同时点头向她表示感谢,然后径直朝朱利安的小别墅走去。

"如果你们找到他,告诉他帕特丽夏·阿布克尔着急见他!"她在他们背后喊道,"如果不能尽快有他的消息,我就要通知律师了!"

莱利用力地敲门。等待回应的时候,哈扎尔掌心出汗。他甚至算不上认识朱利安,尽管他觉得自己对朱利安很熟悉。

"朱利安!"吴太太喊道,就这么娇小的个头而言真是声如洪钟。莫妮卡和莱利透过前面的窗户往里窥探,多亏了莫妮卡,窗户不再脏兮兮的一片模糊。

"说实话,我看不出有什么不同,虽然确实不太好说。"莫妮卡说,"他又把一切都搞得一团糟。"她把窗子推起来,打开了差不多三十厘米。哈扎尔心想,他们需要一个能钻进去的小孩子。

"我从窗户进去!"吴太太说,哈扎尔注意到,她确实是孩子的体型,"毕明!抓住脚!你,大小子,抓住身子!"哈扎尔花了点儿时间才明白过来吴太太是在冲他说话。

吴太太将双手举过头顶,哈扎尔抱住她的身体,巴兹和莱利抓住她的腿。她的脸冲着地面。"好了!往前!送过窗户!"吴太太冲他们喊道,宛如一名军事指挥官,他们便将她送了过去,像把一个包裹投进邮箱。吴太太压低身体蹲了片刻,然后站起来。

"开门,奶奶!"巴兹忙说。过了一会儿,他们便进到了屋子里。

朱利安的小别墅可真难闻。窗帘紧闭，冷得像冰窖，蜘蛛网也报复似的回来了。莱利比其他人都要熟悉环境，因此他正仔仔细细地观察地板。

"没有他倒在这里的痕迹，我们去看一下卧室。在那边。"他说着指向那道通往夹层的熟铁打造的旋转楼梯。莫妮卡和莱利在前面开路，吴太太跟在后面。

哈扎尔听到莫妮卡大喊一声："朱利安！"显然，他们找到了他。哈扎尔屏住呼吸，生怕最坏的情况发生。最终，莫妮卡重新出现在卧室门口的楼梯上。

"他没事儿，只是很冷，而且迷迷糊糊的。"莫妮卡说。

哈扎尔缓缓地吐出一口气，他看到自己吐的气凝结成白白的水雾。

"天知道他上次吃饭是什么时候。巴兹，你能把暖气打开吗？吴太太，你能不能带一点儿你那有魔力的治愈汤过来？朱利安坚决不肯去医院，所以我看看能不能找个医生过来，给他做下检查。莱利，如果还有商店开着，你能不能试着找到'天使喜悦'？显而易见，得是奶油糖果味儿的。"

为什么显而易见？哈扎尔一头雾水。他真想举起手来，问问她有没有什么工作安排给他，但又觉得，她恐怕只会再冲自己扔个什么东西过来。哈扎尔去找水壶。危急关头，妈妈总是坚信一杯好茶就能起作用。

39　莫妮卡

　　他看起来一点儿都不像莫妮卡认识的那个朱利安。他蜷缩在床上，像个单引号，那么瘦，那么干枯，身体在毯子下面几乎没有任何隆起。三个空的烤豆子罐头，其中一个里面插了叉子，就放在床边的地板上，一起放着的还有手机。上次见他时他穿的苏格兰格子裙和夹克外套都堆在门边，仿佛把之前穿着它们的人蒸发了，或者自燃了，就像《绿野仙踪》里的女巫一样。

　　有那么可怕的一瞬间，漫长如一个小时，莫妮卡以为朱利安死了。他一动不动，当莫妮卡去摸他的手，发现皮肤是那么冰冷，黏糊糊的。但是当她喊朱利安的名字时，他的眼皮快速抖动，发出了呻吟。

　　现在，火烧得极旺，朱利安坐在火边的扶手椅上。巴兹花了点儿时间去找锅炉，然后才意识到朱利安家没有集中供暖系统，只有一些独立电暖气片，并且一个也没有打开。此刻，他的身上裹了好几层毯子，正抱着马克杯，小口小口地喝贝蒂的鸡肉甜玉米汤。

　　有个附近门诊的医生过来了，指定了温度、食物和水分补充，还有一些治疗褥疮的抗生素。他负能量爆棚地嘟哝着"这一个一个小插曲"是如何给朱利安本就虚弱的心脏施加更多负重，所以莫妮卡怀疑，这种情况不是头一回出现。但是，至少眼下，朱利安的脸颊慢慢地有了些红晕，看起来不那么惨白枯槁了。

　　莫妮卡很肯定，朱利安健康的急转直下和圣诞节当天的争吵脱不了干系，所以在他面前，莫妮卡刻意表现得对莱利很友好。与此同时，莱利似乎也在做着一切能够重新得到莫妮卡欢心的事情。莫妮卡告诉莱利，朱利安的楼梯需要好好清洁一下，这一说他更是劲头十足，但莫妮卡并没有兴趣去看莱利有多努力。他像只听话的小狗一样，拎着桶、漂白剂和硬毛刷冲过去。她不可能再同莱利有什么浪漫纠葛，但他们还可以做朋友，她心想，都是看在朱利安的面子上。

至于哈扎尔，这个随意玩弄他人人生的家伙，莫妮卡觉得自己永远也不可能喜欢这种人。他在这里做什么？再说了，有谁邀请他了吗？就这么自顾自地硬插进这个圈子里来？莫妮卡以前遇到过这样的人，习惯于众星捧月，横冲直撞，想干吗就干吗，根本不管自己有没有加入进来的权利。

哈扎尔身上的一切都让莫妮卡恼怒，从过分完美的好莱坞式微笑，到蠢了吧唧的时髦络腮胡，再到学院派的乐福鞋。在她16岁时，妈妈去世还没多久，爸爸完全不顾她的意愿，劝她去参加学校的舞会。她被一个男孩子吻了，那男孩完全就是个年轻版的哈扎尔，那时她开始想，或许，只是或许，事情会渐渐好起来。结果呢，她发现男孩这么做只是因为跟别人打了赌。*看看你能不能让班里的书呆子心动*。之后她有好几个月都没去学校上课。

再说了，哈扎尔是个什么名字啊？虽然的确很适合他。他是那种需要自带警告标志出现的家伙。

哈扎尔好像能感觉到莫妮卡在琢磨他似的，朝莫妮卡转过脸来。

"嘿，莫妮卡。你有没有绞尽脑汁地说服朱利安来咖啡馆开美术课？"他问。

"有。"莫妮卡回答，并且在心中谨记，如果没有其他事情，为了朱利安，也要尽快重开美术课。哈扎尔不管莫妮卡生硬的回答，继续奋力开拓话题。

"我能加入吗？大学之后我再也没跟艺术沾过边了。我很乐意再试一下。"

莫妮卡的脑海中浮现出哈扎尔在大学里的画面，主持需要穿半正式礼服的晚宴派对，从名叫黛薇娜或者罗丁的女孩突出的髋骨上舔舐冰激凌。

"我觉得地方可能不够了。"莫妮卡说，继而又补充道，"很抱歉。"稍微弥补了一下自己的粗暴。

不幸的是，朱利安虽然年纪一大把了，可听力却像蝙蝠一样灵敏。

"当然有地方啊，老伙计，只要再加把椅子就行了！"

"你想要我的新手机号吗？"哈扎尔冲莫妮卡挥了挥手机，问道，是个出人意料的老款手机。

"我到底为什么非要你的手机号不可？"莫妮卡怒气冲冲地说。他是觉得所有女人都对他感兴趣吗？

"呃，这样你就可以给我打电话，通知我美术课的事情。"哈扎尔回答，看起来吓了一跳。

"哦，我知道了。没必要，你只要直接来就行。星期一晚上七点。"莫妮卡觉得自己可能攻击性太强，于是决定递出最小的一根橄榄枝，"你在泰国的时候都干什么了，哈扎尔？"她问道，努力让自己的声音听起来友好一点。

"呃，我在排毒。"哈扎尔回答。

莫妮卡真是止不住地想翻白眼。她太清楚这种事了。人们留在她咖啡馆的八卦杂志里，那些名人总是被拍到做这种事，而她从来都不打算翻看。他肯定一直在做奢华的水疗，喝有机沙冰，一天按摩好几次，这样在派对季开始前，他能减掉好几斤体重。她敢打赌，这一切肯定全靠爸妈给他买单。

"你可真幸运，可以那么长时间不工作。"莫妮卡说，想检验一下自己的理论。

"哦，事实上我现在处于找工作的间隔期。"哈扎尔说。那是时髦男孩不需要工作的密码。她知道的,考试能不能写出正确答案啦,能不能卖出足够量的澳白咖啡来支付租金啦,哈扎尔从来都不需要担心这些琐事。他只需要去拜访一大堆的教父教母和学校里的旧友,给自己找个时髦的职业,不影响他的社交生活、假日或者"排毒"就行。

巴兹必须回饭店去给父母帮忙,因为新年前夜桌子全都订满了。其他人不想留朱利安一个人在家。莫妮卡很担心,一旦留他一个人,他又会陷入冬眠。贝蒂给所有人带来了蒸饺和春卷,依照朱利安的指示,莱利从地下室拿来一些香槟,大家举杯庆祝新年。他出现的时候看起来脸色苍白,晃晃悠悠的。莫妮卡还没有机会问他地下室里面有什么。

"吴太太。"朱利安开口,声音依旧低沉沙哑。

"贝蒂!"吴太太大喝一声。

"很抱歉让你难过了,说到巴兹和本吉——"

"毕明!"她又大喝一声。

"本吉真的是个好孩子,你知道的,他让毕明特别开心。那不才是最重要的吗?"他温和地说。莫妮卡看向贝蒂,贝蒂深深皱眉,两条眉毛几乎要拧到一起去了,像巨型灰色千足虫。莫妮卡很想知道,朱利安是不是真的有死亡意愿。

贝蒂叹了口气:"当然了,我当然希望他开心。我爱那孩子。他是我唯一的孙子。我也确定,本吉是个好男人。但不能和毕明在一起啊!否则他就不能有吴家的孩子了,他就不能在餐馆里做中餐了。"

"不是那样的,你知道的。他们可以收养。"朱利安说。

"从中国收养小姑娘?"贝蒂若有所思地说。

"而且本吉是个很有天分的厨师。"莫妮卡补充说,"咖啡馆里的大部分食物都是他做的。他比我强多了。"

"喀喀。"贝蒂双臂交叉。但是莫妮卡觉得她从贝蒂的站姿中觉察出了一点儿态度上的缓和。

"毕明跟我说他冲你嚷嚷了。"贝蒂对朱利安说，"我告诉他我觉得丢脸。他应当尊敬长辈才对。"

"别担心，吴太太。他刚刚道歉了，但是真的没必要。"朱利安说。

对此莫妮卡微微一笑，她无意中听到了巴兹的道歉，并不完全是卑躬屈膝的道歉。他抱歉说管这间小别墅叫垃圾堆，在莫妮卡试着收拾了一下之后看起来好多了。这让莫妮卡有了个想法。

"朱利安，"莫妮卡说，"我们为什么不再来一场大扫除，开启新年呢？下星期我可以过来，如果你愿意的话。"

"嘿，你能不能顺手把我家也给打扫了，莫妮卡？"哈扎尔说。

来了：最后一根稻草。

"为什么？因为你简直懒死了，不愿意自己打扫吗，哈扎尔？还是因为你觉得打扫就是女人的工作，而你太男人了，所以不适合那种工作？"

"放轻松，莫妮卡！我只是在开玩笑！"哈扎尔说，看起来真是吓到了，"你有时候得放松一点儿，你知道的。找点乐子。毕竟，今天可是新年前夜啊。"

莫妮卡瞪了他一眼，他又瞪了回来。莫妮卡依然很讨厌他，但是至少，他反抗她了。曾经身为律师的她并不喜欢对手太快就范。

"还有五分钟就十二点了！"莱利说，"每人来一杯香槟怎么样？"

"我有胡椒薄荷茶。"哈扎尔回应，"茶是'全新的香槟'。人人都以茶代酒吧。"

"开始执行你的新年决心了，哈扎尔？"莫妮卡说道，她太喜欢决心了，她会把自己的一个个决心分散在一年里的各个时间段。为什么非要限定在1月之内不可呢？

"差不多吧。"哈扎尔回答。

莫妮卡想问问哈扎尔有没有检查胡椒薄荷茶上的保质期，但是她没问。就算过期了也不会让他死掉，这样反而更可惜吧。

随后，富勒姆和切尔西的天空被点亮了，烟花的爆裂声在附近的楼宇间回荡。莫妮卡转向朱利安工作室里一整面墙的窗户，窗外五彩纷呈，绚烂夺目。

这是崭新的一年。

40　莱利

　　接下来的那个周五，看到朱利安朝着司令墓走来，莱利松了口气。按照莫妮卡的吩咐，除夕夜之后，他每天都要去朱利安家——表面上是给朱利安处理更多杂物，同时也是检查他有没有起床，吃没吃饭，屋里暖不暖和。如果还没有变回从前那个朱利安，他也至少是在变回的过程中。这天晚上，朱利安看上去情绪高涨。

　　"莱利！真高兴你在这儿啊！猜猜看，发生了什么？"

　　"怎么了？"莱利反问。

　　"莫妮卡已经为美术课的户外教学订好了欧洲之星的票！我花了一下午的时间来计划我们的画廊之旅。"

　　"棒呆了！"莱利欢呼，自从十几岁时看了《红磨坊》里的妮可·基德曼，他就非常渴望去巴黎。他等着朱利安发现他带了什么来。

　　"你的朋友是谁，莱利？"朱利安问道，仔细打量那条摇摆的尾巴。

　　"希望它能成为你的朋友。是个建筑工人在隔壁的空房子里发现的。我们都认为，它之前的主人应该是那位最近刚刚过世的老夫人。他们用三明治和格雷格香肠卷喂了它一阵子，可是它需要一个真正的家。"莱利说。实话是，他觉得朱利安更需要去照顾什么人或什么事，这样他就有很正当的理由，不能再放弃生命。

　　"它是什么？"朱利安问。

　　"狗狗。"莱利说。

"不是，我是问什么品种。"

"天知道。我觉得吧，一路繁衍下来，肯定有大量的自由恋爱。有点儿串种。主要是獚类吧，我猜的。"莱利回答。

"那肯定多少有点儿杰克罗素獚的基因。"朱利安说。他和狗狗四目相对，静静地感受彼此同样泪汪汪的红眼睛、灰胡须、罗圈腿和厌世模样。

"它叫什么？"朱利安问。

"不知道。建筑工人们叫它沃依切赫。"

"天哪。"朱利安感叹。

"他们是波兰人。"

"我要叫它基思。"朱利安说，"基思是狗狗的最佳名字。"

"这就是说，你打算收养它了？"莱利问。

"我想是这样。我们可以成为两个脾气乖张的老家伙。嘿，基思。"

"必须开诚布公——它有点儿爱叫。"

"好吧，盖棺论定。我们又有了一个共同点。"朱利安说，"这样我有客人来的时候，我就有人可以责怪了。你觉得它会喜欢巴黎吗？"朱利安一边问一边低头看自己的新宠物。之后，不等莱利回答，他就自顾自地说："妄图在一天时间里全面了解现代艺术和文艺复兴，是不是过于野心勃勃了？可是，要怎么选择呢，莱利？我一向不善于缩减自己的选择范围。玛丽总这么说我。"

莱利耸了耸肩，这不是他熟悉的领域："确保你留了足够时间给我们爬上埃菲尔铁塔就行！"他说。

"亲爱的孩子，这可是文化交流一日游，不是去旅游景点走马观花。但是，如果我们一定要去个俗套的地方，倒不妨是埃菲尔铁塔。"

有个女人朝他们走来，吸引了莱利的目光，她推着一辆婴儿推车，神采奕奕，仿佛小推车是个健身器械。你绝对会把这个女人描述成"漂亮妈咪"。毫无疑问，是含着银汤匙出生的上等人。女人大概有二十大几，发型打理得很完美，还有一些色泽明艳的挑染，在伦敦你一定会花大价钱来这么捯饬，但是在澳大利亚，阳光会免费为你染色。她看上去像是被精心照料的帕洛米诺矮脚马，正要去参加花式骑术比赛。她的手里紧紧握着一只水瓶（可重复使用的），手也是精心护理过的。在珀斯，妈妈们是不会这样出现的。她们一般都头发凌乱，穿着皱巴巴的背心裙和平底人字拖。莱利等着她走过去，结果她停下了。

"你们好，"她说，"你肯定是朱利安吧，而你一定是莱利。"

"是。"莱利回答，不明就里。

"我就知道。而且，澳大利亚口音真的暴露无遗！我是爱丽丝！"她伸出一只手，他们握了握手，"这是邦蒂！"她冲小推车挥挥手，"这是谁？"她看向挨在朱利安身边、坐在司令墓上的那条狗，问道。

"基思。"朱利安和莱利异口同声地回答。

"你怎么知道我们的名字？"莱利问道。她是什么跟踪狂吗？

"我发现了笔记本。在游乐场里。"爱丽丝回答。

莱利花了很多时间去想这本傻了吧唧的笔记给自己的人生造成了多大损害，以至于完全不曾去想，他把本子留在公寓和咖啡馆之间的儿童游乐区，之后一切又会怎样。那是一方小小的绿地，他常常坐在那边整理思绪。

"哦，我的天啊！"朱利安惊呼，"我的小本子竟然还在传播！你好吗？可以肯定的是，你很迷人。"莱利稍稍冲他翻了个白眼。朱利安面对漂亮脸蛋可真是太容易上当了。

"哦我的上帝！朱利安，那件夹克也太棒了吧！肯定是范思哲的。我说对了吗？20世纪80年代的款？"爱丽丝说。

莱利对朱利安的着装品位已经免疫了，他在大衣下面穿了件真丝夹克，故意露出来，煞费苦心地绣满印花，对此莱利连眉毛都懒得抬一下，却让爱丽丝忽然兴奋起来。

"哦，终于！"朱利安说，"又一个时尚达人！我都快要放弃希望了，整天被这些土包子围着。当然，你说得没错。惊人的范思哲。失去他真是全世界的悲剧。我从来不曾从悲痛中恢复过来。"

土包子? 莱利被激怒了。竟然没有一个人注意到他正穿着从易贝上淘到的限量版耐克? 他看着朱利安用一条丝绸手帕轻轻擦拭眼睛。

他的表演也太过火了吧? 爱丽丝肯定能看穿他吧?

"能不能请你把衣服脱下来一下? 我想拍张照。"爱丽丝问。她是认真的吗? 朱利安看起来挺开心，在一年中最冷的日子里脱掉外套，他之前可是差点儿因为体温过低而死翘翘。他甚至摆起了姿势。

"牛仔靴? "他说，回答她另一个毫无意义的时尚问题，"是国王路上的 R.索莱斯家。大名鼎鼎，是不是? 当然，现在可能已经关门了。可能已经开成了 Pret a Manger①，或者其他差不多的店，反正都挺讨厌的。"他看起来黯然神伤，"是不是挺好玩儿的? 让我想起了从前和了不起的朋友大卫·贝利②一起度过的时光。"

莱利心想爱丽丝恐怕没什么兴趣吧。他很好奇，当朱利安像个隐士一样度过这十五年时，所有那些"了不起的朋友"都在哪儿呢?

"我是不是应该留你们两个人单独聊? "莱利说，然后马上意识到他这么说听起来有点儿像个妒忌心作祟的孩子。爱丽丝转向他。

"事实上，莱利，我想见的人是你，虽然我非常喜欢你的朋友朱利安。"朱利安竟然忸怩作态地笑了笑。莱利心想，莫妮卡从来不肯纡尊降贵，说出这么明摆着逢场作戏的话来。"我有一项任务给你。"爱丽丝递出一张纸，"你能不能在这地方见我，明天上午十点? 朱利安，你也可以来! 你会喜欢的。我保证! 上面有我的电话号码，谨防你违约，但我知道你不会的! 你不会的吧，是不是? 现在嘛，我要带邦蒂去上音乐课了。回见! "

---

① 英国的一家连锁简餐品牌。

② 大卫·贝利 (David Bailey, 1938—), 英国著名摄影师。

回见？？？

"天哪，她是不是魅力非凡！"朱利安说，"我等不及想看看到底是怎么回事儿了。你能等吗？我们必须把她介绍给莫妮卡，莫妮卡会喜欢她的。"

莱利心想，莫妮卡比得上一百个爱丽丝。他真的不想遵守这个秘密之约，但是他看得出来，朱利安是绝对不会让他爽约的。

41　爱丽丝

约了莱利和朱利安，爱丽丝超级激动。自从邦蒂降临，她的每一天似乎都过成了同一天，如此相似，充斥着专注于小婴儿的各种活动——婴儿游泳、婴儿按摩、婴儿瑜伽，以及和其他妈妈无穷无尽的对话，全都是关于发育阶段、睡觉规律、长乳牙和断奶的话题。爱丽丝能够感觉到真正的自己正悄然离开，渐渐地，她就成了一个附属品——要么是邦蒂的妈妈，要么是麦克斯的妻子。除了在网上。在网上，她仍然是@爱丽丝漫游奇境。

她看着朱利安和莱利走过来。莱利走路的样子更适合在海滩上溜达，而不是走在伦敦的人行道上。他实在是精力充沛，阳光灿烂，不适合被关在城市里。又或者，她之所以这么认为只是因为她读了莱利的故事。你本不应这么了解一个人，但你了解了，真的很奇怪。与此同时，朱利安真是叫人赞叹。他像一只天堂鸟，永远不可能被关住。

"朱利安！你比昨天穿得还要好看！"她说。

"你真是太善良了，亲爱的姑娘。"朱利安回答，而且还牵起她的手吻了一下。爱丽丝以为这种情形只会出现在电影里呢。"这是肖恩·康纳利在1962年的《007之诺博士》中穿的那件尼赫鲁式真丝上衣。搭配鳄鱼皮雕花皮鞋相当不错，你不觉得吗？"

"肖恩也是你的了不起的朋友吗？"莱利问。爱丽丝觉得这一问有点儿愤愤的。

"不是，不是。只是个擦肩而过的熟人而已。我是在慈善拍卖上买的。"朱利安回答。

"拜托了，拜托能不能让我拍点照片？"爱丽丝问。朱利安似乎很开心，靠在路灯柱上，看起来精明干练。他甚至从穿在里面的上衣口袋里掏出一副雷朋飞行员墨镜戴上。基思就坐在他的旁边，戴了个蝴蝶领结，看起来也是一副衣冠楚楚的模样。

"虽然我真的很不愿意打断你们的时装秀，"莱利开口了，他完全没有享受其中，"但是你能告诉我们为什么要来这儿吗？"

"这个嘛，"爱丽丝说道，"或许你不知道，但我是个网红博主。"

"是个啥？"朱利安和莱利齐声问道。

"我有十多万粉丝。"

朱利安环顾四周，好似期待着有一小群人尾随他们。"在Instagram上。"她声明。接下来可就不太好办了。她是不是得从世界互联网的发明开始讲起才能解释清楚？

"你肯定用Instagram吧，莱利？"

"不用。Instagram上全都是一些毫无意义的照片，尽是枯瘦如柴的人在落日中摆瑜伽动作，不是吗？"

"好吧，不可否认，有些的确是这样，但是还有更多内容啊。"爱丽丝回答，尽量不要冒犯到对方，"比如，这栋房子——"她将手挥向他们面前那栋高大的维多利亚时期的联排别墅，"主人去世后就留给了当地慈善机构。然后就变成了免费的托儿所，那些正在戒毒戒酒瘾的女性可以将孩子送到这里来。女人们往往拒绝寻求帮助，因为她们担心自己的孩子会被送进教养院。而这栋房子呢，可以在她们解决自己的问题时帮助她们保留对孩子的抚养权。志愿者们会确保孩子得到妥当的照顾——吃饱、穿暖、洗漱，最关键的，陪他们玩儿。这里叫'妈咪小帮手'。"

"很酷啊。"莱利感叹，"所以你在这里工作吗？"

"这个嘛，也不尽然。"爱丽丝回答，"他们正在进行一些募捐活动，我发在了@爱丽丝漫游奇境上，进行了推广。"

发现他们对此毫无经验，爱丽丝又补充说："这是我的账号。你们看，我发布的帖子可以吸引来数千镑捐款。所以，网上也不全是'黎明时的下犬式'这样的内容啊。"她意识到自己说的话有点儿像是赌气。

"那我们为什么来这儿？"莱利又一次问道，"你是需要有人帮你做烤饼义卖①吗？"

"不！不是的。我们有很多附近的妈妈来做这种事。而且，说真的，我完全不需要朱利安——他来这里只是为了锦上添花。我需要的是你，莱利。进来，我给你看。"莱利非常享受这种被需要的感觉。爱丽丝按下门铃，一位韶华已逝、微微发福的女士打开了门，胸部宛如汽车保险杠一般。"丽兹，这是莱利和朱利安。"爱丽丝介绍说。

"哦好的，进来吧！我一直在等你们。这边乱哄哄、闹哄哄的，请别在意。还有气味也别在意！我正在换尿布。"对朱利安来说，一下子接收到太多信息使他的脸色发绿，他避免同她握手。"哦，抱歉。"丽兹说，"恐怕你不能带狗进来。"

"基思不是狗。"朱利安说。丽兹看了他一眼，这一眼能让一屋子吵闹的幼童安静下来。"它是我的家庭护理员。"朱利安接着说，百折不挠，"我有个主意，我会抱着它，它连地板都不会碰一下。"压根儿不等人回答，朱利安抄起基思就夹在腋下走了进去。基思从丽兹的身边过去时放了个屁。爱丽丝很好奇，这个屁是不是有意为之。反正她一点儿也不惊讶。那只狗可比表面上看起来邪恶多了。

走廊的墙壁上挂满了孩子们的画作，隔壁房间里在播放《老麦克唐纳》，到处都是嘈杂的歌唱声、砰砰声和恸哭声。屋里弥漫着彩泥突出的臭味，混合着广告颜料、清洁用品和恶心的尿布味。

---

① 为学校和慈善事业等募集资金时普遍会进行的活动。

"穿过来。"爱丽丝说着领他们到了后面的厨房,"这就是你们来这里的原因了。"她指向通往花园的落地玻璃窗。花园如同一片密林,草地足有一英尺高,花床里也挤满了巨型杂草,很难看清楚里面究竟有没有灌木或者花朵。一片野蛮生长的蔷薇疯狂攀缘,蔓延出了一整片荆棘墙,仿佛是在保护睡美人。

"哇哦。"莱利惊叹,这正是爱丽丝期待的反应,"我可是个园丁,你知道的。"

"对对对。我读过那本笔记,记得吧。我知道你是个园丁,所以你才在这儿啊。"爱丽丝回答,"哪怕是现在,我们都不能让孩子们到那里去——是健康和安全的噩梦啊。"

"这个话题你应该跟莫妮卡聊聊。"莱利说,"健康和安全,像是她的主场。"

"莱利说得没错。"朱利安附和,好像他在比着表现谁才最了解脾气暴躁的莫妮卡,"如果莫妮卡上《足智多谋》这个节目的话,那绝对是她的专长。"

天哪。健康与安全规范怎么能成为一个人的专长?爱丽丝决定不予置评。他们俩显然都非常喜欢莫妮卡。

"大部分孩子在自己家里都没有什么外部活动空间,如果我们能把这里变成一个真正的花园,一定很神奇吧,或许可以打造一个儿童游戏室和沙坑。你们怎么想?"

"我等不及要动手了!"莱利说着伸出双手,仿佛已经开始在想象中挖起了花床。

"只怕我们无法付钱给你。"爱丽丝说,"而且得花上一段时间,因为我们没有太多资金来采购园艺设备和植物。碰运气的话,当地园艺中心或许能免费给我们一些。"

"这就是我能帮上忙的地方了!"朱利安说,显然觉得自己有点儿被排除在外,"莱利,我很乐意把我在易贝上的那份收益全都捐给花园预算！"他好像对自己相当满意，像一个在生日派对上分发硬糖的仁慈大叔。

"你不能那么做！"莱利反对，"你可是领养老金的！你需要那些钱。"

"别傻了，亲爱的伙计。我可不是靠着国家的养老金过活。我从前赚了很多钱。我有投资，回报远远超过我生活所需。捐出那笔钱我是很乐意的。"朱利安冲他们微微一笑，他们也回以微笑。

"老麦克唐纳有个农场！"前厅里传来叫喊声。

"咿呀咿呀哟。"莱利跟着唱了起来。

42　朱利安

　　朱利安第七次检查自己的口袋。他不需要票，因为莫妮卡负责看管所有车票。他怀疑莫妮卡完全不信任大家。欧元——检查，护照——检查，日程安排——检查，导览手册——检查。仅仅两周前，莱利才问他有没有有效护照，他这才意识到，他已经有十五年没离开过这个国家（几乎没怎么离开富勒姆），护照早就过期了。莫妮卡以光速帮他拿到了一本新护照。

　　朱利安心想，若他坚持要给基思也弄一本护照，莫妮卡恐怕要生气。他必须发布最后通牒才行。要么他和基思都去，要么他俩谁都不去。他知道这样未免过于夸张，但基思的年纪已经有些大了，而所有人都应当在死之前去一次巴黎。

　　总而言之，莫妮卡真是他见过的最有效率的人，竟然给办成了。要是60年代的时候她也在身边就好了，那时候朱利安勉强能搞清楚今天是哪一天，更别提自己要去哪儿了。玛丽会怎么看莫妮卡呢？

　　他们全都在咖啡馆集合，莱利说服了"妈咪小帮手"的小巴司机开车载他们去搭欧洲之星。自从被请去画戴安娜王妃之后，朱利安就再也没有如此兴奋过了。想到这里，他简直不敢确定自己是不是真的被邀请过去为戴妃画像。无疑他并没有给戴安娜画过像，所以，或许从来也没有人邀请过他。有时候他会有些糊涂，分不清什么是真什么是假。谎话说多了就会成真——或者几乎成真。

　　朱利安在距离咖啡馆几米开外停下脚步，等着集合的人们在他和基思靠近之前就注意到他们。如他所愿，他们受到了热烈欢迎，感叹声此起彼伏。

"朱利安！基思！我明白啦，为英格兰摇旗呐喊！"莱利大喊。

"我不太确定，我为什么会觉得惊讶呢？"莫妮卡说着上上下下地打量起他们。朱利安穿了一件性手枪乐队的 T 恤，上面印着"天佑女王"，脚踏马丁靴，还套了件维维安·韦斯特伍德的米字旗飞行员夹克。基思也穿了件配套的米字旗背心，昂首挺胸，漠视全场，像个走猫步的模特，还是个髋部有关节炎的模特。

莫妮卡拉了几个临时雇员来应付咖啡馆的生意，这样她和本吉就都能去旅行了。苏菲和卡洛琳都是有工作的母亲，抽不出时间来，所以朱利安邀请了哈扎尔和爱丽丝来补充人数空缺。由于饭店缺人手，所以巴兹来不了，但他坚持让奶奶来，因为吴太太从来没有去过巴黎。

大家挤上小巴时，莫妮卡挨个数着人头。朱利安觉得（不是第一次了），她绝对能当一个很厉害的小学老师。

"五个，加上我，六个，外加一条狗。我们把谁漏了吗？是你的朋友，是不是，朱利安？"

"没错。看！她来了！"朱利安答道，他看见爱丽丝朝他们走过来了，婴儿袋里是放声大哭的邦蒂。爱丽丝的肩膀上挎着一只硕大的包，朱利安一眼就认出来是安雅·希德玛芝[1]。"莫妮卡，这是爱丽丝。你一定会喜欢上她的。"

莫妮卡和爱丽丝宛如两块磁极匹配的磁铁一样走到一起，其中绝对有一丝火花。朱利安完全不明白。

"哦没错。我们已经见过了。"莫妮卡说。

"确实。你对我说，让我从你的咖啡馆里滚出去，如果我没记错的话。还好吗？我是爱丽丝，这是邦蒂。"爱丽丝边回应边伸出手去，莫

---

[1] 安雅·希德玛芝（Anya Hindmarch）是一个奢侈品品牌。

妮卡同她握了握手。

"很抱歉。"莫妮卡说，"我那天过得太糟糕了。我们能重新开始吗？"

"当然。"爱丽丝回答，朱利安注意到她的表情从惊讶转为片刻厌恶，最后落在了微暖的咧嘴一笑上，展示出了数年昂贵正畸的成果。

"好了，所有人都在车上了！小心脑袋！"

对于哈扎尔来说，莫妮卡这话已经说晚了，他的身高远远超过一米八，穿过车门的时候脑袋狠狠地碰了一下。要不是朱利安很了解莫妮卡，他肯定会觉得莫妮卡正扬扬得意。"别忘了系好安全带！安全第一！"

"我们简直像是天龙特攻队！虽然我打赌他们从来不系安全带。"朱利安说，"先来后到，我是T先生。"紧接着，他发现所有人都是一脸的茫然，"哦，上帝，你们全都这么年轻吗，都不记得《天龙特攻队》①吗？"

"我们这里可不是所有人都出生在青铜器时代，你知道的，朱利安。"莱利回答，"这种感觉就好像是回到了学校。还记得所有人都打破头要抢最后一排的位子吗？"

"我一向喜欢坐前面。"莫妮卡回答，此刻她就坐在前面，挨着司机，双手紧紧抓住搁在膝头的旅行包。

"我从饭店带了幸运签饼干！"吴太太在包里翻找起来，然后把小饼干发给大家，每个饼干都有单独的塑料包装。显而易见，哈扎尔这个人从来就没办法抵抗诱惑，马上打开包装，将饼干掰成两半，取出里面的小字条。

"上面说什么？"朱利安问道，他就坐在哈扎尔的边上。

"哦我的上帝！上面说，*救命！我被关押在饼干工厂里！*"哈扎尔

---

① 《天龙特攻队》(*The A-Team*)，美国1983年拍摄的电视剧。

回答，"不是，严肃，上面说的是，*你会孤独地死去，衣衫褴褛*。这个一点儿也不振奋人心吧，不是吗？"

"至少，这句话绝对不可能拿来说我。"朱利安评论道，"我可能会孤独地死去，但我绝不可能衣衫褴褛。"

"可能从来不曾衣衫褴褛，但显然总是打扮过度。"身后的莱利说道。朱利安伸手去打莱利的脑袋，莱利躲开了，结果朱利安打到了坐在莱利边上的爱丽丝。

"太抱歉了，亲爱的姑娘！"朱利安惊呼，坐在宝宝座上的邦蒂怒号起来。

"巴士上的轮子转啊转。"爱丽丝给邦蒂唱起歌谣，希望能安抚她。

"巴士上的老家伙说，'我穿的是韦斯特伍德'。"本吉小声地对莫妮卡嘀咕。

"我听见了！"朱利安说，本吉完全没想到他的耳朵那么灵敏。

"猜猜我抽到的小字条写了什么，"本吉马上转移话题，"*你要去旅行了！* 哇哦。真的很准啊！"

朱利安注意到吴太太正严厉地盯着孙子的男朋友，简直堪比帕丁顿熊，但是没什么能毁掉今天。今天将是美妙的一天。

43 哈扎尔

从餐车回来的路上，朱利安歪歪扭扭地穿过火车的过道，不断地撞上两边的座位，还将基思紧紧地夹在腋下。哈扎尔皱起眉头，想象朱利安髋部骨折，被担架抬下火车的情形。

"不出所料，车上的酒水选择可真糟糕啊。幸好我早有准备。"朱利安说着从包里掏出一瓶香槟。哈扎尔很好奇，要过多长时间莫妮卡会表示抗议。

"朱利安，现在是早餐时间。"莫妮卡说。果不其然，根本要不了多久。

"可是，亲爱的小姑娘，我们可是在度假啊！反正，每人顶多分到一小杯而已。你会加入的，是吧，吴太太？你呢，爱丽丝？"

哈扎尔很好奇，朱利安知不知道他有多想一把抢过那瓶香槟，全部喝掉。根本无须担心什么一小杯。他发现有好几个乘客纷纷侧头而视。他们看起来肯定特别不像一个团队，从朱利安到本吉和爱丽丝，年龄跨度超过50岁——事实上，是79岁——如果把邦蒂算进来的话。吴太太是比朱利安大还是小呢？没人敢问。

朱利安高高兴兴地拿着香槟和速写簿坐了下来。他在画基思，基思就坐在对面的座椅上，面向窗外，盯着肯特菲尔德的绵羊。此前它一定从来没见过绵羊。一名乘务员走了过来，看上去颇有权威，脸上写满了抗议。

"不好意思。狗不可以占座位。它得待在地上。"他对朱利安说。

"它不是狗。"朱利安回答。

"那么它是什么呢？"乘务员问道。

"是我的缪斯。"

"缪斯也不能坐在座位上。"乘务员回答。

"很抱歉，我的好朋友。"朱利安说道，但他显然一点儿也不抱歉，"但是你的规章上有哪条写着缪斯不能坐在座位上吗？"

"朱利安！"莫妮卡呵斥他，"照人家说的做。基思！下去！"基思马上就跳了下去。它似乎很清楚不要跟莫妮卡纠缠，哪怕朱利安都还没有搞清楚利害关系。

莫妮卡继续糟蹋一本玩数独游戏的书。但凡她卡住了（只是偶尔），就会用铅笔头敲打脑袋一侧，像是努力从帽子里变出兔子的魔术师。邦蒂的小脸蛋死死地贴在车窗上，并且用小拳头砸玻璃，爱丽丝则用手机给她拍照片。莱利在看冲浪视频，还拿出一大袋M＆M豆分给大家。贝蒂往面前的桌子上放了一大团毛线，做起了针线活。

朱利安邀请哈扎尔加入他们的巴黎之旅时，哈扎尔特别激动。他希望这个兼容并包的团队或许能欢迎他，能取代从前的朋友。

但是，有一个因素让他今天的乐趣略微缩水，那就是莫妮卡——她完全对他爱搭不理。哈扎尔不习惯被女人忽视。这也太不公平了，他在科帕南的时候花了好几个星期来帮助她走出困境。他还给她寄了明信片呢！就连父母他都没有寄，对此妈妈抱怨了不止一次。她分明该感激自己才是，于是哈扎尔又尝试了一下。

"莫妮卡！"

莫妮卡越过数独书，狐疑地瞥了他一眼。

"谢谢你今天邀请我来，真的很感激。"

"你应该感谢的是朱利安，不是我，是他的主意。"莫妮卡说。有点儿不尽如人意，哈扎尔心想。试图靠近莫妮卡就好像试图拥抱一只刺猬。

哈扎尔以前从来没有为别人对自己的看法而烦恼过，可是，自从清醒过来后，他发现，偶尔他也希望有人告诉他，他做得很棒，他不是个糟糕的人。但他知道，这个人绝不可能是莫妮卡。

哈扎尔下定决心，脑海中浮现出《壮志凌云》里的汤姆·克鲁斯。*古斯，我们再来一次。*

"我真的很欣赏你，你知道的。"哈扎尔说，同时意识到，自己这样说的时候是多么真诚。他对女人的欣赏通常都是肉体上的，因而这份完全健康的欣赏是一种全新的体验。莫妮卡抬起眼。哈！引起她的注意了！*子弹上膛。*

"哦，真的吗？"莫妮卡问，略显怀疑。*瞄准目标！*

"那个，看看你是怎样将这么多人组织在一起的，什么人都有，但都很酷！"他说。

"都是朱利安的笔记本做到的。"莫妮卡反对哈扎尔的说法，不过看上去不那么浑身参毛了。

"确实，是笔记拉开的序幕。"哈扎尔回答，"但是你，还有你的咖啡馆，把大家都联结在了一起。"

莫妮卡真的笑了。严格说起来不是冲哈扎尔笑，但确实是朝着他所在的方向。*成功！返回基地。我们改日再战。*

哈扎尔将注意力转向了爱丽丝。她和莫妮卡截然不同，就像游弋在两个不同水壶里的鱼。事实上，哈扎尔意识到，这种表达完全不恰当，因为爱丽丝浑身上下哪里都不像水壶，也不像鱼。或许像时髦上镜的海豚，但海豚是哺乳动物，不是鱼。她比莫妮卡友好得多，也更放松，而且，哈扎尔还发现，她就是@*爱丽丝漫游奇境*！他有个前女友就很迷恋爱丽丝，一旦爱丽丝给她发在Instagram上的照片点了赞，就激动得哇哇叫，简直让哈扎尔发疯。但他还是暗暗地在心中感到钦佩，爱丽丝竟然辛苦累积了这么多死心塌地的粉丝。他掏出手机，偷偷摸摸地点开了爱丽丝的Instagram主页。

198

不出所料，主页上有大量照片，爱丽丝全都穿着恰当的衣服出现在恰当的地点，并且和恰当的人在一起。但是，也有出乎预料的内容：竟然有两张朱利安的照片！其中一张显然是在公墓里拍的，就在司令墓附近；另一张是在伦敦的某条街上，朱利安靠着一根街灯柱，基思在他的脚边。真要说起来的话，朱利安在Instagram上看起来比真实生活中更古怪，更出众。

"爱丽丝，"哈扎尔开口了，完全忘了要表现得酷一点儿，"你把朱利安的照片发到你的Instagram主页上了！"

"是不是艳惊四座？"爱丽丝回答，"现在有多少点赞了？"

"最新的一张已经超过一千了。"哈扎尔说。

"狗狗帮了大忙。"爱丽丝说，"在Instagram上没有什么比狗狗更好了。"

"还有好多好多评论。他们都想知道怎么关注他。我们应该给他注册一个主页。"哈扎尔说道。

"朱利安，我能用下你的手机吗？"

哈扎尔挪到爱丽丝的旁边，两个人一起低下头，凑到朱利安的手机上。

"我们给他起个什么名字好？"哈扎尔问爱丽丝。

"@妙哉80怎么样？"

"我才79！我出生在宣战的那一天，所以没人关注我。从此以后，我一直在为了分得别人的注意而战斗。"朱利安隔着两排座位高声喊道，引得好几个乘客放下报纸，盯着他们瞧。

"你不可能只有79岁，从各方面看都很矛盾啊。"爱丽丝说，"反正，79离80也很近了。好了，我们上传两张我拍的照片，圈出他今天穿的衣服的设计师，然后加上所有时尚博主的标签。然后，我会让我的粉丝知道怎么找到他。他要引起轰动了。"

看着爱丽丝围着社交平台忙活简直有点儿不可思议。经过十分钟的眉头紧锁，手指疯狂地乱舞，她放下了朱利安的手机，表现出心满意足的模样，工作完成得不错。"应该可以了。"她说。

"我不清楚你们想干什么，你们两个，但我希望是合法的。"朱利安说，"1987年和琼·科林斯在一起的那个夜晚之后，我就再也没有被逮捕过了。"

不过没人打算满足朱利安，让他详细讲讲是怎么回事儿。

44 莫妮卡

　　从埃菲尔铁塔顶端望下去的视野让漫长的排队都值得了，但莫妮卡还是筋疲力尽。不仅是因为搭乘纵横交错的地铁穿梭整个巴黎，在博物馆里暴走，还因为不断清点人数，努力保证大家不走散。她试过高举雨伞，这样大家都能在人群中一眼就看到她，然后跟着她走，但是哈扎尔嘲笑了她，她只得把伞收起来，塞回包里。如果少了任何一个人，那绝对是哈扎尔的错。她甚至都能清清楚楚地想象到，他们不得不告诉巴兹，把他的奶奶弄丢了，最后一次看到她，是在卢浮宫的金字塔附近吃幸运签饼干。

　　基思的存在让情况更加复杂，博物馆全都有狗狗禁止入内的制度。朱利安试图说服蓬皮杜中心的管理者，那是一只导盲犬。可是他们指出，如果朱利安是盲人的话，就算看不到艺术展应该也不会觉得困扰，这么说也不无道理。最终，朱利安从纪念品商店买了一只大大的帆布包，上面印着"我的父母去了巴黎，他们买给我的只有这么个烂包"。他利用这只包把基思偷运过安检，这让莫妮卡的焦虑症大发作。朱利安坚持玩火，他停在最喜欢的画作的边上，对着包里小声说："基思！你得好好看看这幅画，它是这个画家的经典之作。"

　　朱利安对所有艺术品的解说全都引人入胜，然而，莫妮卡怀疑，也不全是准确无误。他似乎很不喜欢承认自己不是什么问题都知道答案，所以呢（莫妮卡是将朱利安的解说和导览手册相互对照之后得出的结论），他就会自己编点东西出来。莫妮卡不确定其他人有没有注意到，但他们肯定很快就会发现：朱利安越来越有自信，编的那些故事也越来越丰富多彩，一个比一个离奇。

巴黎被冬日苍白的阳光照耀着，提醒莫妮卡，最初计划这趟旅途时，她还有着浪漫的幻想，幻想和莱利一起沿河边漫步。她又一次责备自己，竟然如此愚蠢，生活是不会尽如人意的。

哈扎尔和爱丽丝给朱利安拍照片的时候，莫妮卡在一边看着，朱利安像个身体扭曲、头发花白的模特一样摆姿势，凭栏而立，俯瞰整个巴黎。一小群人围住了他们，仿佛是想认出他们是不是什么名人。贝蒂也加入了这场奇特而壮观的表演，做起了一些太极动作，一只鸽子落在了她的手上（她在手提袋里打包了很多很多东西，其中之一似乎就是种子）。她难道不担心鸽子可能在她身上拉屎吗？光是这么一想就让莫妮卡想吐。

她真的很努力地想去喜欢爱丽丝，因为她脸蛋和身材完美无缺，还有个那么漂亮的宝宝。哈扎尔和爱丽丝让她想起了学校里的酷小孩，这些孩子仿佛毫不费力就能融入校园生活，做对事，说对话，穿衣服也不出错——即便他们参与到了一些荒唐事里，也没有人会笑话他们，而且他们无意之中就能开创某种趋势。可是她呢，却要花上很大的力气，刻意地让自己知道，所有那些东西都不如她。她要去剑桥读书，要用这一生做些有价值的事情。偶尔（非常偶尔）有机会受邀坐在他们的餐桌旁时，其实心里都在暗自激动。

一旦莫妮卡觉得信心不足，通常都会戴上积极努力的面具，尽可能确保自己看起来幸福、成功。但是此刻，她却没办法那么做，因为那本该死的笔记。哈扎尔和爱丽丝都清清楚楚地知道她对自己的人生有多不满意。好吧，至少她还没有那么肤浅，也不会痴迷于社交媒体上陌生人的认可，在旁观他们埋首于朱利安的手机，积极上传照片时，她心里这么想。

莫妮卡的妈妈是不会认同爱丽丝的。莫妮卡记得每一次和妈妈一起去女性收容所帮忙的时候，那里都是家庭暴力的受害者，妈妈都会说：始终确保你能经济独立，莫妮卡。永远不要让你或你的孩子依赖一个男人来满足你们的基本需求。你永远都不知道会发生什么。你必须自给自足。

"我喜欢你的裙子，爱丽丝。"她大声喊，因为她在努力，而且，对爱丽丝那种人，不就是应该说这种话吗？

"哦，谢谢，莫妮卡。"爱丽丝回答，脸颊上漾起完美无瑕的笑容，"像薯条一样便宜，但是别告诉任何人！"莫妮卡心想，她又能告诉谁啊。

莫妮卡觉得有人拉起她的手，是莱利。她一把抽回手来，指责他粗鲁无礼。

"感谢你组织了今天的活动，莫妮卡，真的棒呆了。"莱利说，而这话恰恰让莫妮卡为原本可能的浪漫之旅而感到难过。她真希望和莱利之间能重新生出放松、简单、快乐的关系，可是她做不到。这就好像是努力消除地毯上的污点，你可以擦了又擦，洗了又洗，刷了又刷，想弄多久就弄多久，但是总会留下隐隐约约的痕迹，证明曾经有东西洒下来过。不管怎么说，就算莫妮卡可以倒转时间，那又有什么意义呢？莱利很快就要去周游全欧洲，然后回澳大利亚，这可不是能频繁往返的距离。不行，她亲手建立起围墙，将自己的感情密封起来，还是让那堵墙牢牢地立在原地比较明智。

"上帝啊，看看那三个人，太蠢了吧，那么依赖Instagram。"莱利说，"他们来到了这里，世界上最著名的纪念碑之一，来到了顶端，俯瞰棒呆了的城市，而他们全部的焦点竟然在朱利安的衣服上。"

就在这一刻，莫妮卡几乎要彻底原谅莱利了——除了他老是用"棒呆了"这个词，这个词简直让她发疯。

莫妮卡花了半辈子时间才把队伍带回地面，因为，除了她之外，似乎没有一个人关心回伦敦的火车就快要发车了。她走在队伍最后，竭尽全力催促他们穿过出口处的旋转栅门，活像把羊群赶进药浴水的农民。贝蒂走在最前面，把大包弄过狭窄出口时困难重重。莫妮卡在一旁看见，有个蛮有魅力的年轻男子示意贝蒂把包递给他，这样就可以帮她穿过障碍物。几秒钟之后，男子全速逃离铁塔，怀里紧紧抱着贝蒂的全部家当。看来，他根本一点儿魅力也没有。

贝蒂开始用普通话大喊起来。虽然莫妮卡听不懂她喊的话，但是她抓住了重点。其中肯定有咒骂。本吉就像从英雄动作片里跳出来的角色一样，推开人群，单手支撑，越过旋转栅门，追在小偷身后。

围拢过来的游客高声喧哗地用不同语言大声鼓劲儿，活像一群围观欧洲杯决赛的观众。本吉追上了抢匪，抓住了他的胳膊。人群欢呼，场面一度失控。就连吴太太也兴奋地朝空中挥了一拳。结果呢，那家伙从外套里滑脱出来，仍旧抱着吴太太的包，继续逃跑，把本吉留在身后，手里抓着他的衣服。人们纷纷叹息，骂骂咧咧——完全听不懂大家都在说什么。本吉再次追上去，这一次直接以一个令人印象深刻的铲球动作将猎物放倒在地。

"得分！"莱利高呼。本吉一屁股坐在了小偷的身上，将小偷的手固定在背后，人群欢声雷动。贝蒂的包躺在旁边的地上，幸运签饼干、种子和毛线一股脑儿地撒了出来。

贝蒂朝那家伙的胫骨灵活地一踢。

"别把我惹火了，先生。"她说。

莫妮卡心想，这家伙一定会后悔遇见贝蒂·吴的这一天。她只希望贝蒂没有注意到基思朝她的编织物翘起了一条腿。

45 莱利

回去的火车之旅比来的时候还要沉闷，在高强度的体力、文化以及极度戏剧化的综合作用下，大家全都筋疲力尽。

贝蒂站了起来，走到本吉身边的空位旁，莱利饶有兴致地看着。本吉看上去很惊讶，而且还挺害怕的，比之前抓小偷的时候害怕多了。莱利假装沉迷于手中的导览手册，事实上却高度紧张地听贝蒂会说什么。

"莫妮卡告诉我你是个好厨师。"贝蒂说。

"那个，我喜欢做饭，但是我怎么都比不上您的，吴太太。"本吉回答，莱利觉得这个答案恰到好处，有适当的尊重，也有一定的逢迎。莱利注意到，贝蒂竟然没有对他大喝一声说"叫我贝蒂"！

"下星期，你到餐馆来。我教你做馄饨汤。"完全就是命令而非提议，"食谱是我的妈妈教给我，妈妈的妈妈教给她的。不是写下来的，全在这里。"她点了点自己的脑袋，手指动作干脆利落，像从树干里挖出小虫子的啄木鸟的喙一样。她完全不等本吉回答就站起身来，回到自己的座位上，留本吉一脸震惊地坐在原地。莱利觉得心里暖极了，或许这座爱情之城已经施展了自己的魔法。他喜欢圆满结局。

爱丽丝坐在朱利安的旁边，一直在改进他新注册的 Instagram 主页。

"哦我的天，朱利安！你已经有三千多粉丝了！"她说。朱利安看上去一脸迷茫。

"是还不错吗？"他问，"他们是怎么找到我的？"

"何止不错，才十二小时就这样，简直叹、为、观、止。你会成为当红博主的。我在我的主页上发布了一些你的照片，然后建议我的粉丝去关注你，他们就成群结队地去了。看看这些评论！他们爱你！等一下，你收到了一些私信，你看。"爱丽丝的手指在朱利安的手机上猛戳了几下，斜睨着屏幕。

"真、不、敢、相、信！"她尖叫一声，吓得贝蒂也跟着惊叫起来，引来其他乘客相当反感的目光。"有维、维、安、韦、斯、特、伍、德、发来的消息！是本人。"维维安·韦斯特伍德是谁？莱利好奇。为什么这个名字能让人这么激动，难道还有谁不是自己本人吗？莱利真希望爱丽丝能别再一字一顿地说话了，让他听着头痛。莱利从来没有想到过，竟然有人能让他感觉到疲惫、腻烦，可爱丽丝好像就是专门来烦他的。

"她说她很高兴你依然还在穿她的衣服——我圈了她，你看——如果你去她的总部，就可以试穿最新的系列。"

"哦，亲爱的薇薇。我一直那么喜欢她。"朱利安说，"但是呢，如今我恐怕已经买不起她的衣服了。我已经超过十年没卖画了。"

"可这就是Instagram的神、奇之处，朱利安。一旦你的粉丝足够多，他们就会给你提供衣服，全、部、免、费。你不会认为这些东西都是我自己买的吧？"爱丽丝指了指自己的衣服和包，问道。

"天哪。"朱利安说，"你最好告诉我接下来该怎么做。我对手机上的东西不是很精通。我的手指太粗了，而且很笨拙，就好像是在用一串香蕉点击屏幕。"

"别担心，我会给你买一个方便使用的尖头小工具。"爱丽丝说，"你会喜欢Instagram的。太美好了。就像是艺术，只是更时尚。正是适合你的领域。如果毕加索还活着，他肯定乐意进入这个世界。"这个建议让朱利安的眼睛微微突起。

朱利安想方设法在巴黎火车站又买了香槟，这样他们就可以——他解释说——在回程上庆祝本吉的英勇表现。他已经在面前的桌子上安排好了几只塑料杯，小心翼翼地把每一杯都斟满。莱利忽然想到，只有他和爱丽丝读过哈扎尔写下的故事。他望向孤零零地坐着的哈扎尔，他的脑袋抵着车窗的玻璃，看上去像是睡着了，直到看见他的手紧紧地攥成拳头，手指关节都泛白了。莱利走过去，在他的旁边坐下来。

"哈扎尔，你真的做得很出色，你知道的。你才是这里真正的英雄。"莱利说。

哈扎尔扭过头来看他："谢谢，伙计。"他说，听起来充满感激，但又非常疲惫。

"你还在找工作吗？爱丽丝让我做一些园丁工作。如果你能匀出时间来的话，我很乐意得到一些额外帮助。"

"当然可以，我很愿意。说实话，我一直都有点儿失落。我不想回金融城，但是不确定有没有资格去做其他工作。手头有大把时间对我来说可不是什么好事。"哈扎尔回答，"我甚至发现自己都开始沉迷于《邻居》和《倒计时》这种肥皂剧了。一朝瘾君子，一生瘾君子。我真的可以为钱干活儿。我已经快要把奖金花光了，如果我还不快点儿给自己找到工作的话，就得卖掉公寓了。"

"这方面我恐怕就没法帮你了。这份工作是为当地的一个慈善组织服务。所以，你还有兴趣吗？"莱利问。

"当然有！"哈扎尔回答，热忱的心意非常真诚，"之后我会解决财务问题的。我相信会有好事发生。对了，别担心莫妮卡。我打赌，她最后一定会明白过来的。"

莱利意识到，如果他们是女孩儿的话，此时此刻或许已经拥抱了。然而他们不是女孩儿，所以他轻轻擂了一下哈扎尔的胳膊，然后回到了自己的位子上。邦蒂这一天可真是受够了，她满脸通红，大喊大叫，完全认不出来是@邦蒂宝贝。爱丽丝抱着她沿着过道来回踱步，唯一能够让她安静下来的事似乎就是不停地移动。莱利很好奇，这会不会让莫妮卡彻底放弃要孩子的念头。因为他自己的确因此重新思考了一下，要知道，他可是一直都很喜欢大家庭的。

几分钟后，莱利沿着车厢去洗手间，按下按钮打开门。门滑开，邦蒂出现了，仰面躺在水池里，全身赤裸，双腿在空中乱蹬，到处都是屁屁。水盆、镜子，就连墙上也有。爱丽丝目瞪口呆地盯着他，手里抓满了湿巾，说道："抱歉，我以为我把门锁好了。"而莱利仿佛被扼住了喉咙，回应的只有"啊啊啊啊啊"，同时按下按钮，关上了门，一切都消失了，但是刚刚那幅画面依然持续焦灼着他的视网膜。门关上的时候他嘟哝了句什么。他听到爱丽丝模模糊糊的声音。

"事实上，莱利，我这边需要帮忙！"

"的确！"莱利说，"我去找莫妮卡！"她就是那个意思吧，不是吗？

46　莫妮卡

莱利从洗手间回来了，明显一副恶心得要吐的样子。

"你还好吗，莱利？"莫妮卡问。

"还好，还好。但是我觉得爱丽丝可能需要帮忙。"他说着飞速地缩回座位上，头都没回。莫妮卡朝莱利过来的方向走去，心惊胆战的。她希望今天千万别被毁了，他们就快到家了，而且全都筋疲力尽。洗手间的门锁上了，莫妮卡敲了敲门。

"你在里面吗，爱丽丝？我是莫妮卡。需要帮忙吗？"她问。

"等一下，莫妮卡。"爱丽丝回答。过了一两分钟，门开了，爱丽丝一把将邦蒂塞进她的怀里。

"我把这边清理干净的时候，你能帮我照看一下邦蒂吗？我在给她换尿布，可是火车每次拐弯的时候我都担心她会被甩到地上去。我很快就出来。感激不尽！"

门又关上了。只有莫妮卡一个人，所以她朝前俯身，去嗅邦蒂毛茸茸的小脑袋。邦蒂闻起来是强生婴儿用品的味道，还有刚刚洗过的棉布味儿，以及难以定义的人类新生儿的味道，让莫妮卡想起不曾拥有的一切。门开了，爱丽丝走了出来。

"她真的好漂亮，爱丽丝。"往座位上走的时候莫妮卡说。她等着爱丽丝回以显而易见的答案，*我知道，或者她不就该很漂亮吗？*也有可能假意谦虚，*凌晨三点就不是了，一点儿也不可爱！*结果爱丽丝顿住脚步，认认真真地盯着莫妮卡。

"你知道吗，莫妮卡，宝宝并不会让快乐一直延续下去。有时候，婚姻殿堂可以是全世界最孤独的地方。我早就应该知道的。"

"我相信你是对的，爱丽丝。"莫妮卡回答，疑惑其中究竟有怎样的故事，"单身确实有许多好处。"这还是莫妮卡头一回真心相信，或许这话是真的。

"我记得！"爱丽丝说，"想吃什么就吃什么，什么时候吃都行，完全掌控电视遥控器，不用告诉任何人你要去哪里，或者跟谁一起去。穿着瑜伽裤和拖鞋到处晃荡。还有规律性爱——哈哈。那些日子啊！"她顿住了，看起来很伤感。

"莫妮卡，前几天我在Instagram上读到一些话。说，*母亲是个动词，不是名词*。我觉得，这句话的意思是，有很多很多做母亲的方式，不是非要成为一个真正的母亲。看看你和你的咖啡馆。每一天，你都呵护了许许多多人。"

可能有点儿自视甚高吧，莫妮卡简直无法相信，今天一早，她还有点儿嫌弃面前这个女人，可她却说出了足以扭转人生的思考，就站在火车厕所外面，而且提供金句的还是相当浮夸的Instagram。

莫妮卡抱着邦蒂沿着过道来来回回走了几趟，帮她平静下来，然后交还给爱丽丝，自己则到莱利的身边坐了下来。

想必是朱利安的香槟给了莱利勇气，他的脸上出现了那种表情，每当他要说什么重要的话时，脸上就会出现这种表情。莫妮卡做好了聆听的准备。

"莫妮卡，我真的很抱歉没有告诉你笔记本的事。我真的不想把你蒙在鼓里，只是没能在见到你的那个晚上说出来，毕竟有那么多人在旁边，然后，我就错失了时机。结果一切都晚了，我不知道该怎么弥补。你可能不相信，但我真的是打算在圣诞节后马上就告诉你的。"他是那么真心真意地望着莫妮卡，莫妮卡相信他，虽然相信并不能弥补一切，但确实会让他们都好受不少。莫妮卡拉过莱利的手，将脑袋靠在了他的肩膀上。

47 爱丽丝

爱丽丝径直走向冰箱，给自己倒了一大杯夏布利葡萄酒。她注意到，回来的路上，她喝下去的香槟超过了合理的量（希望没人注意到），但还是不够。她坐上花岗岩台面，将鞋子踢到抛光的混凝土地面上。这间极简主义的厨房有着完美的线条，麦克斯特别喜欢说"眼前一亮"，但并不温暖。有时候你并不需要一个房间来表达立场，或者表现你身上的什么特点，你只希望它闭嘴，当个房间就好。

今天真是绝妙的一天。如果不是得一直阻止邦蒂大喊大叫，在喂她的时候，为了不吓到朱利安，尽量不露出太多乳房，还有在狭窄的列车厕所里换尿布，如果没有这些，就完美了。

她永远也忘不掉换尿布时莱利突然闯入的那张脸，实在是太真实了。

哪怕在他关上门的时候，看起来简直要吐了，可他还是嘟哝着说"你还好吗，爱丽丝？"他的惊恐和礼貌在掐架。暖男。而本吉呢，她上一次见本吉的时候是圣诞节那天，他在一个中餐馆的门口哭泣，结果却英勇地抢回了吴太太的包！简直像是网飞的剧集一样精彩。她听到有人用力地敲门。麦克斯下班回来了，和往常一样。

"哈啰，亲爱的！邦蒂还在干什么呢？都九点半了。晚饭吃什么？我快饿死了。"

爱丽丝朝冰箱里瞥了一眼。唯一不含酒精的存货就是半颗柠檬、一盒黄油、一点儿看上去蔫不啦唧的沙拉，还有四分之一块开口馅饼，麦克斯坚持说真正的男人是不会吃这种馅饼的。

"很抱歉，亲爱的。"爱丽丝努力挤出抱歉的语气，说，"我什么都没准备。我这一整天都在巴黎，忘了吗？才刚刚回来。"

"上帝，一切对你来说都很好，是不是？在巴黎悠然闲逛，吃午饭。而我呢，上帝给我的每一个小时我都在工作，为了让邦蒂能用上一次性尿不湿。我猜我得打电话叫外卖了。"

爱丽丝瞥了一眼那盒黄油，冷冰冰的，没打开，形状和大小都跟砖头差不多，琢磨着得用多快的速度扔出去才能把人砸疼了，同时还不会造成永久性损伤。她下定决心要一起洗红色袜子和麦克斯的亮白色CK内裤。脑海中又浮现出与莫妮卡之间关于单身生活好处的对话，那情形正狠狠地取笑着爱丽丝。

邦蒂又号叫起来，显然是因为在敞开的冰箱旁边待了太久，冻着了。

爱丽丝抱着她从麦斯克的身边走过，一句话也没说，上楼去了婴儿室。

喂邦蒂的时候，爱丽丝一手托着她毛茸茸、软绵绵的小脑袋，另一只手则在刷Instagram。露西·约曼斯，《波特》杂志的编辑，六万粉丝，她转发了朱利安的照片。朱利安现在已经有两万多粉丝了。爱丽丝心想，朱利安，你现在可离隐形人十万八千里了。这让她想起了那本笔记。她将手伸到摇椅的旁边，之前她将本子放在了这里。幸好，邦蒂现在好像有点儿困了，她把邦蒂放进婴儿床，从包里摸出一支笔，写了起来。

爱丽丝很喜欢去"妈咪小帮手"。在她长大的那片地方，有不少妈妈都吸毒或者有酒瘾，爱丽丝的妈妈拓展了自己作为学校餐厅保育员的职责，主动照顾附近营养不良的孩子的膳食问题，将此纳入工作当中。妈妈和许多邻居一起，轮流照顾那些孩子。除了确保他们好好吃饭外，还会把自家孩子淘汰的衣服和玩具带给他们，提供做作业的安静空间，或者听他们诉苦。这种算不上正规的看护体系在毫无特色的伦敦城里似乎并不存在，所以"妈咪小帮手"填补了这个空缺。

直到现在，爱丽丝才逐渐意识到她有个多么不可思议的妈妈，凭一己之力一手养大了四个孩子，找到了一份薪资不错的工作，放学之后仍然跟他们在一起，给他们煮茶，辅导他们做作业。爱丽丝还记得，在学校里的时候，妈妈给自己盛饭，她总是假装不认识妈妈，和其他人一样，以轻蔑的口吻称呼她坎贝尔太太。妈妈该有多伤心啊。爱丽丝打了个寒战。

通常情况下，妈妈们总是在一天结束时从"妈咪小帮手"接走孩子，冲进来，冲出去，要多迅速有多迅速。此前她们没人对花园表现出任何兴趣。但是今天，有一大群妈妈站在厨房的落地窗边，围观莱利、哈扎尔和布莱特。布莱特是莱利的澳大利亚室友，正在同某种大型蓟类植物和倔强蔓延的蔷薇搏斗。绝对是劳苦的工作，天这么冷，他们全都脱得只剩一件 T 恤。

"他们可以随时过来修整我的花园。"有个妈妈说，大家都咯咯咯笑起来。

爱丽丝帮小伙子们把一袋袋花园里的垃圾拖进小巴，运去附近的垃圾场。她看到一个特别模式化的漂亮妈咪与他们擦肩而过，之后停了下来。

"你们是专业园丁吗？"她问道，语调半是像寄宿学校里的女学生，半是像情色电影里的女子，话是对着哈扎尔问的，显然她自行认定哈扎尔是老板。

"呃，我想是的。"哈扎尔回答，显然他之前从来没想过自己是个园丁。

"这是我的名片。如果你们愿意过来打理我的花园，报个价，给我打电话。"

哈扎尔接过名片，若有所思地盯着看。爱丽丝觉得，他像是有计划了。

那一天，直到很晚，爱丽丝才发现本子不见了。她很确定放进包里了，因为担心麦克斯——或者其他人——读到她写在里面的内容，所以不想把本子放在别处。在盛怒之时，她在本子上承认了自己不想承认的事情，哪怕对自己也无法坦承的那些心里话。但无论朱利安怎样说真实人生，她都不可能把那些东西分享出去。那天早上，她原本想着把本子给撕碎，泡进麦克斯的咖啡里，但是好像不应该损毁别人的故事，所以她把本子塞进了包里，准备等到有时间小心翼翼地撕掉自己写的那几页，不损害别人的成果，然后把本子还给朱利安。

而现在，本子不见了。

48　朱利安

　　朱利安说服了爱丽丝加入他们的美术课堂。这周他们要画基思。基思绝不是理想的模特，因为它似乎没办法长时间地保持不动。莫妮卡在咖啡馆里曾设立傻了吧唧的禁狗令，这是朱利安唯一能够绕过禁令的方法："它不是只狗，莫妮卡。"朱利安说，"是个模特。"

　　"和平时一样，手机放进帽子里，请！"朱利安说道，他的帽子从一个人手里传到下一个人手里。爱丽丝看上去很惊恐。她可以毫不犹豫地把邦蒂交到卡洛琳或苏菲的手里，可是却像个懵懂幼童抓着最心爱的玩具一样死死地抓住手机不放。

　　"我发誓不去碰它。说话算话，我发毒誓。"爱丽丝说，"我就把它放到桌子边上，这样就能看到有没有什么重要通知进来。"

　　"没错，想象一下，如果你错过了至关重要的新版个性手提包通知。"哈扎尔说，引得爱丽丝对他怒目而视，最终她还是懊恼地将手机交给了朱利安。

　　"你知道时尚工业对英联邦经济的贡献是五百亿英镑吗？所以时尚也不是那么毫无意义的。"爱丽丝说。

　　"真的吗？那是确切数字吗？"哈扎尔傻笑着问。

　　"好吧，说实话，我记不住确切数字了，但是我知道那是个相当庞大的数字。"爱丽丝坦承道。

　　卡洛琳和苏菲（朱利安永远也分不清谁是谁，但也不觉得有多重要）轮流把邦蒂放在膝头颠着逗她，为邦蒂的可爱惊呼不已。

"她是不是让你迫不及待地想生个孩子？"其中一个问另一个。

"那只是因为一下课我就能把她还回去。我可不想再回到那些没有觉睡的夜晚……"另一个人说。

"……还有尿不湿、皲裂的乳房。呃。"第一个人说完了，然后两个人就心照不宣地哈哈大笑起来。

朱利安希望她们没有让爱丽丝不快，毕竟爱丽丝看上去就是个天生的好妈妈，享受与可爱宝宝在一起的每分每秒，从她的Instagram图片流里就能看出来。

"好了，同学们，我有件事情要宣布。"朱利安以他媲美播音员的声音宣布道，尽量不表露出自己那按捺不住的激动，对这种事情保持波澜不惊才比较酷，"有个《标准晚报》的摄影师要加入我们，他正在给我和我的Instagram粉丝做一些人物简介。所以，请无视他们。他们感兴趣的不是你们，只有我。你们只是作为背景和环境存在。"

"哦我的上帝，我们创造出了一个大怪物！"哈扎尔对爱丽丝说，声音不够小，朱利安听见了，"我们当时到底在想什么？"

朱利安投来一个眼神，是最标准的中小学老师的眼神，狠狠地瞪了他们两个人。

今天，朱利安一身学院风的打扮，向拉尔夫·劳伦致敬。朱利安见过他吗？肯定见过吧。当摄影师和团队成员抵达，开始围着他忙忙碌碌时，朱利安意识到，自从他把笔记本留在这个地方，在这四个月的时间里，他的人生发生了多么翻天覆地的变化，自从他开始"震撼Instagram的世界"（是《标准晚报》的用词，不是他自己说的，你们懂的），这两周又发生了多少变化。

这一切对于朱利安而言都不新鲜。他有一种最奇怪的感觉，一切就像画了一个完满的圆圈，他回到了自己原本应该在的位置——占据大家的目光焦点。十五年隐而不见的人生让他觉得从前的辉煌仿佛属于另一个人。他有一种非常不舒服的感觉，当他不再被公众注意的时候，就真的没人注意他了，他真的是存活于旁观者的眼中。这会让他变得特别肤浅吗？若真是如此，有关系吗？所有想要采访他的人，给他发派对邀约的人，请他去预展和T台秀的人，似乎并不这么认为。他们觉得他非同寻常。他也确实非同寻常，不是吗？

如果玛丽现在能看到他，会怎么想呢？看到他找回从前的自己，她会激动吗？如果真要他坦白说的话，他猜玛丽不会。他能看到玛丽翻了翻白眼，长篇大论地告诉他什么是实际的、真实的，什么只是吹捧而已。正是回忆起了某一次的长篇大论，给了朱利安灵感，让他想到了这本笔记的标题。这本笔记已然改变了一切。

他按照摄影师的要求，坐在桌子边上，跷起腿来，漫不经心地靠着椅背。他的目光望向远方，仿佛他所思考的问题比普通人要更博学，也更艺术。那是他的标志性表情之一。他担心自己可能已经忘了该怎样做这些，但事实证明，就像骑自行车一样，习得之后永远忘不掉。他骑过自行车吗？肯定骑过吧？在自行车流行的时候，这是当然的。

"朱利安，"莱利说，"我知道我们在这里只是背景和环境——"

他暴躁地喊道："可是你能不能帮我搞定一下我的透视法？"

"朱利安恐怕已经忘掉什么透视法了，莱利。"哈扎尔说道。朱利安和整个班级的人一起哈哈大笑起来。被人看到他勇于自嘲是非常重要的，他的朋友们从来不必生活在公众视野里，他们不明白这份压力。

课堂和摄影师双双收工的时候，本吉从厨房打来电话。

"留下来吃晚饭的人每个人都有馄饨汤喝，还有虾饺，都是我这双巧手做的。"这个男人有一双布满雀斑的大手，指甲总是被啃得乱七八糟，可从来没人用"灵巧"形容过这双手。

"别担心，可以放心吃，是我教他的。"吴太太补充道。

49　哈扎尔

哈扎尔很喜欢在"妈咪小帮手"工作。他越是和妈妈们聊她们各种各样的嗜好，就越能意识到，她们和他有多么相似。他们相互交流对抗毒瘾的小方法，竞相讲述"黑暗日子"里最惊人的经历。

"大家伙儿干得漂亮！费、扎克、奎妮，支援！"哈扎尔对今日的"帮手"小组说道，他们的年纪都在4到8岁之间，等着他发号施令。在这边挖洞，在那边播种，收集满地落叶。他们从花床里拔出杂草，哈扎尔把垃圾袋分发下去，让他们把杂草统统装进去。六只眼睛齐刷刷地盯着他，仿佛他是个值得仰视并模仿的对象。这让他的自我感觉好了许多，同时也让他吓到了。他不能让他们失望。他们已经失望够了。

"费，伙计，这边！"哈扎尔说着蹲了下来，和跑过来的小男孩保持同样的高度，男孩满脸通红，邋里邋遢的，"别告诉奎妮我背叛她了，但是回家之前看一下你的外套口袋，里面有小弹子。"

哈扎尔甚至劫掠了自己日益见底的存款，买了些专为孩子们的小手设计的迷你手推车、耙子和铲子。他几乎没怎么和小孩子相处过。他显然不是那种能吸引宝宝们纷纷冲向他求抱抱的人，也从来没人麻烦他临时帮忙看一下孩子，但是他很惊讶，没想到自己竟然这么享受和孩子们在一起。他一度已经忘了要如何感激每天的兴奋时刻，比如拼命挖地几小时后的一杯橙汁，或者做蠕虫农场、搞蜗牛赛跑的乐趣。

一天的园丁工作让哈扎尔筋疲力尽，但那是一种良性的疲累，是诚实的疲劳。他的肌肉经过数小时的锻炼疼痛不堪，他的身体渴望漫长、简单的睡眠。这与从前那种劳累感一点儿也不一样——三十六个小时不眠不休的派对之后药劲儿发作，易怒、疲惫，却因化学混合物而被迫保持清醒。

他很喜欢与大自然连通的感觉，这是人生中第一份让他感到真实的工作。他是在创造什么，栽种、改进，做一些好事。可他不能一直免费工作，这样下去他会流离失所。真希望自己不曾随随便便地把在金融城赚到的钱一股脑儿地花掉就好了。他掏出上周在街上遇见的那个女人递给他的名片。哈扎尔并非没有注意到他和他的澳大利亚伙伴在"妈咪小帮手"掀起的波澜。他知道，深受欢迎的并不只是他们的外形，同时还有澳大利亚男孩的阳光、活力、直率的性格，他的每一分口音都能带来沙滩、辽阔平原和考拉的气息，对伦敦复杂晦涩的无聊而言是一剂美妙的解药。

一整个下午，哈扎尔都在盘问布莱特和莱利伦敦的澳大利亚团体。事实证明，伦敦充斥着澳大利亚男孩，出于英联邦的关系，他们持打工度假签证来旅行。他们可以在英国合法工作两年——假设可以找到工作的话。

哈扎尔心想，如果他和莱利在"妈咪小帮手"的花园里对他们当中的某些人进行训练，然后他们就可以在富勒姆、帕特尼和切尔西的花园里进行有偿工作，这样做如何？他知道，伦敦已经有很多园艺公司了，但是他们的团队有一个独特的卖点，一个立足根本。*他称为澳洲园丁*。

当然了，必须打广告。他真正需要的是这么一个人，有能力接触到成千上万的女人，这些女人最好就在附近，且相当有钱。而他确实有这么个人选，就在眼皮底下——*爱丽丝*。只需要她往Instagram上发一两张照片，展示他、莱利和布莱特在花园里辛勤劳作的样子，并给出他们的联系方式，哈扎尔毫不怀疑他们会被订单淹没。哈扎尔可以肯定，爱丽丝一定很重视善恶因果——他们帮助了她（并且会继续帮忙），现在，她可以回过头来帮助他们了。善有善报，恶有恶报嘛。

也许朱利安能帮他们设计一个小广告，这样他们就能把广告塞进附近所有的邮箱里。虽然，自从朱利安被时尚世界的黑洞重新吸回去后，似乎再也没有那么多时间可以分给他们了。他们究竟是着了什么魔，给他弄了那个Instagram主页？

他越是琢磨这件事，拥有一份事业的想法就越是叫他激动不已。他也可以像莫妮卡一样！在他想要更深思熟虑、更明智、更值得信赖的时候，*先想象一下莫妮卡会怎么做？*这句话成了他的新咒语。他还有很长一段路要走呢。

哈扎尔打开公寓楼的大门，雀跃地在地垫上擦拭鞋底，这样就不会把窗明几净的门厅踩得到处是泥。这是栋现代公寓楼，外立面全玻璃结构，坐落在景观花园之中，配备二十四小时礼宾服务，整栋楼都在呐喊着"成功的金融城生意人"，并不是那么"园丁"风。一天晚上，他把一包园艺工具落在了门厅，放了几个小时。回来后他发现上面贴了张字条，写着"提醒：不要将工具遗留在此！拿走，否则会被没收！"

他瞥了一眼墙上的格子架，里面都是住户的信件。在他的那格里，除了平常那些宣传单和账单外还有一封信：一个质量很高的信封，装了一大张卡片。是一封邀请函。

哈扎尔一边上楼梯一边打开信封，上面用雕刻般的漂亮字体写着：

达芙妮·卡桑德与丽塔·莫里斯

邀请你

庆祝我们的婚礼

2019年2月23日，星期六，中午十一点

汉姆布莱德，诸圣教堂

之后的宴会在老牧师酒店

敬请赐复

请帖左上角用自来水笔写着：哈扎尔·福特先生偕同伴。

所以达芙妮和丽塔是成功结合了。很合适。哈扎尔很好奇罗德里克会怎样接受这个消息。哈扎尔希望他可千万不要过于担心父亲在九泉之下不得安宁。她们没有浪费任何时间。2月23日就在三星期之后。他估计，在她们那个年纪，不再等待才是明智之举。哈扎尔有点儿矛盾，一方面，他真的很想同海岛上的老朋友一起庆祝，但是另一方面，他还不曾清醒地参加过任何派对，更别提是婚礼了，毕竟他们有饮酒一整天的传统。但是现在，他已经清空自己整整四个月了。所以绝对是安全的吧？他可以信任自己。以前的同伴们都不太可能出现在达芙妮和丽塔的婚礼上。

他又看了一遍角落里的字迹。同伴。他能邀请谁呢？所有前女友都会在你说出"干杯"之前就让他大开酒戒。可是，他觉得自己去并不是什么好主意。他得带个能让他安分守己的人去。

哈扎尔在奶油色的皮沙发上坐下，脱掉靴子，舒展脚趾，难闻的味道让他皱起眉头，臭味的源头绝对是自己那双大汗淋漓的脚。回家的路上他买了份《标准晚报》，好看看写朱利安的文章。版面正中间是朱利安的照片，他凝视远方，黯然神伤，一点儿也不像他所认识的那个朱利安。整篇采访装腔作势，涵盖了朱利安的人生，从16岁写到79岁：16岁时在牧羊人市场失去童贞，对象是个妓女，是父亲为他付的钱，作为生日礼物；79岁成为社交媒体明星。其中还囊括了朱利安与拉尔夫·劳伦之间啰啰唆唆的伟大友谊——故事里说，两人围绕多塞特郡的乡村绿地、酒吧和板球场来了一段公路之旅，回来后，拉尔夫·劳伦将一整个系列的设计感都建立在朱利安古怪的英伦风格之上。每天，你都能从朱利安身上发现一点儿新鲜事儿来。

50 莱利

莱利来到司令墓的时候，只有莫妮卡在。

"其他人呢？"莱利问她，"我知道哈扎尔正在打理弗拉德路上的一个花园，但我以为其他人都会在这里。"

莫妮卡看了看表。

"现在是五点二十，或许没人会来了。真奇怪啊。据我所知朱利安是不会错过任何一个周五的，除了新年夜。即便在不怎么离开小别墅的日子，他还是每周都会来。希望他没事。"

莱利掏出手机，找出朱利安的Instagram页面："别担心，他何止没事啊！你看。"

"该死的，你知道和他在一起的人是凯特·摩丝吗？一群自鸣得意的时尚人士，在苏豪农舍喝着莫吉托。他可能提到过他要出城。"莫妮卡说道，听起来像个生闷气的孩子。再怎么说，朱利安也是个成年人。他无须征得他们的同意才能出门去和那些名流闲逛，度周末。"嘿，说到朱利安，我意识到我们在3月4号有堂美术课，是玛丽的十五周年忌日。我觉得朱利安可能会有点儿不太好受，所以我们可以准备一场出乎预料的纪念派对，砸到他面前。你怎么想？"

"我觉得你是我见过的最有想法的人，"莱利说，他从不憋着话不说，也不耍花招，"而且很聪明。你怎么能把日期都记得这么清楚呢？我连自己的生日都不怎么记得。"

莫妮卡的脸红了，这让她看起来不再那么吓人，反而特别可爱。

事到如今，两人之间已经没有秘密了，莱利一身轻松，现在的他更像从前那个自己。所以他俯过身去，吻了她。

莫妮卡也回吻了他，试探性地，但终归是个开始。

"我向来觉得在墓地里亲吻有点儿尴尬，你不觉得吗？"莫妮卡问莱利，但脸上浮起了笑容。

"有些事情告诉我，经年累月以来，这位司令已经见过太多更糟糕的场面。"莱利回答，笨拙地靠近她，搂住她的肩膀，"你不觉得朱利安和玛丽，你懂的，"他挑了挑眉毛，暗示她，"在那些年里的某些时刻。在时髦的60年代，或许？"

"哦不！"莫妮卡说，"玛丽是永远也不可能那么做的！绝不可能在墓地里！"

"你并不认识她，莫妮卡。她是个助产士，不是圣人。或许她也有淘气的一面。这你不得不承认吧，毕竟她可是嫁给了朱利安，肯定的吧？"

他朝莫妮卡俯身，肌肉记忆将他们的身体重新结合成熟悉的拼图。莱利试图再次吻莫妮卡，可莫妮卡却推开了他，温柔但坚决。

"莱利，我已经不生你的气了。"她说，"我真的很高兴我们成为朋友。但是，说实话，那又有什么意义呢？你马上就要离开了，所以重启这一切真的没有任何意义，不是吗？"

"莫妮卡，为什么所有事情都必须有意义呢？为什么做一件事必须是某个计划的一部分才行呢？有时候就让事情顺其自然最好不过，就像野花一样，恣意生长。"他对自己的这番话相当满意，听起来肯定特别诗情画意。

作为例证，莱利指向一丛洁白无瑕的雪花莲，它们正沿着2月冰冻的土壤开疆拓土。

"莱利，那是很美。"她说，"但是我不想卷入一段自然而然会走向终点的感情，再次受伤。生活并不像园艺那么简单！"

"难道不是吗？"莱利反问，他有点儿懊恼。这一切在他看来再自然不过了。他喜欢她，她也喜欢他，还有什么问题？"为什么就不能顺其自然呢？跟着感觉走。如果你不想在6月说再见，那就可以跟我一起啊。"话刚出口，莱利就意识到这是个多棒的点子。他们会成为一对完美的旅行拍档（最好能因此有额外福利，他希望）。他可以负责娱乐，莫妮卡负责文化的部分。

"我不能跟你一起走，莱利。"莫妮卡说，"我在这里是有责任的。我有事业，有员工、朋友、家人。朱利安怎么办？看看上次我们把他自己留在家里，几天而已，就出了什么事——他差点儿因为体温过低而死。"

"这很简单啊，莫妮卡。"莱利说，他是真的觉得很简单。总而言之，他把自己全部的生活都留在了地球的另一端，连一眼都没有回望，"找个人来替你打理几个月咖啡馆。家人和朋友会想念你，但是你就要去大冒险了，他们都会为你激动的，至于朱利安——他最近似乎已经结交了成千上万的新'朋友'。我觉得没必要为他担心。"

莫妮卡想打断他，但是被莱利的话拦住了："你上一次看到富勒姆和切尔西之外的世界是什么时候？你上一次踏上火车，漫无目的，看看自己会去往哪里，是什么时候？你什么时候点过菜单上名字听起来怪怪的菜，只是为了找点儿乐趣，吃吃你预期之外的东西？你有没有只因为想要做爱而做爱呢，而不是作为某种人生计划？"

莫妮卡陷入了沉默，或许莱利是彻底看穿了她。

"你能稍微想想吗，莫妮卡？"莱利问她。

"好，好，我会的。我保证。"

他们并肩朝公墓出口走去。莫妮卡停在了左手边的墓碑旁，垂下头，小声嗫嚅了些什么。那一定是亲人的墓。莱利看了一下碑文。

"谁是埃米琳·潘克赫斯特？"莱利问她。

莫妮卡甩出一个标志性的眼神，是莱利不喜欢的眼神。但莫妮卡什么也没说。

　　和莫妮卡在一起的时候，莱利常常觉得自己坠入了一场不知不觉的考试之中。

51　莫妮卡

莫妮卡一直在思考。她真的很喜欢莱利给她描绘的图景，并且很想知道，她是否真的能成为那幅画面里的女孩。现在才用一套截然不同的规则来生活是不是已经太迟了？或者说，根本就没有任何规则可言？

她从来没有给过自己间隔年，周游全欧洲。她实在是太想去剑桥了，有很多城市她都想去看看。还有莱利——在她约会过的男子里，最为光彩照人，或者说，在她见过的人里也是最出色的。他很有想法，积极乐观。和莱利去任何地方都像是戴上了一副玫瑰色眼镜——万事万物会在眼中变得美好起来。

他从来没有听说过埃米琳·潘克赫斯特，这真有那么重要吗？

她不想继续这场对话，去解释埃米琳·潘克赫斯特是妇女争取选举权运动中最有名望的一位，谨防她发现莱利可能也没有听说过妇女争取选举权运动，那就有点儿破坏气氛了。

不过他是澳大利亚人，莫妮卡提醒自己。或许女权运动史在澳大利亚不是什么大事。他们在1902年就给予了妇女投票权。

莫妮卡一眼看到了哈扎尔，就在"图书角"里坐着，占据了一张大桌子，桌上盖满了报纸。

"你又在这里工作了，哈扎尔？"莫妮卡问他。

"哦，嘿，莫妮卡！没错。希望你别介意我占了这么大的地方。我发现在家里工作有点儿寂寞。我想念办公室里嗡嗡嗡的嘈杂了。话说回来，这儿的咖啡真的很不错。"

"欢迎。不过我马上就要打烊了。在我做清洁还有算账的时候，你可以稍微再待久一点儿。"

莫妮卡伸长脖子，想看哈扎尔打算干吗。

"我能给你看看我正在做的事情吗？"哈扎尔问她，"我乐意听听你的意见。"莫妮卡拉过一张椅子。她很喜欢给人提意见。

"我设计了这些小册子，你看，是'澳洲园丁'的。我们把这些传单塞进了富勒姆和切尔西几乎每个邮箱，花了好几天时间。"

"很不错啊，哈扎尔。"莫妮卡说，确实印象深刻，"反响还不错吗？"

"嗯。爱丽丝往Instagram上发了一些我们的工作照，引来了很多关注。"

莫妮卡很好奇，引起大家兴趣的究竟是工人，还是工作本身，转而又一本正经地暗暗自责。

"我已经找到了足够的工作，让我、莱利和五个澳大利亚小伙子至少要忙上两个月，那五个人是莱利帮忙训练的。如果我们做得还不错，口碑会让我们一直有工程可以做。"

"你已经预先计算了收入和支出吗？"莫妮卡问，"你脑袋里有没有目标利润率？"

"当然有。你愿意看看我的商业计划吗？"哈扎尔问她。她想看，真的。没有几样东西能比商业计划更让莫妮卡感兴趣了。而哈扎尔的计划书呢，即便在莫妮卡挑剔的眼中，也相当不错。当然了，她必定要建议哈扎尔做点儿小调整和小改进。

"别忘了，一旦你的营业额超过了八万五千英镑，就要去进行增值税登记。"莫妮卡说，"你已经注册过公司了吗？"

"没有。很困难吗？"哈扎尔问。

"一点儿不难。别担心，我会告诉你怎么弄。"莫妮卡意识到，她是真的开始喜欢哈扎尔了。难不成是自己错判他了？通常情况下她可不会看走眼。

"嘿，莫妮卡，我必须告诉你。我觉得，我应该从来没有跟一个魅力四射的女人有过这种对话。你知道的，只聊生意，不调情。"哈扎尔说。

一个魅力四射的女人？莫妮卡觉得自己应该拿出最硬气的女权主义派头来，可她不应为此费神。享受这些话真的会让她变得无比浅薄吗？

"说到社交活动，"哈扎尔说，听起来有点儿奇怪，因为他们并没有聊到社交活动，他们之前一直在聊Excel电子表格，莫妮卡一直在解释彩色编码的好处，"上周我收到了一个婚礼请帖。是个惊天动地的爱情故事——是我在泰国认识的丽塔和达芙妮。两个人都60多岁了，据我所知，也是女同世界里的新人。"

"啊，太有爱了。生命的新起点。莱利也去吗？"莫妮卡好奇莱利是否会邀请她。

"不。他在科帕南只待了两三天，所以并没有跟她们熟悉起来。呃，我猜你应该不愿意跟我一起去，你会去吗？"哈扎尔问道。莫妮卡大吃一惊，以至于完全说不出话来。为什么是她？

"你看，"哈扎尔继续说道，仿佛是读懂了她的想法，"我觉得我欠你的。不仅仅是因为这些商业建议，而是在科帕南的时候，因为你，我才能分散自己的注意力。"

莫妮卡感觉到那种熟悉的恼怒又聚集起来。她都快要忘了，当哈扎尔在按摩和健康水疗的冥想课程之间倍感无聊时，如何把自己当成了小游戏对象。现在她想起来了。尽管她喜欢一场美好的婚礼，可她止不住地去想，和哈扎尔在一起待太久的话，可能会给他们脆弱不堪的新的友情带来相当沉重的压力。

"告诉你吧，"在莫妮卡婉拒之前，哈扎尔抢先说，"你玩双陆棋吗？我们可以玩。如果我赢了，你就作为我的客人去参加婚礼。如果你赢了，就不用去。除非你自己想去。"

"好。一言为定！"莫妮卡说。还没有人玩双陆棋能赢过她呢。这样的话，不管是哪一种情况都行，反正暂时不用她自己做出抉择了。

"莫妮卡咖啡馆"有为客人提供的游戏架，有国际象棋、跳棋、棋盘问答、百科填字，当然，还有双陆棋，同时还有一些小孩子爱玩的经典游戏。

"我一直试着教莱利玩。"摆好棋盘的时候，莫妮卡说，"但是他更喜欢大富翁。"

莫妮卡先掷骰子。一个"6"和一个"1"，这是她最喜欢的开局之一。玩这个游戏只有一种明智的方式——锁住你的"分界点"。她正是这样做的。

"真高兴你那么做了。"哈扎尔说道，声音几乎细不可闻。

"为什么？"莫妮卡问道，"这步走得很好啊。在我看来，是唯一的走法了。"

"我知道。"哈扎尔回答，"只是让我想起了上次玩的时候。在泰国，和一个瑞典人。他可真不是个好对手。"

他们继续往下玩，沉默不语，专心致志，势均力敌，同样果决。最后对决时，莫妮卡扔出了一个数字组合，她马上就看出来，可以一举把哈扎尔的棋子送到"分界"里。这可是决定性的一掷。哈扎尔是绝对不可能翻盘的。

然而，莫妮卡完全不知道自己在干什么，她走了另一枚棋子。

"哈！"哈扎尔说，"你错失了把我弄过去的机会，莫妮卡！"

"哦，不，我怎么能这么蠢？"莫妮卡回答，手掌直拍脑门儿。哈扎尔扔出了一个双"6"。

看来，她终究是必须去参加婚礼了……

52　爱丽丝

爱丽丝刚刚给邦蒂换上了一身@古着风宝贝送的手工紧身连衣裙，准备好今天的拍摄。裙子华丽动人，粉白相间，结果邦蒂却一顿狂拉大便，从尿不湿的边缘渗漏出来，沾了满背，差点儿就沾到了脖子上。

爱丽丝差点儿哭出来。但她还是想，无论如何得把照片拍了。她可以挪动邦蒂的角度，这样芥末色的屎点儿就不会暴露了，没人会知道的。可是邦蒂闹了起来，拒绝坐在肮脏的尿不湿上，像猈女①一样长号起来。又来了。

爱丽丝筋疲力尽。夜里她每三个小时就要起来一次。每一次她都很努力地想小憩片刻，可是邦蒂给她的时间只够她刚刚换着深度睡眠的边，然后——邦蒂仿佛心知肚明似的——哭喊着要求更多照顾，像是萨伏伊酒店里过度行使权利、心怀不满的客人。

爱丽丝给邦蒂换了尿不湿，抱起她来，把她带去楼下的厨房。也许咖啡因能帮上忙？

每次爱丽丝抱着宝宝下楼时都会有同样的想象。她想象自己绊倒，滚下覆满海草的楼梯。在第一个版本里，她紧紧地将邦蒂抱在胸口，一路滚到底，竟然把自己给撞死了。在第二个版本里，跌落下去的时候她松开了邦蒂，然后眼睁睁地看着邦蒂的脑袋撞在墙上，而她则昏倒在地板上，毫无生气地瘫成一团。

---

① 猈女，爱尔兰传说中预报死讯的女妖。

其他的妈妈也会拿出全部的时间，来想象可能不小心杀死宝宝的各种方式吗？喂他们的时候不小心睡着，让他们窒息而死？疲劳驾驶，撞上灯柱，把装了宝宝椅的后车厢撞得像手风琴一样？没注意到他们吞下了不小心掉到地上的两便士硬币，脸色发青？

　　她还不够成熟，责任感也不够，不足以养活另一个生命。他们怎么能让她怀抱一个真正的小生命走出医院，连个使用说明书都不给她呢？也太没有责任感了吧？当然了，网络上有着上百万的说明，可它们全都彼此矛盾，相互驳斥。

　　其实不久前，爱丽丝变得非常成功。她成了一家大型PR公司的客户总监，在离开这份工作前，她怀孕六个月，即将成为一名全职妈妈和网红。她举办会议，召开数百人的发布会，策划全球性的活动。然而，现在的她还在绞尽脑汁地应付一个小宝宝。

　　而且她觉得无聊。喂奶，换尿布，把餐盘放进洗碗机，把洗好的衣服晾起来，清洁房间，读故事，推秋千，这种无穷无尽的重复让她不堪忍受。可是却没有办法告诉任何人。@爱丽丝漫游奇境，拥有完美无缺、令人艳羡、野心勃勃的生活，纵然她爱邦蒂胜过爱生命，可她常常不那么喜欢@邦蒂宝贝，她怎能坦白这一切呢？事实上，她也没那么喜欢生活本身。她相当确定，邦蒂也同样很不喜欢。可是谁又能责怪她呢？

　　爱丽丝把一摞杂志从厨房角落的扶手椅上推下去，腾出地方给邦蒂坐着，然后去把水壶烧上，把牛奶从冰箱里找回来。

　　她听到一声可怕的尖叫。邦蒂正奋力地爬出椅子，最先从扶手椅上滑下来的是脑袋，落在了硬邦邦的瓷砖地上。爱丽丝冲过去把她抱起来，检查有没有明显的伤痕。幸好，她的脑袋砸在了一本《养育杂志》上，起到了缓冲作用。至少养育类的杂志也能派上点儿用场。

　　邦蒂怒气冲冲地瞪着她，虽然不用语言，却表达得更清楚明白：你究竟是个多么没用的妈妈啊？我能把你给换了吗？我可不要让这样一个蠢货来照顾我。

门铃响起。爱丽丝像个机器人一样木然地走到门口，仿佛是大家从前认识的那个叫爱丽丝的女人的化身，留仍旧大哭大叫的邦蒂一个人在厨房的地板上。她无声地盯着访客。爱丽丝想不出她来这里做什么。自己是忘了什么安排吗？来的人是丽兹，"妈咪小帮手"的一个志愿者。

"过来，可怜的小宝贝儿，拥抱一下。"她说，"我完全明白你的感觉，我是来帮你带邦蒂的。"爱丽丝还没来得及好奇丽兹怎么知道她的感受，就被紧紧地裹进了一个枕头一样大的怀抱。

这是爱丽丝带着邦蒂回家以后第一次哭了又哭，直到泪水湿透了丽兹的花衬衫。

53　丽兹

　　丽兹很喜欢自己在"妈咪小帮手"的兼职工作，即便这份工作的报酬只能覆盖她的支出。去年她65岁，正式退休，可是枯坐在家只能让她越来越胖，越来越迟钝，还有杰克，她的丈夫，也让她发疯，所以每周在这里工作的两天就是一周里她最喜欢的两天。

　　丽兹这一生都在照顾孩子——最初是作为六个兄弟姐妹里的老大，然后是做保姆，做自己五个孩子的妈妈，最近是作为助产士，被那些切尔西或者金斯顿的上流社会、特权阶层的新晋妈妈们口耳相传。"丽兹真的是超级好！简直是上帝派来的！"她们会这样说。"社会精英！"仿佛这真的有什么别的意思，而不是意味着她和我们不一样，你知道的，但是你大可以相信她不会偷鸡摸狗。

　　她才刚刚把所有孩子交还给他们形形色色的监护人，包括小艾莎，总是流鼻涕，指甲脏兮兮的，她的妈妈和往常一样迟到了半个小时以上。真叫人迷惑，最近来登记的有三个艾莎。都是因为那部电影：《冰雪奇缘》。它对此负有很大责任。

　　丽兹去把挂在墙上的外套取下来，就在这时她注意到，衣服正下方的地板上有一本绿色练习簿，很像孩子们做算术的本子。丽兹捡了起来。她把本子塞进包里。明天肯定会有人来找。

　　又过了几天，丽兹才想起那本练习本。她问了几个妈妈，有没有孩子丢了本子，并且一直把本子带在身上，等人来认领，结果并没有。

正好该喝茶休息了，于是她拿出本子，端详起来。上面根本就没有
"算术本"之类的字，她之前一直没戴阅读眼镜，所以误解了。封面上
写的是"真相漂流计划"。这又是什么意思？她飞速翻了一下内页。她
原以为里面会有算术题，结果根本没有，却有一些不同的人在里面写
的东西。

　　丽兹预感到其中的精彩刺激。她一直都很八卦。这是做保姆或者
助产士的最大好处——你可以好好窥探他们的厨房抽屉，了解一个人
的方方面面。你会发现，人们在藏身之处反而更有创造力。这本笔记
一看就像是藏满了秘密，或许是日记本呢。她从来没有拿自己搜集来
的情报做过什么，她深深骄傲于自己的高尚与正派。她只是发觉其他
人都很有魅力，仅此而已。丽兹坐回椅子上，读了起来。

　　你有多了解身边的人呢？他们又有多了解你呢？你知道邻居们的
名字吗？ 哈！真的，丽兹认识所有的邻居。她知道他们的名字，他们
孩子的名字，还有猫的名字。她知道有谁没合理进行垃圾分类，知道
谁家夫妻吵架最厉害，知道谁有外遇，谁在赌场浪费的时间最多。她
对每个人的了解都超过了大家希望她了解的程度。她知道，自己爱八
卦是远近闻名的。但是，在与邻里守望相助方面，她还是很受大伙儿
欢迎的。

　　朱利安·杰索普。

　　有时候她听到一个名字，墙壁顷刻坍塌，仿佛剧院里切换的布景，
而她则被送回了另一个时代，现在她就回到了1970年，在国王路上，
和朋友曼迪一起。那会儿她们总是腻在一起，大家都知道她们是"丽
兹曼迪姐妹花"。那时她们15岁，特意穿超短裙，头发全都梳到后面，
眼睛画上一圈乌黑的眼影。

　　她们正从梦幻的玛莉官①工作室的窗户向外张望，当时正好有一

---

① 玛莉官（Mary Quant）是一个设计师品牌，20世纪的"迷你裙之母"。

群人朝她们走来，年纪在30岁左右。那些人无不魅力四射。三个男人穿着最新潮的喇叭裤，女孩儿则穿了超短裙，比丽兹她们穿的裙子还要往上卷了几厘米的边儿，套了件皮外套，光着脚。这可是公共场合啊！一头凌乱的卷发一直垂到腰际，仿佛刚从床上下来。丽兹确定，如果女孩离自己足够近，一定能从她身上嗅到性的味道。并不是说当时的丽兹知道性爱是什么味道，但她想象那可能有点儿像沙丁鱼罐头的味儿。其中一个男人的肩膀上蹲了一只货真价实的鹦鹉。

丽兹惊讶得张大了嘴巴。

"天啊，丽兹，你知道那是谁吗？"曼迪惊呼，却并没有等她回答，紧接着便说，"那是大卫·贝利，那个摄影师。还有朱利安·杰索普，那个画家。他们是不是迷死人了？你看到朱利安冲我眨眼了吗？真的，我发誓。"

那天之前，丽兹从来没有听说过朱利安·杰索普（当然了，她没有告诉曼迪，她可不想给曼迪任何理由觉得自己是两个人里比较酷的那一个），但是在之后的几年里，丽兹多次看到过朱利安·杰索普的名字，通常都是在八卦栏目里。然而，她已经有几十年没再听过这个名字了。如果她真想起过这个人，肯定也以为他早就去世了，死亡原因可能很悲惨，但又隐约有些迷人，比如吸毒过量，或者性病。然而他就在这里，就住在这条路上，在一个小本子上写东西，有人把这个本子丢在了她的腿上。

莫妮卡。丽兹也知道她——丽兹去过莫妮卡的咖啡馆，喝杯茶，吃块蛋糕，恢复元气。她喜欢莫妮卡，因为一眼就能看出她很忙，但她还是会慷慨地停下手里的工作，和丽兹稍微聊聊。如果丽兹没记错的话，她们聊过附近的图书馆，聊到那座图书馆对于这片社区来说真是及时雨。

她完全清楚莫妮卡的难题是什么。如今的年轻女性都太挑剔了。在她年轻的时候，她们早早就明白了安顿下来的重要性。你找到一个年轻男人，年纪相宜，通常他的父母和你的父母彼此熟悉，住得也不远，然后你们就结婚了。他可能会在开车的时候挖鼻屎，在酒馆里过度挥霍，但是你很清楚，你自己可能也同样不完美，一个中不溜儿的丈夫怎么也比没丈夫要强得多。新技术带来的唯一问题就是人们拥有了太多选择，结果反而做不了决定。她们不停地寻寻觅觅，直到有一天才意识到，自己早已是明日黄花。莫妮卡绝对不能再绕来绕去了，要有所长进才是。

浑蛋。茶歇时间过去了。她迫不及待地想往下读，可必须等等了。

"你在那边干吗呢，丽兹？"杰克问她。他还在想方设法用食指去把塞在后槽牙里的鸡肉抠出来，因此说话呜哝呜哝的。丽兹已经有很多年没亲过杰克的嘴巴了，这也没什么可奇怪的。最近她更愿意在从他身边走过时在他的额头上匆匆一啄，那里有一块大大的斑秃，像是直升机的停机坪。

"工作上拿回来的一本笔记。"丽兹回答，有意说得不清不楚。她正在读哈扎尔的故事。她也认识哈扎尔。富勒姆大概不会有两个名叫哈扎尔的年轻人，这么说他是从泰国回来了，并且在"妈咪小帮手"的花园里工作。抛开络腮胡不谈，他真的相当性感。丽兹通常不跟留络腮胡的男人共事。除了下巴之外，他们有什么东西要隐藏起来呢？

她并没有因为吸毒的事情就对哈扎尔下判断。她知道这种事情能够如何悄悄逼近一个人。她也经历过那样一个阶段，沉迷于自制雪莉酒，更别提什么刮刮卡了，杰克到现在还要一天抽二十根香烟——这真是一笔巨款——并且完全无视遍布包装纸上的可怕的焦黑肺部照片。

莱利听着就像个小甜心，这可怜的小糊涂蛋。丽兹也认识他。他是那些可爱的澳大利亚人之一，和哈扎尔一起工作。丽兹迫不及待地想知道哈扎尔是否仍在戒酒，朱利安有没有开美术课，莱利有没有和莫妮卡把事情解释清楚。这可比那些伦敦东区人有意思多了。

只剩下一个故事要读。谁是下一个呢？她要留着等明天休息的时候再看。

丽兹踏踏实实地待在员工休息室里，享受完美的茶歇时间：茶，两块果酱夹心饼干，第二频道的《史蒂夫·怀特的午后时光》，还有一本承载了他人秘密的笔记本。正如她的孩子们会说的，夫复何求呢？她舒舒服服地安顿进最喜欢的扶手椅里，看了起来。

我叫爱丽丝·坎贝尔。你认识的我或许是@爱丽丝漫游奇境。

很好！丽兹圆满了。她认识这本笔记里的每一个人。不仅如此，她还知道了这本笔记是怎么跑到她这里来的。爱丽丝是那个漂亮的金发女郎，帮助他们筹款募捐。她记得阿奇，一个蹒跚学步的幼童，在门厅里玩爱丽丝放在那儿的挎包，包就在丽兹挂的衣服下面。

丽兹略微有些担心，无论爱丽丝什么时候出现在"妈咪小帮手"，可能都会让其他妈妈自惭形秽。她永远穿戴得体，一切尽在掌控之中，与她们帮助的那些妈妈截然不同，那些妈妈总是乱糟糟的，永远在挣扎。虽然丽兹确实好奇过，爱丽丝的身上究竟有多少属于面具成分。有时候她小心翼翼控制的拘谨口音会稍微滑脱那么一点点，泄露出更丰富多彩也更容易亲近的背阴面。丽兹继续往下看。

不过，如果你关注了我，那你其实一点儿也不了解我，因为我真实的生活和你看到的完美生活南辕北辙。生活越是凌乱不堪，我就越是渴望社交媒体上的点赞来说服我，一切都很好。

我曾经是爱丽丝，成功的 PR 女孩。

现在呢，我是麦克斯的妻子，邦蒂的妈妈，或者@爱丽丝漫游奇境。这种感觉就好像是所有人都拥有了我身上的一部分，而我自己一

无所有。

我真的厌倦了。我厌倦了难以成眠的夜晚，厌倦了喂奶，厌倦了换尿布，厌倦了清洁房间、洗衣服。我厌倦了花上一小时又一小时的时间来记录我渴望自己拥有的生活，并且回复来自陌生人的消息，他们都以为他们了解我。

我从未想到我会如此爱我的宝宝，可是每一天我都让她失望。她应当有一个不断为她们所共享的生活心存感激的母亲，而不是一个总是试图逃跑的母亲，她总是逃进一个虚拟世界，那里比真实的世界更美好，更可控。

真希望能和什么人说说我的感受，有时候我坐在音乐课堂上的圆圈里，只想一拳打破那愚蠢至极的粉色铃鼓。就在昨天，在"水宝贝"，我感受到不可遏制的渴望，想要沉入泳池的底端，深深呼吸。可是，我怎能承认@爱丽丝漫游奇境只是个假象呢？

而且，如果我不是她，那我又是谁呢？

哦，爱丽丝。哪怕在产后抑郁症还不是官方承认的病症时，丽兹的家里，还有社交圈里的女人就深谙这种迹象。丽兹生下第一个宝宝时，爷爷奶奶、叔叔阿姨、教父教母，还有朋友们都围在她这个新晋妈妈身边。他们临时帮忙照看孩子，带来炖菜，帮着做家务，这些都有助于缓解生产之后的生理、情感和荷尔蒙上的剧变。

至于爱丽丝，丽兹觉得她好像得自己一个人做所有这些事情，并且奋不顾身地要让一切看起来完美无缺。

丽兹一下班就去联络簿上找爱丽丝的地址。小爱丽丝需要的是专业人士的帮助。

54　哈扎尔

为了这一天，哈扎尔从"妈咪小帮手"借来了小巴。他发现，莫妮卡从来没有学过开车，人生中的绝大多数时候，她都靠着伦敦城里过剩的公共交通度过。但是那个村庄离哪个地铁站都有几千米远，所以哈扎尔得扮演司机。有个妈妈在小巴背后卡了一张大大的招牌，上面写着"司机哈扎尔"，特别好笑。不许笑。

他停在"莫妮卡咖啡馆"门前的双黄线上，长按喇叭。

"是你和你的危险气息一起等在车上吗，哈扎尔？"莫妮卡说。这话哈扎尔之前也听过，因此低声模仿起狼嚎。

"莫妮卡，你看起来像一束毛莨！还是一束特别性感的毛莨！"莫妮卡爬上车座的时候，哈扎尔说道。莫妮卡穿了件明黄色的直筒连衣裙，搭配了一顶宽檐帽。"我觉得我应该没见你穿过黑色、白色和藏青色以外的衣服。"

"好吧，有时候我确实愿意尽尽力。"莫妮卡回答，哈扎尔觉得她看起来挺开心的，"你看看你，穿上晨间礼服看起来好极了，你连络腮胡都刮掉了，如果我没弄错的话。"她在说"络腮胡"的时候，语气里暗含嘲讽。"喂，我准备了外带咖啡。你的是大杯拿铁，全脂牛奶。我知道我选的肯定对。"莫妮卡说着指了指自己手里的棕色纸袋。

"完全正确，谢谢。"哈扎尔回答，很是惊奇，惊讶于她竟然记得自己的咖啡喜好，"我还有朗特里果味口香糖。你就自便吧。别拘束——我买了家庭装，就是做成水果形状的那种。我一向喜欢那种。"

他们沿着公路往前开，渐渐放松下来，轻松地开起了玩笑。

"你激动吗？"哈扎尔问。

"其实算不上。我发觉婚礼都挺让人抑郁的。婚姻——只是一张纸，离婚率高得惊人。浪费时间，浪费金钱，坦白地讲。"

"真的吗？"哈扎尔惊讶地问她。

"不，当然不是真的！你看过我的故事了，不是吗？我最喜欢的就是美满结局，还有美好的旧式婚礼。"

然后，出其不意地，莫妮卡突然开口："哈扎尔，很抱歉你到来的时候我让你不太好过。我太尴尬了。而且我以为你就是个懒惰的富二代，喜欢多管闲事儿，插手别人的生活，心里满满的优越感。"

"哎呀，难怪你那么讨厌我。"哈扎尔说，"事实上，我一直都是自己赚钱。我父母是实实在在的中产，但是他们把攒下来的每一分钱都用来送我去上贵族私立学校，在那里我遭受了大家无情的戏弄，因为只有我家的房子是数字门牌，而不是名字，上飞机以后是向右转而不是向左转去头等舱。"

"那么，做园丁生意之前你在干什么？"

"我在金融城，做交易员。回头再看，我猜我之所以选择那份工作是因为再也不想做屋子里最穷的那个人。我猜你没读过我的故事，是不是？莱利没告诉你吗？"

"没有。莱利嘛，他向来很照顾别人的感受。他等着你自己来告诉我。你写了什么？如果你不介意我问的话。毕竟你都看过我写的了。"

"呃，我写了我是如何结束了在金融城的工作，打算花一点儿时间来整理思绪，同时想要找一份报酬更高、让人更有满足感的工作。"他说的，全都是实话，但绝不是全部的事实。小巴里有一头巨象，坐在两人之间，挤压着变速杆。可是，莫妮卡是这个世界上他最不想与之讨论毒瘾的人。她是那么正派、干净、光彩夺目，讨论这种事简直是亵渎。莫妮卡让哈扎尔觉得自己成了更好的人，他不愿提醒自己，他其实没有这么好。

"现在你有工作了！我发誓那本笔记绝对有魔力。看看朱利安，有几百个新朋友，而你呢，有了成功的新生意。你的新事业开展得这么快，让人印象深刻。干得真不错。"

哈扎尔心满意足，很是骄傲。他很少自我感觉良好，也不习惯别人对自己的赞美："好吧，这是我唯一一次真正努力去做什么事情。就像你一样。你真是个很不错的生意人——有创意，工作努力，还是个了不起的老板。而且，你还很有原则。"是不是赞美得有点儿过头了？他发现自己在与莫妮卡相处时总是有点儿用力过猛。他不确定因为什么，这样一点儿也不像他。

"什么意思？"莫妮卡问。

"好吧，比方说，如果有个客人真的把你惹生气了，你会往他的餐里吐口水吗？只是为了以牙还牙？"哈扎尔问道。莫妮卡看起来一脸震惊。

"当然不会了！那也太不卫生了，而且，很有可能是违法的。如果没有这种法律，那最好定一条。"

"如果你把食物掉在了厨房的地上，但是并没有破坏食物的品相，你会若无其事地把它放回盘子上，还是会扔掉？"

"你绝对不能把掉到地上的食物放回盘子里！想想细菌。"莫妮卡说。

"你看，你有原则。"

"你没有吗？"莫妮卡反问。

"有啊，我当然有。但是我的原则性很低的，也就比地面高那么一点点。"

"哈扎尔，"莫妮卡盯着仪表板说，"你超速了。"

"哦，抱歉。"哈扎尔说着敷衍地踩了下刹车板，"恐怕我在规则方面有点儿问题。你给我展示了一条规则，我就想打破它。我从来没有按照限速开过车——无论是字面意思还是比喻。"

"我们真是完全相反，不是吗？"莫妮卡说，"我喜欢良好的规则。"

"黄车。"哈扎尔超过一辆花哨的标志205时念念有词。莫妮卡惊讶地盯着他。

"你们家没玩过'黄车'吗？"哈扎尔问她。

"呃，没有。怎么玩？"

"这个嘛，只要你看见一辆黄色的车子，你就说'黄车'。"哈扎尔解释。

"那怎么才算赢呢？"莫妮卡问。

"没有真正的赢家。"哈扎尔说，"因为游戏永远也不会结束，会永远继续下去。"

"这种游戏并没有那么启发思维吧？"莫妮卡问。

"那一家人开车出去旅行的时候，你们要怎么消遣呢？"哈扎尔问。

"我有个笔记本，会记下被我们超过去的车子的车牌号。"莫妮卡回答。

"为什么？"哈扎尔问。

"万一看到了同一辆呢？"

"那你看到过吗？"

"没有。"莫妮卡说。

"好吧，我觉得我还是继续黄车游戏比较好，谢谢。那么，那本笔记也在你身上施展魔法了吗？"

"好吧，是的。"莫妮卡回答，"从某方面来说，它拯救了我的生意。美术课堂的建立也带动了其他一周一次的晚间活动，爱丽丝和朱利安不停地往Instagram上发咖啡馆的照片，带来了大量新顾客。可能我还得再雇个服务员。在发现这本笔记之前，我想着银行可能会让我停业，我不得不失去咖啡馆，以及依靠这间咖啡馆的我自己的生活，也要一并失去。"

"真是神奇。"哈扎尔感叹，随后，他又尝试性地问，"这本笔记也解决了你的爱情难题吗？你和莱利现在一切都好吗？"他希望莫妮卡不要觉得他聒噪。

"这个嘛，我们现在就是随机应变，顺其自然，看看会怎么样。"莫妮卡回答。

"请别误会，"哈扎尔说，"但是我从来没有将这些词和你联系在一起过。"

"我知道，好吧。"莫妮卡咧开嘴笑了，"我正努力变得更从容不迫。不得不说，确实有点儿挑战。"

"但是莱利几个月之内就会离开，不是吗？"哈扎尔说，"6月初？"

"没错，但他要我跟他一起走。"莫妮卡说。

"你要去吗？"哈扎尔问。

"你知道的，眼下我一点儿头绪也没有，我发现自己正处于最非同寻常的境地之中。"莫妮卡回答。

"这对莱利而言肯定易如反掌。"哈扎尔说。

"为什么？"

"你明白的，以那种无忧无虑的方式度过人生，会把一切都看得很简单，很二维平面。"哈扎尔说，"黄车。"

"我知道你不是那个意思，但你这话说得莱利好像是个弱智。"莫妮卡说。他不是那个意思，他当然不是。

莫妮卡脱掉高跟鞋，将瘦长的双脚搁在仪表板上。仅仅这一个漫不经心的举动就让哈扎尔看到她改变了不少。

"遇见莱利之后我改变了很多。"莫妮卡仿佛读懂了哈扎尔的想法，说道。

"好吧，也别改变太多，你会吗？"哈扎尔说。莫妮卡则缄默不语。

他们又开了一个小时车，道路变窄，车流也变得稀少，钢筋水泥让位给自然景色。

"嘿，导航说我们已经抵达目的地了！"莫妮卡说道。此时他们驱车进入了某个完美组合起来的小村庄，会带给好莱坞采景人突如其来的兴奋。蜂蜜色的石头教堂里传来愉快的钟声。

"我以为教堂如今还不会承办同性婚礼呢。"

"教堂不办，但是她们昨天已经在市政厅登记结婚了，所以今天是个祝福。在我的想象中，应该就是那种传统婚礼的样子吧，只是用到的说辞会不太一样。"哈扎尔回答。

他们停好车，跟随精心穿戴的人们朝教堂入口走去。

55　莫妮卡

　　在去往接待区的路上，莫妮卡在移动厕所稍微逗留了片刻，确定睫毛膏没有顺着脸颊流下来。在教堂里，看着两个新娘子，双双穿着及地白裙，莫妮卡哭得有点儿激动。婚礼总是让她掉眼泪，即便是素不相识的人。当然，主要是为新人感到高兴，但是她也别别扭扭地意识到，其中多少夹杂了一丝丝的嫉妒和遗憾。

　　莫妮卡出来的时候哈扎尔在外面等着她，两人一起朝大帐篷走去。入口处装点了白色玫瑰，两旁各站着一位侍者，手托银盘，上面放着一杯杯的香槟。莫妮卡和哈扎尔一人拿了一杯。

　　"我记得莱利说过，你在泰国的时候已经戒酒了。"莫妮卡说。或者是爱丽丝告诉她的？反正她确定有人告诉过她。

　　"哦没错，确实。"哈扎尔回答，"我以前喝得太多了，但并不意味着我酒精成瘾之类的。特殊场合，我可以喝上一两杯。比如今天。我最近都挺节制的。"

　　"一点儿没错。"莫妮卡回答，她认为自控是一种被低估的艺术形式。她越来越喜欢哈扎尔了，"别忘了你还要开车带我回家呢，没忘吧？"

　　"当然没忘。"哈扎尔说，"但是距离我们回去还有好几个小时，不参与进去的话显得有点儿不礼貌，你不觉得吗？"哈扎尔说着冲莫妮卡举起酒杯，喝了一大口，"你觉得午餐菜单上会有什么？鸡还是鱼？"

"通过来宾判断，我选鱼，白灼三文鱼。"莫妮卡回答。

她真的很自在。哈扎尔不断对其他宾客进行极其可笑的实况报道，虽然事实上他谁都不认识——除了罗德里克和那对新人。他们分享从前参加过的婚礼，既有无比浪漫的，也有糟糕透顶的。

和非约会对象相约出门特别放松。以前，莫妮卡参加任何一场婚礼时，都会迅速把自己的想象建立在当前的感情关系里。她会默默记下自己的婚礼要有什么不同，有哪个亲戚可能比较上镜（但也不能太上镜），则选她来当伴娘，然后又要选谁来当伴郎。婚礼期间莫妮卡会侧头看自己的同伴，看看他是否感动不已，和她有一样的念头。

而和哈扎尔在一起时，她只觉得开心，真高兴自己来了。

他们坐在同一张桌子上吃饭，不过桌子很大，当中摆放了巨大的鲜花装饰，因此她无须同哈扎尔聊天，而且只有探出脖子绕过鲜花才能看见他。桌子中央放着菜单——白灼三文鱼。她很喜欢答对的感觉。她对上哈扎尔的目光，指了指菜单，冲他眨眨眼。餐会似乎要永远进行下去了，每一道菜的间隙都充斥着无穷无尽的交谈。莫妮卡尽心尽力地应付坐在她身边的男士，但还是飞速耗尽了所有寒暄的话题。他们聊了各自是如何认识这对快乐的新人，婚礼是不是很有爱，伦敦的房价是不是天文数字，然后渐渐地就没话说了。

莫妮卡开始担心起哈扎尔，因为她相当确定，哈扎尔从一个服务生那里取了一杯白葡萄酒，然后又喝了一杯红酒，而且，他们好像会规律性地将两只酒杯再斟满。莫妮卡试图与哈扎尔四目相对，意味深长地瞪他一眼，提醒他还要开车回去，可哈扎尔好像有意避开她的目光。坐在他两边的女孩子不断地向后仰头，放声大笑。好像有个姑娘把手放到了哈扎尔的大腿上。他显然是在搞笑，但一点儿也不好笑。这样很没有责任感，也很自私。

终于，午餐接近尾声，人们纷纷离席，莫妮卡走过去，在哈扎尔身边的空位上坐下来，手里紧紧抓着一杯气泡水，仿佛是要证明某个观点。

"哈扎尔，"莫妮卡压着怒火低声说，"你还要开车回家呢，别喝醉了。"

"哦莫妮卡，别这么扫兴。这可是婚礼啊。你就是应该喝醉才对。这就是婚礼的作用。你就放松那么一次不行吗？稍微享受一下生活。"哈扎尔说着，又喝光了一杯酒。

"莫妮卡，这是……"他说着朝坐在身边的一个金发女郎挥了挥手，这姑娘的嘴唇绝对注入了某些非天然材料。她显然没有听过大腿和乳沟只露一样的着装建议。

"安娜贝尔。"姑娘替他说完了，"嗨。"哈扎尔怎么能用这么长时间还迸不出来这么几个字？姑娘只朝莫妮卡摆了摆手指尖，仿佛莫妮卡不值得她整只手都动一动。"哈扎尔，如果你想飞快吸一下的话，我包里有点儿'查理'①。"金发女郎说，完全没想着要避开莫妮卡，也没想把她算进来。她是不是觉得莫妮卡太一板一眼，不可能吸毒？好吧，莫妮卡确实如此，但那不是重点。

"既然你这么说，美女，"哈扎尔说着推开椅子站了起来，晃晃悠悠的，"我会二话不说跟随你，这会让我有更多机会好好检查一下你漂亮的屁股。"

"哈扎尔！"莫妮卡大喝，"你个大蠢蛋，别这么白痴！"

"哦，莫妮卡，别再这么无聊了。你为什么不去缝纫用品店里减减压呢？你又不是我妈妈，不是我妻子，甚至连女朋友也不是。真是谢谢他们的那些小恩小惠。"哈扎尔跟在安娜贝尔宽阔的屁股后面，穿过人群，像是跟在魔笛手身后的小老鼠。安娜贝尔回身瞟了莫妮卡一眼，漫不经心地摆摆头，响亮地笑起来，嘴唇咧开，露出了大颗大颗的牙齿。

---

① "查理"是可卡因的代称。

莫妮卡觉得自己好像被人甩了一巴掌。那家伙到底是什么人？他显然不是莫妮卡自以为认识的那个哈扎尔吧？然后她想起来了。他可能不是她最近刚刚认识的那个哈扎尔，而是莫妮卡之前见过的那个哈扎尔，是在街上撞到她的那个人，还管她叫"蠢婊子"。他怎么敢提起自己对缝纫用品店的迷恋？她都忘了自己在那本笔记里写过。真是太卑鄙了。她再也不想待在这里了，她只想回家。莫妮卡从包里摸出手机，找了个安静的角落，给莱利打电话。

拜托要接啊，莱利，拜托接电话。

"莫妮卡！你们开心吗？"莱利问道，还是那无懈可击的昂扬语调。

"算不上，不开心。至少我不开心。事实上，哈扎尔可是太开心了。他烂醉如泥。我也没有觉得放松。我不知道怎么回家。哈扎尔喝得太多，没办法开车，我又不会开车。但我不能把小巴留在这里，明天早上他们需要开车出去远足。我该怎么办呢？"莫妮卡开口求助，她特别讨厌自己表现得像个悲悲戚戚的小姑娘，这和她的女权主义原则简直背道而驰。妈妈的棺材板儿该压不住了。一旦她走出这个该死的帐篷，就要去预订驾驶课。

"别担心，莫妮卡。你待在那儿，我搭火车去接你。我可以开车把你和小巴都带回家。把你的地址发给我，我从火车站打车过去。可能要几个小时，但是婚礼应该会再持续一段时间，是吧？"

"莱利，真不知道没有你我该怎么办。谢谢你。我完全不知道哈扎尔怎么了。我从来没有见过他这样。"莫妮卡说。

"我猜问题还在'瘾'字上吧。一旦开了头，就无法停止。他做得非常好了，接近五个月，完全清醒。"莱利说。莫妮卡的小腹一阵绞痛。她真是个大白痴。

"莱利，我完全不知道。他告诉我他可以自控。我应该阻止他才对。"莫妮卡说。

"那不是你的错，莫妮卡。我敢肯定他是有意误导你的，也很可能是故意误导了自己。如果非要说是谁的错，那就是我。我应该提醒你注意他的。"莱利说。莫妮卡一言不发。说话似乎没有任何意义。"听着，我越快出发，就能越快抵达。"说罢，莱利挂断电话。

有时候，一间人满为患的屋子反而是最让人感到孤独的。莫妮卡觉得自己像个小孩子，鼻子紧紧贴在窗户上，张望着她并不属于其中的派对。哈扎尔在跳舞，姿态张扬，在舞池中央，和他共舞的那些女人就像粘在朱利安家捕蝇纸上的苍蝇一样黏着他。莫妮卡觉得有人点了点她的肩膀。

"能请你跳下一支舞吗？"是罗德里克，达芙妮的儿子。在教堂的时候，哈扎尔介绍了他们认识。

莫妮卡向来觉得，人家鼓起勇气来邀你跳舞，拒绝是不礼貌的，所以她默默地点点头，任凭罗德里克引她踏进舞池。罗德里克无视所有大家习以为常的现代舞蹈动作，以20世纪50年代的摇滚风格，把莫妮卡甩来甩去，笨拙而有力。这样跳舞给了他大量机会，可以将黏糊糊的手放在莫妮卡的背上、脖子上，还有屁股上。她觉得自己活像体操比赛上作秀的家伙。

哈扎尔显然发现了莫妮卡的尴尬处境，因此越过人群，夸张地朝她竖起大拇指。罗德里克俯过身来，在莫妮卡耳畔低语，呼吸灼热，湿漉漉的，混合着威士忌和草莓蛋糕的味道。

"你和哈扎尔是恋人吗？"罗德里克问。

"上帝，不是。"莫妮卡回答。罗德里克将这种明显过激的反应看作绿灯放行，于是更加热情地抓紧了她的屁股。

莱利小心翼翼地穿过人群，在横冲直撞的乱糟糟的人流中，是个步履稳健的闯入者。只有莫妮卡一个人坐在大大的圆桌边，像是唯一的海难幸存者，滞留在荒芜的孤岛上。哈扎尔则像鲨鱼一样围着桌子游弋，捡起没人要的酒杯，一一喝掉。

"莱利！"莫妮卡大声呼唤他，导致周围的人全都转过脸来盯着这个新来的人。莱利面露微笑，宛如阳光霎时穿透了乌云。

"我无法向你形容看到你我有多高兴。"莫妮卡说。

56　哈扎尔

这种感觉就好像是回了家。哈扎尔都忘了自己有多喜欢这种感觉。从第一口香槟酒开始，他就觉得下巴松动了，肩膀放松了，所有的烦躁不安也都消失无踪。过去几个月，他一直在用自己的全部情绪，将注意力从锋利而清晰的极度愉悦感上拽开，而这一番纵酒狂欢则用模糊的过滤器包裹了一切，让万事万物都变得更温柔，更友善，也更可控。倦怠如羽绒被一般将他包裹其中。

喝光第一杯酒的时候，他真的想不通，自己为什么要与这种感觉旷日持久地对抗。为什么会觉得纵酒是他的敌人呢？那明明是他最要好的朋友啊。

在车里，他甫一发现莫妮卡完全不曾觉察到他的成瘾问题，这种想法就落地生根了：*或许，就今天一天，毕竟今天是特殊场合，已经有好几个月了。我现在好多了。我也有了更清楚的认知。我可以做到理智，不会像从前那样。我已经脱胎换骨了。*

整个婚礼期间，那些想法就在哈扎尔的脑海里一圈圈地盘旋。因此，他们一走进帐篷，看到服务生端着放了香槟酒杯的银盘站在那里，他便拿了一杯。就像其他人一样。自己和其他人没什么不同，他太喜欢这个想法了。他告诉过莫妮卡，他不是个"酒鬼"，而且善于自控，他如此大声宣告，因此就连他自己也开始相信了。毕竟，酒鬼都睡在公园长椅上，浑身尿臊味儿，而他压根儿不是这样的，对吧？

他原本没打算喝这么多，但真没什么大不了，只是今天而已。明天他又可以回去做个好人。妈妈经常说的那句话是什么来着？一不做，二不休。虽然她指的是多吃一块巴藤伯格棋格蛋糕。

酒精简直就像是天赐良机，自信满满、刀枪不入的感觉如海浪般强烈地袭来。他是个超级英雄。他注意到，自己的吸引力也不曾丧失。

哈扎尔发现了一个熟面孔。他眨了眨眼，又揉了揉眼，觉得一定是大脑在欺骗自己。那个人简直比真正的莱利还像莱利。毕竟，他之前还把莫妮卡错认成了妈妈呢。哈扎尔暗自窃笑。可那真的是莱利。他怎么出现了？这给哈扎尔当头泼了一盆冷水。

"哈扎尔，伙计，该回家了。"莱利说。

"莱利，你在这里做什么？"

"我是骑兵，来带你们回家。"

"好吧，你可以回到你那该死的马上，有多远滚多远。我要跟新朋友一起找乐子。"他说着朝那个想不起叫什么的人挥挥手，还有另一个人。

"好吧，那我要带莫妮卡回家了，还有小巴。派对也要结束了，除非你想和新朋友一起过夜，否则我建议你还是跟我们一起走。你决定，伙计。"莱利的语气有点儿不爽。莱利从来没有不爽过。可是，莫妮卡却总是不爽，此刻她就站在莱利的身边，像个该死的教区牧师的该死的老婆，就那么看着自己，好像自己是个把圣餐酒给偷喝光的唱诗班男童。他真的是受够了所有这些该死的反对声。

哈扎尔在心里飞快地盘算了一番。或者说，他的心智能力经过之前几个小时的磨砺，现在，在心智允许的范围内，尽可能快速地盘算着。如果留在这里，就得指望那个金发妞带他回家。但他连人家的名字都记不住（阿曼达？阿拉贝拉？阿米莉亚？）。因此，虽然很痛苦，但最好还是按照莱利说的做。于是，他跟在最会做老好人的朋友们身后，尽量做到温顺听话。

驱车一小时后，此时此刻的哈扎尔无法保持兴奋和镇定之间的微妙平衡，喝下去的所有酒精都让他头晕想吐、昏昏欲睡，尽管他凭经验知道，几个小时之内，睡眠都会躲着他走。

他躺在车厢的后面，横亘在三人座上，眼看着"摄魂怪"靠近。他也记得这种感觉。凡有上升必会下跌。每一束光都有阴影，每一股力都有反作用力。现在就是报应的时刻。

他感觉有人朝他扔了什么东西，是莫妮卡——毯子？外套？

"我觉得我爱你，莫妮卡。"哈扎尔说。他百分之百地肯定，他在莫妮卡的眼中肯定可怕至极。他是真正的邪恶之人，不配拥有朋友。

"当然，哈扎尔。你唯一爱的人只有你自己。"莫妮卡回答，可这不是真的。一直以来，他唯一无法爱上的人就是自己。他花了数月时间，一砖一瓦地搭建自己的自尊心，学着再次尊重自己，结果，一天之内一切就轰然坍塌了。

"真的很抱歉。"他说，"我以为我能做到只喝一杯的。"而那正是问题所在。他总是觉得自己可以做到只喝一杯。毕竟，其他人似乎都能做到，可是他从来都做不到。在哈扎尔这里，要么全要，要么不要，万事都如此。如果他对什么东西着迷——任何事物——只要他喜欢，他总想得到更多，因此他才能成为如此成功的交易员，广受欢迎的好朋友，以及可怕的瘾君子。

他能听到莫妮卡和莱利在前面聊天。他能想起来，曾经自己也可以这样聊天。聊天气，聊交通，聊共同的熟人，但是现在，他完全想象不出该怎么聊。他的脑海中盘踞着数不清的冗余想法，其中一个讨厌的念头突出重围。*钥匙在哪儿？* 他翻找口袋，心知肚明，口袋必定空空如也。

"莫妮卡，"他开了口，努力把话说清楚，"我找不到钥匙了，肯定是掉在烛台①上了。"

"露台。"莫妮卡纠正他。

"别这么书袋子。"他回嘴。

"书呆子。"莫妮卡说。

他听见莫妮卡叹了口气。小时候，每当他忘记了家庭作业或者撕破裤子的时候，妈妈就会发出这种声音来。

"别担心，哈扎尔。你可以睡在我的沙发上。至少这样我还能盯着点儿你。"有那么一会儿，沉默蔓延，只有雨刷器有节奏地刮擦着窗玻璃，以及轮胎轧在沥青碎石路面上轻柔的嗡嗡声。

"黄车。"哈扎尔听到前座的莫妮卡说。

"什么？"莱利不明就里。

"没什么。"莫妮卡回答。

哈扎尔原本应该笑的，可是他的脸颊紧紧贴在了身下的塑料椅上。

---

① 哈扎尔此时说话有些口齿不清，下文中的"书袋子"亦是如此。

57　莫妮卡

　　莫妮卡还没睁开眼就知道有些地方不一样。她的公寓，通常都盈溢着咖啡、祖马龙香水、晶杰柠檬清洁乳的香气，结果今天有莱利的味道，潮湿的臭味，腐败的酒味，以及哈扎尔的味道。

　　她下了床，在睡衣裤外披了件宽松运动衫，扎了个乱糟糟的丸子头——她可不打算做什么努力。她走进浴室，用水拍了拍脸，然后原路返回，补了点儿睫毛膏和唇彩。她并不是想给哈扎尔留下什么好印象，这是不言而喻的，只是想确保哈扎尔再没什么借口可以讥讽她。

　　莫妮卡小心翼翼地打开通往客厅的门，蹑手蹑脚地走进去，尽量不吵醒他。结果他并不在。莫妮卡把他扔在了沙发上，但沙发空空荡荡，备用的羽绒被整整齐齐地叠了起来。她把洗碗碟用的浅桶放在了地上，谨防他呕吐（之前吐过了），现在也已经放回了小厨房里。窗帘拉开了，窗户也打开了，给室内通风换气。屋里也没留下字条。

　　莫妮卡一点儿也不想看见哈扎尔，经过昨天那场事故，尤其不想在早晨的这个时候看见他，但是——即便如此——像这样当个逃兵未免有点儿粗鲁吧。不过，她怎么还能期待情况有什么不同呢？

　　身后的公寓门开了，吓得莫妮卡一跃而起。一大束浅黄色玫瑰长驱直入，哈扎尔紧随其后："希望你不要介意，我借用了你的钥匙。"他说着伸手将玫瑰放在桌上，手一直在颤抖。

　　莫妮卡已经见过了各种各样的哈扎尔——管她叫"蠢婊子"的粗鲁恶棍，圣诞节凯旋的英雄（然而并不是），工作努力、果断坚定的园丁、生意人，还有昨天那个不负责任、蛮横无理的讨厌鬼——但是在所有这些面目中，有一点确信无疑：他在任何一个房间里所占据的空间都比他高大的体形所需要的空间大得多。

但这个哈扎尔与从前的都不同。他看起来糟透了，首先，疲惫、松垮、苍白，仍旧穿着皱巴巴的晨间礼服，但是，更让人手足无措的是，他看起来犹疑不定。前一天晚上华而不实的空话和自信全都退了潮，留下一个缩水的他，伤心沮丧，眼中的光芒都黯淡了。

"谢谢你。"莫妮卡说着拿起玫瑰，给厨房的洗涤槽里放满水，为花朵保鲜。这些事需要马上就做。哈扎尔重重地坐进了沙发里。

"莫妮卡，我不知道该说什么。"哈扎尔开口道，"我昨天对你太恶劣了，不可原谅。我真的很抱歉，很抱歉。那个人不是我。至少，我猜他只是我身上的一部分，是我想要永远锁起来的一部分。我特别痛恨喝醉酒以后的那个自己，我真的特别喜欢过去几个月里我变成的那个人。而现在，我把一切都毁了。"

他坐在那里，捧住脑袋，头发黯淡无光，满是汗水，全都垂落到眼前。

"你昨天真的很糟糕，"莫妮卡说，"糟糕得难以形容。"可是她意识到，这还是第一次，她看到了真正的哈扎尔。这个有缺点的、缺乏信心的、脆弱的男孩肯定一直都在，只是躲在了气势汹汹的假面之下。一直生他的气似乎不大公平。很显然，他一直都做得很好。莫妮卡叹了口气，昨天晚上回家的路上，有些话她一直在脑海中反复排练，但现在，她选择搁置一边。

"我们就从今天重新开始吧。嘿，你在这儿等着。我下楼去，弄点儿咖啡，然后安排本吉照管咖啡馆。"

莫妮卡和哈扎尔分坐在沙发的两端，共享一条羽绒被和一桶爆米花，背对背地看剧。哈扎尔伸手去拿爆米花时，莫妮卡注意到他的手指甲，都咬到了活肉部分，围绕指甲一圈的皮肤红彤彤的，布满伤口。这让她鲜活地想起了母亲去世后自己的那双手，红肿发炎、开裂，因为不停地洗啊洗啊，鲜血直流。她不确定自己是不是在试图帮助哈扎尔，或者是要治愈自己，但是她必须说出这个故事。

"你知道吗，我真的很理解那种强迫症的感觉，有一种压倒性的需求，一定要做点儿什么，即便你知道不应该这么做。"莫妮卡说，她并没有直接看着哈扎尔，而是凝视前方。哈扎尔什么也没说，但莫妮卡能感觉到他在听，所以她继续往下说。

"我16岁的时候，妈妈去世了。就在圣诞节之前，在我读高中的那年，她想死在家里，所以我们就把起居室变成了病房。由于她的免疫系统已经被化疗全面破坏，麦克米兰护士告诉我，无论何时，都要给她的房间消毒。这是我能够掌控的事情。我无法阻止妈妈去世，但我可以杀死所有的小虫子。所以我不断地清洁啊清洁，每个小时都要洗手，洗好几次。甚至在她去世后，我都没有停止。即便整双手都开始脱皮，我也没有停止。即便学校里的同学都在背后对我的手议论纷纷，当面叫我疯子，我也无法停止。所以，我都明白。"

"莫妮卡，很抱歉。在那个年纪失去母亲真的很糟糕。"哈扎尔说。

"我没有失去她，哈扎尔。我特别讨厌那种表达。听起来就好像是我们去商店，结果我把她给丢下了。她并没有翻篇，或者悄然离开。并没有这么温柔，这么平静。死亡很原始，很丑陋，很恶心，而且很不公平。"这些词语划伤了她的喉咙。

哈扎尔拉过她的手，又松开，然后握住了："你爸爸呢？他帮不上忙吗？"

"他也在挣扎。他是个作家。你看过那些童书吗？背景是一片名叫龙利亚的幻想大陆。"她用余光看见哈扎尔点了点头，"那就是他写的。所以他会隐匿进书房，把自己深埋在一个更公平的世界里，在那里好人总能胜利，邪恶总会被打败。妈妈去世后的第一个圣诞节，我们就像两个遭遇海难的水手，都奋力地让自己漂在水面上，但也只能紧紧抓住四分五裂的残骸。"

"那你是怎么好起来的呢，莫妮卡？"哈扎尔柔声问。

"在好起来之前，我是越来越不好了。我休学了一段时间，甚至一步都不离开家。我把自己淹没在书籍里。还有，不用说也知道，我做清洁。爸爸用版税来支付大量治疗费用，等我完成中学高级证书考试的时候，我好了很多。不过我对卫生战线还是过度热衷，但更重要的是，我完全正常了！"她略显反讽地说。

"我觉得你是我认识的人里最正常、最理智的一个。这恰恰是个证明，不是吗？"哈扎尔说。

"好吧，我觉得你是我认识的人里最清醒的一个，直到昨天以前。"莫妮卡说着咧开嘴冲他笑了。

新一集自动加载，他们转过脸去看屏幕。

哈扎尔抓了一大把爆米花，把一粒果仁弹到了屋子的另一边。莫妮卡不知它掉在了哪里，结果哈扎尔又来了两遍。

"哈扎尔！"莫妮卡尖声大喊，"你觉得你自己是在干吗？"

"可以称为厌恶疗法。"哈扎尔说着又弹出去一粒爆米花，"你就试试看，好好看上一整集，不要去管爆米花。"

莫妮卡能做到，她当然能做到。但是话说回来，这该死的一集有多长时间？她努力不去想那些流浪的果仁，落进各种裂口、缝隙，或者潜伏在家具下面，她坐了十五分钟，感觉像一个小时那么漫长。

真是够了。莫妮卡起身去拿吸尘器。

他们俩追踪并吸起了每一粒果仁，然后再次坐下，哈扎尔说："干得漂亮，莫妮卡。"

"你根本不知道这对我来说有多难，哈扎尔。"莫妮卡说。

"这你可就错了。"哈扎尔回答，"我绝对知道有多难。我每次从酒吧跟前经过的时候就是这种感觉。你知道的，我们或多或少都算是在努力逃离生活——我的毒品，朱利安的隐士生活，爱丽丝的社交媒体。但你不是。你比我们任何一个人都要勇敢。你直面人生，与之战斗，并控制住它。只是，有时候控制得太多了。"

"我们都应该跟莱利学一学，是不是？"莫妮卡说，"他对我们来说才如同良药。"

"嗯……"哈扎尔回答。

他们沉默地坐了一会儿。一开始是分别坐在沙发的两头，但是现在，都坐到了中间，面对面，摇晃着双腿，手臂撑在两边。

"你知道吗，莫妮卡，你应该把那个故事写进笔记本里。"哈扎尔说，"应对母亲的去世，走出来，走到彼岸。那才是你的真相，并不是什么婚姻或者宝宝之类的琐事。"

莫妮卡知道他说得对。

"只是出于好奇啊，"哈扎尔问，"你橱柜里的所有罐头都是面朝外的吗？"

"当然了。"莫妮卡回答，"不然你要怎么看标签呢？"

哈扎尔伸出手去，小心翼翼地从她的头发里清出一颗爆米花，放在了茶几上。就在那一瞬间，莫妮卡以为他要吻自己了。但是，他没那么做。

"哈扎尔。"莫妮卡唤他。他转过身来，一心一意地望着她。

"你能把那颗爆米花扔到垃圾桶里吗？"

58　莱利

　　莱利认定，英国人和他们的天气一样一样的。他们变化无常，难以预料，错综复杂。有时候看上去要放晴了，结果狂风不知从哪里冒出来，天上也会下起冰雹，在人行道和引擎盖上蹦蹦跳跳。无论你多么勤勉地观察云朵变幻或者天气预报，也永远无法肯定接下来会是什么天气。

　　自那场灾难性的婚礼之后，哈扎尔一直魂不守舍。莱利确定他并没有继续喝酒。哈扎尔深深懊悔，似乎是上了艰难的一课，但他真的太垂头丧气了。

　　与此同时，莫妮卡则开朗了些许。他们有很多时间在一起，在她的沙发上共度一段段热烈的时光，但是她很像带刺的玫瑰——美丽，芬芳，满载承诺，但是如果你靠得太近，就会有刺。

　　虽然莱利留宿了几晚，可他们依然没有做爱，这让莱利困惑。对他而言，性爱是人生中最简单的快乐之一——就像冲浪，新鲜出炉的油酥糕点，日出时痛快的远足。如今他们之间不再有秘密蛰伏，他看不出克制的意义。可是莫妮卡似乎给性爱加载了太多意义，靠近得小心翼翼，好像那是颗还未爆炸的炸弹。

　　而且她还没有告诉莱利，要不要和莱利一起旅行。并不是说这对莱利的计划有什么影响。毕竟他压根儿不需要计划，只要整理好旅行包，径直去往火车站，看看接下来会发生什么，这样就行。但是他很想知道答案，只有这样，当他想象自己坐在圆形大剧场的台阶上时，才能知道，要不要想象莫妮卡坐在自己的旁边，或者没有莫妮卡。

莱利从种植多年生花草的花坛里拔除一小棵杂草，在他们开始工作前这片花坛就已经非常整洁。庞森比太太是个完美主义者，没有野草，没有阴毛。也没有乐趣，莱利猜。她给莱利和布莱特做了杯茶——是那种有保健效果的茶，喝起来有点儿花草味儿。莱利还是更喜欢普通的茶，喜欢他熟悉的茶。

庞森比太太把马克杯递给莱利，无意中碰了一下莱利的手臂，和他对视的时间有点儿过长。

"如果你有任何需要，一定要告诉我，莱利。"她说，"任何需要都行。"就像20世纪70年代情色电影的剧本。这些切尔西的家庭主妇是怎么回事儿？是无聊吗？她们是否就是想要寻找某种比平常做的普拉提更有趣的锻炼，抑或是冒险的刺激感吸引了她们？又或者，这只是莱利自己的幻想，庞森比太太唯一提供的只是一块有机巧克力碎块饼干而已。

莱利一结束这边的工作就要去"妈咪小帮手"，他要为莫妮卡的咖啡馆栽几盆黄水仙。他们的想法是，在3月4号的美术课上，让咖啡馆花团锦簇，纪念玛丽过世十五周年。莫妮卡正在烤蛋糕。托儿所的丽兹是爱丽丝的新朋友，玛丽还活着的时候她就住在这一带，所以她自告奋勇地试试看，从网络上找一些玛丽的照片，这样他们就能把照片印到卡片纸上。

丽兹走进爱丽丝的生活后，爱丽丝转变了不少。她看起来没有那么疲惫了，也不再那么烦躁不堪。此刻邦蒂正安安稳稳地睡着，因为丽兹"给她建立了一套日常秩序"。莱利不明白这到底是什么意思，但爱丽丝宣布这件事的时候，就好像丽兹成功分裂了基因组。当然，莱利也不知道基因组是什么，但这不相干。因为丽兹帮助爱丽丝做了大量照顾宝宝的工作，所以爱丽丝再也不用走到哪里都拖着邦蒂，也不再总盯着手机看。显然，丽兹说她应当削减社交媒体使用时间。爱丽丝现在说每句话都要以"丽兹说"开头，说实话，这样有点儿烦人。

朱利安依然不知道他们要举办纪念派对。或许他都不曾意识到，莫妮卡已在心中默默记下了他前阵子偶然提及的日期。就连爱丽丝也努力保守秘密。一定会是个巨大的惊喜。

59　丽兹

　　迄今为止，丽兹忍住了窥探爱丽丝抽屉的渴望。这么做似乎有点儿背信弃义。然而，她对麦克斯可没有信义可言，所以她痛快地翻了一通麦克斯的抽屉。并没有看到任何迹象表明麦克斯在乱搞——口袋里没有可疑的收据，领子上没有唇印，也没有藏起来的纪念品。丽兹是嗅探不忠的行家——就像寻觅松露的猪。她松了口气。爱丽丝虽然为人轻浮，但她是个热心肠，绝对不应承受丈夫的背叛。然而，丽兹并不打算就此放过麦克斯。如果不是有别的女人让他远离家庭，那就是筋疲力尽的妻子和幼小的宝宝不重视他，冷淡他。

　　丽兹也格外注意他们的垃圾。爱丽丝和麦克斯有大量的酒瓶要处理，丽兹怀疑爱丽丝喝得最多。但是呢，从好的方面来看，自从丽兹想方设法地让邦蒂形成了更有序、更可控的日常秩序后，酒瓶子的数量逐渐减少了，这是值得高兴的。

　　最后，她飞快地刺探了一眼浴室的垃圾桶，那里一向很有趣。这一次也同样没让人失望。她发现了一板空空的安眠药（难怪麦克斯在夜晚哺乳期间帮不上忙），还有一根用过的验孕棒。是阴性，谢天谢地。要是中彩的话，爱丽丝非疯了不可。至少，她和麦克斯还会做爱。

　　现在，她怀着强烈的兴趣，打开爱丽丝的电脑进行谷歌搜索，寻找朱利安亡妻的照片。她喜欢翻查互联网，那里就好像一个巨大的内衣抽屉，等着别人挖掘出它的全部秘密。丽兹迅速查询了一下浏览记录。很显然，麦克斯在看一些色情片，但没有什么特别过分或者违法的。

她搜索玛丽和朱利安·杰索普，找到了一张婚礼当天的绝佳照片，两人并肩站在切尔西市政厅门前的台阶上。玛丽穿了一身白色的超短连衣裙，脚踩白色高跟靴；朱利安穿着相当体面的白西装，搭配了喇叭裤和真丝衬衫。两个人全都开怀大笑。丽兹把照片发送到爱丽丝的打印机上。在结婚照下面，她发现了玛丽的姓氏：桑迪兰兹。丽兹再一次打开搜索引擎，这一次，她键入了玛丽·桑迪兰兹。现在就更有意思了。

丽兹听到钥匙插进锁孔，于是立刻关闭了正在浏览的页面。

"嘿，丽兹！都还好吗？"爱丽丝问。

"一切都好，好极了。我给邦蒂喂了一些婴儿米粉和苹果泥，她一沾枕头就睡着了，非常准时。我怀疑你得等到早上六点才能听到她哼哼一声。"

"你真是天使。"爱丽丝边说边脱掉羊绒大衣，挂在门后的钩子上，甩掉让人头昏脑涨的高跟鞋，一屁股坐到厨房的桌子边，挨着丽兹。麦克斯则径直上了楼。她听见麦克斯关上了书房的门。

"约会之夜怎么样？"丽兹询问。

"挺好的，谢谢你。"爱丽丝回答，丽兹觉得她并不是很激动，"有一家很梦幻的餐厅，就沿着这条路下去，超级时髦。哈扎尔也在，和一个女孩儿一起，超有魅力的姑娘。照片找得怎样了？"

"很不错。我找到了一张特别可爱的照片。玛丽让人过目难忘。会让我想到奥黛丽·赫本。都是大大的眼睛，无辜的模样，像小鹿斑比一样。你看看。"

丽兹坐在床上，默默听着杰克打鼾。有时候，鼾声会戛然而止，安静很久很久，仿佛一个世纪悄然流逝，丽兹便疑惑，他是不是死了，如果真死了，她又会有多在意呢。然后，像是猛烈发动的汽车引擎，死而复生，他又开始打起鼾来。丽兹挠了挠头。该死的。她特别肯定，托儿所里的那种小虫子又让她头发里长虱子了。在清除干净之前，她是不是应该睡到客房去？她看着杰克近乎光秃秃的脑袋，迷路的虱子想在上面找到藏身处的可能性微乎其微。她不想再跟他进行一番有关寄生虫的讨论。他花了两个星期时间才搞明白线虫的问题。

丽兹把手伸向自己的内衣抽屉——为这种讽刺而暗笑——她拽出在托儿所捡到的那本笔记。轮到她来写了，她知道该写什么。

60　哈扎尔

婚礼后的第六天，哈扎尔终于觉得一切都回到了正轨。他的身体已经从狂欢作乐里恢复过来，内心感到前所未有的坚定。惊人的破戒反而提醒了他，戒断的人生为何更加美好。他还学到了"只喝一杯"是他永远也不可触及的海市蜃楼。

哈扎尔的生意进展不错，在记忆中，这还是他头一回觉得快乐而平和。生活中只有一个部分还让他牵肠挂肚。除了美术课上的朋友之外，哈扎尔没有社交生活。因为他已经清醒过来，所以变得有些离群索居，但是这种情形不可能永远持续下去。而且，自己差一点儿就吻了莫妮卡，这件事也让他略感震惊。不仅因为莫妮卡绝不是他喜欢的类型，还因为她是莱利的女朋友，哈扎尔不跟别人的女朋友乱搞。至少，不再如此。

可问题是，哈扎尔完全想不起来，自己究竟喜欢哪种类型的姑娘呢？

哈扎尔正努力用梳子梳开一头乱糟糟打结的头发，就在这时，他注意到有样东西半藏在五斗橱里，颇像塞了字条的漂流瓶，把过往历史抛进大海，结果被冲上了今日的海岸，那是一张字条。上面写着"她叫布兰奇"，字迹歪歪扭扭的。名字下面，是女孩的笔迹，写着"她的电话号码是07746 385412。打给她"。

哈扎尔微微一笑。绝大多数女人如果发现这张字条肯定暴跳如雷。或许布兰奇比外表看着更有内涵呢。毕竟，如今的哈扎尔已然面目全非。毫无疑问，这姑娘肯定是他的菜——出挑，金发碧眼，自信，时刻准备就绪。他可以给她打电话。新开了一家餐厅，超级时髦，恰好是他喜欢的那类风格，就在这条路上。他们今晚就可以去，如果她有时间的话。

哈扎尔对餐厅的判断非常准确。这就是属于他的地方——极简主义，工业风，俊男美女济济一堂，充斥着流言蜚语和取巧的伎俩。可是这里太可怕了。他止不住地回想他在"莫妮卡咖啡馆"里的那张桌子，落地灯下老旧的皮质扶手椅，书籍环绕。他凝望自己的约会对象，试图看透那双蓝色明眸背后的东西，而他唯一看到的只有倒映其中的自己的脸。

布兰奇以一种漫不经心的时髦方式将她点的苦菊和甜菜根沙拉摆在餐盘里。她最多只吃了几口。与此同时，哈扎尔饥肠辘辘，扫光餐厅提供的小份的食物。这对哈扎尔来说是一种全新的感受。他已经很多年没在高级餐厅吃过饭了。

"你也特别喜欢这地方吧？"布兰奇说。这已经是第三遍了，她是喊着说的，为了盖过嘈杂的背景音。

"没错。"哈扎尔说，而后又努了努力，试着多聊一些，"我很好奇我的朋友朱利安会怎么看待这些艺术装饰。他是个画家。"他指向天花板上垂下来的艺术装置，丑陋不堪，毫无意义，像极了某个嗑了药的人设计的儿童手机。

"哦，画家！我知道他吗？"布兰奇惊叫。

"我持怀疑态度。他已经79岁了。"哈扎尔说。布兰奇看上去没什么兴趣了。

"哈扎尔，你真的太暖了，居然还照顾老年人呢！"她咻咻笑着说，"你知道的，上学的时候，我们必须去陪老年人喝茶，每周一次，是社区服务的一部分。我们都管这种活动叫'打劫老人'。"她伸手在空中画了一对双引号，"我们显然不是真的打劫任何人。只是坐着，坐在弥漫着尿臊味儿的房间里，听着没完没了的废话，讲的都是过去的日子。我们呢，就数着分秒，然后找时机逃出去和同伴抽烟，再回学校。"她咯咯咯笑起来，而后呈现出若有所思的神情，"嘿，你觉得他会在他的遗嘱里给你留下巨额遗产吗？"

哈扎尔瞪着她。他一直在想莫妮卡，想着如果莫妮卡在这儿的话，他该有多开心。可真奇怪啊，因为"开心"和"莫妮卡"是通常不会放到一起的两个词。反正，她是不可能在这儿的。莫妮卡绝不可能在这种地方订桌。他努力将注意力集中回无须动脑的闲扯，共同的熟人啦，没有灵魂的地方啦，毫无意义的社会地位的象征之类的。

哈扎尔清楚地意识到，他是再也不可能契合从前的生活了。如今他已经是截然不同的姿态，不合适了。而且他怎么也摆脱不了这种想法：无论怎么努力尝试，最适合他的位置或许是和莫妮卡在一起。莫妮卡，他所认识的最强大也最脆弱的女人。

哈扎尔找准机会付了账单，布兰奇吃的沙拉贵得吓人，哈扎尔皱了皱眉头。布兰奇在酒吧里看到了几个朋友，于是哈扎尔就把她留在了那里。餐厅彼端，他看到爱丽丝和丈夫正在吃晚餐。多美好啊，即便已经结婚，有了孩子，他们依旧可以像这样共进浪漫晚餐，在彼此的陪伴下舒服自在，根本无须交谈。

哈扎尔走出餐厅，来到富勒姆路上，打"莫妮卡咖啡馆"门前经过。楼上的公寓里亮着一盏灯。她很可能跟莱利在楼上。

哈扎尔头也不回地朝自己空空荡荡、安静而安全的家走去。

61　爱丽丝

　　和麦克斯的"约会之夜"过后，爱丽丝依然觉得有点儿……嗯。在火车上和莫妮卡聊过后，她突然想要找回感情生活中的浪漫，于是就在富勒姆路上新开的餐厅订了位。两人都到了以后，她犯了个错，她告诉麦克斯，绝对禁止谈论任何与邦蒂有关的事情。问题是，他们俩似乎都想不起，邦蒂降临之前，他们都聊过些什么，因此挨过了一段漫长而尴尬的沉默。爱丽丝这才惊恐地意识到，他们刚在一起时，嘲弄过那些坐在餐厅里却无话可说的夫妻，可如今，他们自己变成了那样。

　　爱丽丝拍了张照，传到 Instagram 主页。这是三天来她上传的第一张照片。她正努力掌控一切。但是这张照片她不能不发，因为"莫妮卡咖啡馆"看上去太美了。他们点了许多蜡烛，桌上堆满了黄水仙。中间的桌子上有好几张朱利安和玛丽的醒目照片，一块柠檬蛋糕（朱利安的最爱），还有几瓶百利甜酒。

　　"我现在开始焦躁了。"莫妮卡说，"你们会不会觉得这有点儿病态，为某个故去的人开派对？我们是不是应该趁朱利安还没来，赶紧把这些全都清理了？"

　　"不，非常可爱。"哈扎尔说，"为我们深爱过的人庆祝真的意义重大。而且，不管怎么说，过去十五年来，每个星期五下午的五点钟，朱利安不是一直在这样做吗？只不过，现在有朋友跟他一起庆祝了。"

　　哈扎尔的话令爱丽丝惊讶，她从未想过他竟然如此有共情能力。

这人可真是个矛盾综合体。如果不是为了麦克斯，她此刻就会有那么一点点儿爱上他了。爱丽丝看向他的时候，发现他正微微蹙眉。爱丽丝顺着他的目光看过去，看到莱利正拥抱莫妮卡。有意思。当你不盯着手机屏幕看的时候，就能注意到许多事儿。谁知道呢？

一切准备就绪，已经过了七点。整个班级集合起来，翘首以待。唯一缺席的就是朱利安。

"朱利安上课从来没有迟到过。"莫妮卡说，全然无视恰恰相反的证据，"他最为认真对待的就是他的课。哦，还有时尚，显而易见。还有那只遢里遢遏的狗。"

"它不是狗，亲爱的。"莱利惟妙惟肖地学着朱利安的口吻说道，"它是个杰作。你觉不觉得我们或许可以马上开始喝百利甜酒？他肯定能赶上。"

"当然。"莫妮卡说着又朝门口望了望。

七点半，气氛有点儿低落。大家努力转移莫妮卡的注意力，但是没用。爱丽丝拿起手机，加载朱利安的Instagram主页。

"莫妮卡，我追踪了一下我们的明星客人，"爱丽丝说，"他刚刚发了一张照片，是他自己和一个电视真人秀的演员阵容的合照，在斯隆广场。"

"该死的。真是个卑鄙的家伙。"莫妮卡说。自从圣诞节那天，莫妮卡把她从这间咖啡店里赶出去后，她还没听莫妮卡这么气急败坏地说过话呢。"他还不接我电话。"

"我给他发消息。"爱丽丝说，"我打赌他肯定在看消息。"

"朱利安，现在马上抬起你那枯瘦如柴的屁股到莫妮卡咖啡馆来，否则她就要气炸了。爱你的，爱丽丝。"她一边打字，一边看着莫妮卡来回踱步，每走一步人就绷得更紧一点儿。

已经过了八点，朱利安终于出现了。爱丽丝觉得，他看起来并没有莫妮卡所期待的那么抱歉。他需要马上卑躬屈膝地开口才行。爱丽丝很清楚,上了莫妮卡的黑名单是什么感觉,一点儿都不好玩。

"太抱歉了,大家!希望你们没有我也自行开始了!你们永远也猜不到发生了什么……上帝啊,这都是怎么回事儿?"

"好吧,我们给你准备了一个惊喜派对。我们猜你今天可能会有点儿低落,因为今天是玛丽去世十五周年,所以我们想着,可以帮你一起缅怀她。"莫妮卡说,声音冷硬如铁,"你忘了纪念日,是不是?"

"没有,当然没有!"朱利安说,可他显然忘了,"感谢你们所做的这一切。我没办法告诉你们,这一切对我来说有多重要。"爱丽丝看向莫妮卡,看看朱利安有没有成功安抚莫妮卡。一点儿也没有。

"所谓的真实性怎么了,朱利安?分享真相怎么了?你究竟还知不知道什么是真实?"莫妮卡说。所有人都陷入了沉默,他们的目光在朱利安和莫妮卡之间来回穿梭,像是观看温布尔登网球锦标赛决赛的观众。

"好了,好了,莫妮卡,我只是个愚蠢至极的老家伙,很抱歉。"朱利安说,听起来一点儿说服力也没有,他举起双手,仿佛是在躲避进攻。但莫妮卡还没结束。

"你为什么把所有时间都花在那些Instagram'好友'身上——"她气势汹汹地为"好友"这个词伸手比画了个双引号,"和那些肤浅、平庸的名流一起,上帝保佑,却不愿和真正在乎你的人在一起?你根本就不懂什么是友谊。"

门开的时候,爱丽丝深深松了口气,觉得新来的人可能打破这剑拔弩张的气氛。确实,新人的出现的确让莫妮卡瞠目结舌。

她的目光从朱利安的脸上挪开,扭头去看门口,只见一位衣着得体、满头华发的陌生人,可又分外眼熟。

"这是个私人派对。"莫妮卡说,"有什么需要吗?"

"你肯定是莫妮卡吧。"新来的人说道,看上去心平气和,全然无视房间里明显的紧张氛围,"我是玛丽,朱利安的妻子。"

62 玛丽

玛丽一直到晚上才有机会拆看邮件。安东尼的儿子加斯和威廉姆双双带着妻子和孩子过来吃午饭。两兄弟一共有五个孩子，玛丽像疼爱亲孙儿一样疼爱这些孩子。只要妈妈们稍不留神，玛丽就偷偷给他们塞硬币、巧克力棒和芝士条。

今天她热衷于扮演女家长，坐在自己的位子上，在长长餐桌的一头，看着他们尽情享受她的烤肉盛宴。这是一张擦洗干净的橡木桌，她的伴侣安东尼坐在桌子的另一头。但是，如今到了75岁的年纪，她还是发觉，像今天这种日子真是让人筋疲力尽。

总的来说，那堆邮件都乏善可陈。最近总是这样，惊喜都是为年轻人准备的。一张电费账单，一本博登时装的目录，一封来自某位女士的感谢信，上周她邀请这位女士来吃了午饭。但是其中有一个超薄的袋子，上面有手写的地址，字迹她不认得。收信人的名字写着玛丽·杰索普，一个她弃用了十五年的名字。她一离开切尔西工作室就变回了玛丽·桑迪兰兹，改名字就好像是重新找回了从前那个自己。

她不仅把婚后的姓名留在了十五年前，也把一切都留在了那里。她写了张便条解释，一年又一年，她要忍受来自其他女人的羞辱与伤害，终于，她受够了。她还留下了大量操作指南，比如，如何操作洗碗机，就写在小字条上，藏遍小别墅的各个角落。她照顾了朱利安太久，她很清楚，朱利安会发现，没有她在，将寸步难行。或许每当他发现一张字条，就会想起自己为他做了多少。这个念头多少让她获得了一丝安慰，直到她意识到，只要朱利安一朝清空了她的衣柜，可能马上就会让某个模特住进来。

某种直觉告诉玛丽，打开包裹之前最好先坐下来，因此她舒舒服服地把自己安顿在厨房的扶手椅里，戴上阅读眼镜，用厨房剪刀小心翼翼地划开牢牢绑着胶带的信封。里面是一个笔记本，包了塑料封面，封面上写着：真相漂流计划。真奇怪。为什么有人把这东西寄给她呢？她翻开了第一页。

玛丽马上就认出了上面的笔迹。她想起了第一次看到这个笔迹的情形。这个笔迹当时写下的是："亲爱的玛丽，如果你能在星期六晚上九点到常春藤来和我一起吃饭，我将倍感荣幸。真诚的，朱利安。"

她想起了那些字迹所带来的全部魅力与激动。常春藤，她如雷贯耳，却从来没有去过，也从来没有晚上九点还吃饭，但最重要的是写下这些的人——朱利安·杰索普，那个画家。她把有字的一面翻过去，背面是一张速写——只是草草几笔铅笔粗线条，但是，即便如此，玛丽也不会搞错，那是她自己的脸。

为什么是她？她完全没有头绪，可还是满怀难以置信的感激。这份感激她保留了四十年之久，直到有一天，她发现自己的感激之情消失无踪。之后不久，她也紧跟着离开了。

玛丽开始看笔记。

我很孤独。

朱利安？他可是大家全都围着转的太阳，用他的地心引力将所有人牢牢维系在身边。朱利安怎么可能孤独？隐形？

她又接着读下面的内容：

玛丽……60岁时就早早离世。

这个浑蛋。他把她给杀死了。他怎么敢这么写？

玛丽觉得自己完全不该惊讶。朱利安与真相之间总是保持着充满弹性和创造性的关系。他能在脑海中重写大大小小的事件，从而满足自己的需求，这是他的能力，让他能够长时间地对自己撒谎。所有那些模特，他只是画她们，别的什么也没有，她怎么会想到那种事儿的呢？她就是愚蠢、妄想、嫉妒。然而，性爱的味道，混合着绘画颜料，和微尘一起悬浮在空气中。从那以后，她再也闻不了油画的味道，那会让她想起曾经的背叛。

她花了很多年甚至几十年，避免去看那些八卦栏目，每当她走进房间就停止聊天的那群人，她也都当作没看见，然后他们便迅速切换话题。她试着不去注意某些女人脸上同情、惋惜的表情，还有另一些女人充满敌意的目光。

接下来，迅速跟上来的是朱利安最新的谎言，一个简简单单的事实：

我曾是被爱得更多的那一个……我将玛丽视为理所当然。

玛丽意识到，正因如此，她才留在他的身边那么久：他让玛丽觉得自己不如他，仿佛他方方面面都比玛丽强。能得到恩准与他共同生活，留在他的苍穹之中，玛丽就应当欢天喜地。

打破平衡的真是不足挂齿的小事。玛丽早早回家，仍旧穿着助产士的制服，本该顺利接生，结果却成了妊娠期中的子宫无痛性收缩。朱利安四仰八叉地躺在沙发上，什么都没穿，只穿了画画的罩衫，抽着法国高卢烟。他最近在画的模特达芙妮就站在火边，浑身赤裸，只穿了一双细跟鞋，正把玩玛丽的中提琴，技艺拙劣。

已经有很多女人跟她丈夫周旋多年，但是没人动过她的中提琴。她把达芙妮推了出去，不顾朱利安什么艺术什么缪斯的标准声明，还有什么她过度泛滥的想象力，那只是个该死的中提琴而已。

多年以来，玛丽始终想着，朱利安终有一天会戒掉女色，终有一天，他会发现自己失去了欲望，或者能量，抑或不再有吸引力。然而，唯一改变的却只有玛丽与朱利安那些女孩的年纪，鸿沟越来越大。玛丽估计，最近的这个，肯定比自己要小30岁。于是第二天，在朱利安画沃里克郡的登比伯格女爵时，玛丽留下了小小的家务字条，也留下了朱利安。

她从未回头。

一年后，她遇见了安东尼。安东尼很爱她，现在依然爱。他不断告诉玛丽，能找到玛丽他多么幸运。他让玛丽觉得自己很特别，值得被爱，安心踏实。他从未让玛丽觉得感激，但玛丽真的很感激他——每一天都如此。

她试过给朱利安打电话，商量离婚的事情，也给他写过几封信，结果杳无回音，所以最终放弃了。她不需要一张官方文件才能感觉到与安东尼在一起的安全感，而且，第一次婚姻的结果也并不怎么好。

有时候她也会好奇，朱利安是不是去世了。她已经很久很久没听过他的消息。但是骄傲的心阻止了玛丽去网上搜索他，或者去找那些可能知道他在哪儿、在忙什么的人。反正，作为他的官方直系亲属，如果他真死了，肯定会有人通知她吧？

她飞快地看了笔记里跟在朱利安后面的那些故事，完全无法集中精力，尽量——但失败了——不要急着下判断。

莫妮卡——努力让自己放松一点儿。

哈扎尔——勇敢的男人，对抗内心的恶魔。

莱利——可爱的孩子，希望你得到你的姑娘。

爱丽丝——你都不知道，拥有那样一个宝宝的你是多么幸运。

只剩一个故事了，很短。肯定是把本子寄给她的人写的。字迹大得吓人，奇奇怪怪的，在"爱"这个单词的字母"O"里还画了个笑脸。

亲爱的玛丽：

　　我叫丽兹·格林。以下是我的真相：我真是太好奇了。有些人可能会说我八卦。我爱大家——爱他们的怪癖、力量和秘密。因此我才发现了你，根本就没死，而是住在萨塞克斯的刘易斯。

　　关于我，你还应该知道的一件事是，我痛恨欺骗。我要保护所有人免受伤害，只要他们对我诚实，对自己诚实。而朱利安，如你所知，并没有做到诚实。

　　如果有什么目标是这本笔记一定要达到的，那就是让它的创造者更加真实。

　　因此，我才给你寄了这本笔记，因此我才要告诉你，朱利安在莫妮卡咖啡馆教美术课，每个星期一晚上七点。

爱你的，
丽兹

63　朱利安

　　她人在这里，让朱利安惊恐万分，但又因为看见她而万分激动，怎么会呢？这种相互矛盾的感情仿佛熔岩灯里的两种颜色，猛烈对撞。她不一样了，当然不一样——都十五年了。她的脸已经——松弛下垂了——有那么一点儿。但她还是像白桦树一样，挺拔，高大，有力，闪闪发亮。

　　她一直如此吗？是他一直不曾注意到，还是她离开之后才变成这样？紧接着，他又有了一种不舒服的领悟：或许是他破坏了这一切——破坏了她的光芒。一开始，正是这种光芒将朱利安吸引向玛丽，然后，他亲手掐灭了它。

　　朱利安想起了第一次看到玛丽的情形，在圣斯蒂芬医院的自助餐厅里。他弄丢了钥匙，在翻墙进工作室的时候弄破了脚指头。他听见其他的助产士喊她的名字——玛丽。他没办法不去看她，所以在始终随身携带的速写本上画了她的肖像，在另一面写上了晚餐邀请，撕下来，跛着脚从她的身边经过时，把这张纸放在了她手中的托盘上。

　　"你好，玛丽。"此时此刻，朱利安说，"我很想你。"寥寥几个字，根本不足以表达十五年来的悔恨与寂寞。

　　"你杀了我。"玛丽回答。

　　"你的离开杀了我。"他说道，紧紧抓住身边的椅子作为支撑。

　　"你为什么要说谎，朱利安？"莫妮卡问道。这一次语气温和。玛丽抢在朱利安前面给出了回答。

"他只是希望你们喜欢他。一直以来，他唯一的执念就是让人们喜欢他。你看……"玛丽顿住了，寻找准确的词语。咖啡馆里唯一的声音来自外面的车辆，它们仍旧沿着富勒姆路轰隆隆地穿梭着。"如果真相不是他想看到的那样，他就会改掉。就像往一幅画上叠加更多的颜色，从而遮住瑕疵。不是吗，朱利安？"

"没错，虽然不仅仅如此，玛丽。"朱利安说，而后停住了，像是渴望氧气的一条鱼。

"继续说，朱利安。"莫妮卡说。

"我猜，相信你去世了，比不断提醒自己是我把你逼走的要容易。所有女人，所有谎言。我很抱歉。我真的非常、非常抱歉。"朱利安说。

"你知道的，并不只是那些女人的原因，朱利安。那些我早就习惯了。是你让我觉得自己微不足道。你是那么有能量。你像太阳一样。一旦你对什么人感兴趣，就会将光线转向他们，他们便陶醉于你的温暖之中。但是紧接着，你又转向了别处，将他们留在阴影之中，于是他们便使出浑身解数，拼命去重新创造对于光线的记忆。"

朱利安几乎不敢看玛丽，他辜负了自己的新朋友，正如多年以来他辜负了那么多人。

"我并不想伤害你，玛丽。我爱你。我仍旧爱着你。"他说，"你离开以后，我的世界分崩离析。"

"所以我才来到这里。我读了你的故事，在笔记本里。"朱利安这才注意到，玛丽手里握着那本笔记。她是怎么拿到那东西的？"我原本以为你根本不会在意我的缺席，那么多姑娘里，肯定有一个会填补我的位置。我完全不知道，这对你来说竟然如此艰难。我很生你的气，但我从来都不希望你痛苦。"

她朝朱利安走去，把本子放到桌子上，握住了他的双手，"坐下来，你这个老傻瓜。"她说。于是他们双双在桌边坐下。莫妮卡给他们拿来了一瓶百利甜酒和一些酒杯。

"你知道的，我早就不再喝这东西了。"玛丽说，"它承载太多回忆了。而且，也太难喝了。我猜你是不是没备红酒，亲爱的？"

"别担心，莫妮卡，我是打折买的，可退换。"朱利安听见莱利说，好像这真的很重要似的。

"朱利安，我们要走了，给你们一点儿空间。"哈扎尔说。朱利安冲他点点头，哈扎尔把学生们引出咖啡馆，朱利安茫然地冲他们摆摆手。只有莫妮卡和莱利留下来，清理派对残局。

"你快乐吗，玛丽？"朱利安问，并且意识到，他真的希望她快乐。

"非常快乐。"玛丽回答，"离开之后，我学会了成为自己的太阳。我找到了一个可爱的男人，是个鳏夫，安东尼。我们住在萨塞克斯。"好的，朱利安当然希望她快乐，但也别太快乐。

"你看起来也挺开心的。"玛丽说，"有这么多新朋友。记得对他们好一些，不要再被那些毫无意义的事情带上歧途。"

莫妮卡拿来了一瓶红酒和两只酒杯。

"对我来说，改变可能已经太迟了。"朱利安说道，深深为自己感到悲伤。

"永远都不迟，朱利安。"莫妮卡说，"毕竟，你才79岁啊。你还有大把的时间可以让一切回到正轨。"

"79？"玛丽说，"莫妮卡，他84岁了！"

64　莫妮卡

　　"真相漂流计划"建立在谎言之上。莫妮卡和朱利安的友情似乎并非看上去的那么美好，这份情谊占据了她近期的绝大部分生活。还有什么事情朱利安也撒了谎呢？而且，她还花了好几个小时的时间来计划并安排一场悼念会，结果悼念对象并没有去世。

　　朱利安和玛丽离开咖啡馆的时候已经接近午夜。

　　玛丽走之前拥抱了莫妮卡。"谢谢你，谢谢你照顾我的朱利安。"她低声对莫妮卡耳语，呼吸仿佛记忆中的夏日微风。她紧紧地握住莫妮卡的手，倏忽而逝的岁月将玛丽的手变得柔软而纤细。而后，咖啡馆的门在玛丽和朱利安的身后合上，断断续续的风铃声宣布他们的分离。随他们一起离开的还有半个世纪的爱、激情、愤怒、悔恨与悲伤，徒留两人背后越发稀薄的空气。

　　莫妮卡为自己所做的假设感到恐惧，她以为玛丽寡淡无趣，是个受气包，远没有丈夫那么有意思。然而这天晚上她所见到的玛丽是那么美妙——她浑身散发着热量，柔软之中包裹着一种核心力量，这种力量让她能够走出近四十载的婚姻，重新开始。

　　莱利跟着莫妮卡去了楼上的公寓。

　　"这是怎样一个夜晚啊。气氛有点儿紧张，你不觉得吗？"莱利说。他竟如此云淡风轻地总结这样一个感情浓度极高的夜晚，让莫妮卡有点儿气恼。"你觉得是谁把本子寄给玛丽的？"

　　"肯定是丽兹。"莫妮卡说，"爱丽丝告诉我，本子从她包里掉出来之后，是落在托儿所了，所以丽兹才会去帮忙照顾邦蒂。"

"你不觉得她有点儿刻薄吗？让朱利安如此难堪。"莱利说。

"事实上，我觉得她是在帮朱利安，促使他与自己的谎言对峙。今天晚上离开的时候，朱利安有点儿不同了，不是吗？不那么气势汹汹、装腔作势，更真实了。我觉得，从现在开始，他会变成一个更好、更开心的人，或许他和玛丽能成为朋友。"

"或许吧。虽然他原本的样子我也很喜欢。你有什么东西吃吗？我快饿死了。"

莫妮卡打开橱柜，里面空空荡荡。

"我有一些烹饪用的巧克力，如果你想来点儿的话。"她说着掰下来一块塞进嘴巴里，感觉到能量随着甜味的注入又回来了。此刻紧张的情绪得以缓和，她意识到自己有多么饥肠辘辘、疲惫不堪。

"莫妮卡，停下！"莱利制止她，"你不能吃那个。那可是毒药。"

"你到底在说什么啊？"莫妮卡满嘴巧克力，问道。

"烹饪用巧克力，做熟之前就是毒药。"

"莱利，这是不是小时候妈妈告诉你的？"

"没错！"莱利回答。莫妮卡看着他醒悟过来。"她骗我的，是不是？为了不让我偷吃巧克力。"

"这就是我最喜欢你的地方之一。你总觉得大家都是好人，都说真话，因为你就是这样的人。你总觉得，所有事情终会有个好结果，正因如此，你碰到的事的确大多如此。对了，她是不是还告诉你，雪糕车放音乐的时候就说明卖光了？"

"是的，真的。"莱利回答，"我也有阴暗面，你知道的。所有人都觉得我特别好，可是，我和所有人一样，也有很多邪恶的想法。真的。"

"不，你没有，莱利。"莫妮卡说着坐到沙发上，挨着莱利，"你身上有太多我爱的地方了。"她说着递给莱利几块巧克力，"但是我不爱你。"

莫妮卡想起她偶然听到玛丽说的话，学着做自己的太阳。她想起了在火车上与爱丽丝的对话。*单身有诸多好处。她不需要围着别人转。她也不需要一个宝宝。宝宝并不会让快乐一直延续下去。*她知道她必须说出来的话。

"我不能跟你一起旅行，莱利。很抱歉。我必须留在这里，和朋友，和咖啡馆在一起。"

"我好像一直在等着你这么说。"莱利说道，看起来很挫败。他把巧克力放到茶几上，像放下了一个他并不想要的安慰奖，"我明白，莫妮卡。不管怎样，我最初就是打算一个人走的。我没事的。"莫妮卡知道他会没事的。莱利向来不会有事。"如果你发现你其实大错特错了，随时都能来珀斯找我。"

"在你走之前，我们仍然可以做朋友，可以吗？"莫妮卡问他，不知道自己是不是真的犯了弥天大错。很显然，这是她一直以来想要的东西，但现在，她亲手丢开了。

"当然。"莱利站起来，一边往门口走，一边说。

莫妮卡吻了吻他。这一吻比一句再见诉说得更多。它说了对不起，还有谢谢，以及我差点儿就爱上你了，但并没有。

而她不想将就生活。

莱利走了，带着莫妮卡所有美好的白日梦离开了。梦里，他们并肩驻足叹息桥，在完美的希腊小岛上，于僻静海湾里游泳，在柏林的酒吧里亲吻，乐队在一旁演奏。莱利教他们的孩子冲浪。莫妮卡则把他们带回富勒姆，带他们看看这一切开始的咖啡馆。

莫妮卡坐回沙发上，很累，很累。她望向壁炉台上摆着的母亲的照片，妈妈冲着镜头笑得灿烂。莫妮卡还记得这是什么时候拍的照片——全家人去康沃尔度假的时候，就在确诊前几周。

我知道我不需要男人，妈妈。我知道我不应该妥协。我可以照顾自己，我当然可以。

只是有时候，我希望自己不必如此。

65　哈扎尔

距离哈扎尔和布兰奇约会失败，并意识到自己对莫妮卡的感情，已经过去了一周。

他埋头工作，亲自承担一切最为繁重的园丁活计，以此来转移注意力。他不再把咖啡馆当作办公室，并且震惊于他竟然如此想念和莫妮卡的工作会议，还有双陆棋游戏。

真的很讽刺，他花了那么多个星期来给莫妮卡配对，结果呢，他唯一真心希望能跟莫妮卡在一起的人，竟然是他自己。

可惜他搞砸了。

他对那场婚礼的记忆支离破碎，但有那么一个画面牢牢地钉在脑海中，清晰度惊人，不断循环重播：*过自己的生活行不行？莫妮卡，别再这么无聊了。你又不是我妈妈，不是我妻子，甚至连女朋友也不是，真是谢天谢地不是。*反正就是跟这些话差不多可怕的言辞。

第二天莫妮卡对他很关照，之后也相当友好，无可挑剔。她似乎并没有心怀怨恨，但她绝对不可能跟自己约会，毕竟她已经见过了自己最糟糕的一面。

再说了，她就要跟莱利一起去旅行了。老好人莱利，和自己有云泥之别——值得信赖，诚实，不复杂，友好，慷慨。

如果自己真的在意莫妮卡，就应当为她高兴才是。莱利显然是正确之选。但是哈扎尔没那么善良，这就是问题所在。他残缺、自私。而且，他真的很喜欢莫妮卡。

莱利的一切都让哈扎尔心烦意乱，从傻了吧唧的澳大利亚口音到工作时吹口哨的举动。振作起来，哈扎尔，那不是他的错。莱利没有做错任何事。

　　于是哈扎尔转向莱利，跟着他一起愉快地吹起口哨："那么，你和莫妮卡第一站打算去哪里？"即便知道这番对话会让自己受伤，他还是义无反顾地问了。

　　"事实上，伙计，她并不打算跟我一起走。"莱利回答，"她说她在这里有太多事情放不下，所以我自己去，除非我能说服布莱特跟我一起。"

　　哈扎尔拼命忍住不去看莱利，生怕泄露任何一点儿痕迹，让莱利发现这漫不经心的一句话对他而言是多么的意义非凡。他意识到，他应当回应莱利，或者冒险表现出漠不关心的样子，可是他知道，一旦他这样做了，就会暴露自己。

　　会不会有这种可能性呢？莫妮卡留在伦敦都是因为他哈扎尔？他颇为怀疑，可是，这或许是个信号。显然是个机会，是他决不能放过的机会。至少在把自己搞疯掉之前，他得去和莫妮卡谈谈。

　　哈扎尔一边从过度拥挤的花坛里拔出蓟草，一边想着自己可以说些什么。

　　我知道我是个粗鲁、任性的家伙，还有成瘾问题，最近还那么可怕地对待你，不可原谅，但是我觉得你真的让人叹为观止，我们在一起的话真的会很好，如果你愿意给我个机会？好像算不上真正的自荐吧？

　　莫妮卡，你的一切我都那么喜欢，从你的力量、野心、原则，你照顾朋友的方式，以及对食品卫生等级的坚持。如果你愿给我机会的话，我愿尽一切所能配得上你。好像有点儿卑微了。

　　*莫妮卡，你写下来的所有东西——想要家庭、孩子和全部童话——好吧，或许我也可以期待这一切。*呃，事实是，他仍旧在努力

搞明白这类事情，所以他决定要诚实。他有可能长大成人，变得足够有责任感，去做一个父亲吗？再说了，他也不确定当面提及莫妮卡在笔记本里写下的那些东西是不是好主意，毕竟她对此格外敏感，这一点他和莱利都发现了。

或许他只要出现在她的公寓，见机行事就好。总而言之，他还有什么可失去的呢？

哈扎尔轻车熟路地前往"妈咪小帮手"。他得把园艺工具放过去，然而，根本没办法快速进出那地方，因为园艺小伙计们总是把他团团围住。

"嘿，费，"有个枯瘦的小男孩帮忙把工具码放在棚屋里，哈扎尔对男孩说，"你擅长跟女孩子相处吗？"

"我？我是最厉害的！"费挺起胸脯，说道，"我有五个女朋友，比利欧还多。不过他有个PS4游戏机。"

"哇哦。你有什么秘诀？你是怎么让她们知道你真心喜欢她们的？"

"太简单了。我给她们一颗我的软糖。你知道，如果真的很喜欢很喜欢她们的话，我会怎么做吗？"

"怎么做？"哈扎尔蹲下来，和费的身高齐平，问道。

费压低声音，温热的呼吸喷进哈扎尔的耳朵："我就把像心形的那颗糖给她们。"

66　爱丽丝

　　"我不知道你会不会来，朱利安，鉴于玛丽并没有去世，还有其他一切。"爱丽丝抵达司令墓的时候说。"嘿，基思。"她弯下腰来拍了拍狗狗的脑袋。基思看上去很恼怒，仿佛拍脑袋冒犯了它的尊严。

　　"结果，过去十五年，玛丽并没有去世，亲爱的姑娘。"朱利安说道，仿佛这对他而言是个新闻，"但我还是来了。不只是为了纪念她，而是为了和过去保持一线连接——我把太多东西抛在了身后。我买了这个，替代了百利甜酒。"他说着从包里拿出一瓶红酒，还有一些塑料杯和瓶塞，"我从未真正喜欢过百利甜酒，结果呢，就连玛丽都不再喝了，所以我觉得，我们也没必要喝了。"过去几个月里，爱丽丝一直偷偷把杯子里的百利甜酒倒在地上，此刻她由衷地松了口气。她坐在大理石墓碑上，挨着朱利安，接过他递来的红酒。墓园里布满了蓝钟花，繁花满树，宛如大雪压枝。春天，一个新生的时节。爱丽丝把邦蒂抱出小推车，放在膝头。邦蒂的小手伸向一朵花，紧紧攥在胖乎乎的拳头里。

　　"爱丽丝，亲爱的，能跟你说说我的新想法吗？"朱利安说。爱丽丝点点头，有点儿紧张。你永远也搞不清下一秒朱利安会想到什么。"我一直在想'真相漂流计划'的事，想我为什么要开始这一切，想我多么孤独。而且我知道，这世上有太多人都有和我一样的感觉，一整天不跟任何人说话，独自吃下每一顿饭。"爱丽丝点点头。"然后我想起了哈扎尔说过他在泰国的事情，虽然他也是独自一人，但是他逗留的地方有一张公用餐桌，每天晚上大家都在一起吃饭。"

"没错，我记得。"爱丽丝说，"真是个超棒的想法。想想看你会遇见的那些形形色色的人，还有你们所做的交谈。"

"的确。"朱利安说，"所以我想，我们为什么不在莫妮卡咖啡馆每周来一次呢？但凡没同伴可以一起吃饭的人，我们都可以邀请来，围着一张大圆桌，一起吃饭。我们可以按每人十英镑收费，酒水自带。我还想着，可以请有负担能力的人出二十英镑，这样付不起餐费的人也可以免费来吃。你觉得如何？"

"我觉得太妙了！"爱丽丝拍着巴掌说。邦蒂哈哈大笑，也跟着拍起手来。"莫妮卡怎么说？"

"我还没有问她。"朱利安说，"你觉得她会赞同吗？"

"我敢肯定她会！你打算起个什么名字？"

"我想着，或许可以叫'朱利安超级俱乐部'。"

"不出所料。看，莱利在那边。"

"莱利，我的孩子，坐下。"朱利安说着递给他一杯红酒。

"我一直都想和你聊聊。"朱利安说，"5月30号是我的生日，几天后你就要离开了。我想着要办个派对，给你饯行，感谢你对我的百般忍耐。你觉得怎么样？"

"那可太棒了！"莱利说，"你就要80岁了。哇哦。"

"可是朱利安，"爱丽丝说，"你说过你是出生在我们对德国宣战的那一天，据我所知，那绝对是9月，不是5月。"爱丽丝在学校的时候是拿过历史方面的奖项的。那是她最大的（也是唯一的）学业成就了。

朱利安咳了咳，样子有点儿扭捏："你的确很了解历史，不是吗，亲爱的？我可能是稍微搞错了月份，还有年份。事实上，我并不是快要80岁了，更接近的是85岁。宣战的那一天其实是我上小学的第一天。我很生气，没人想听那是怎么回事。反正呢，"他快速转变话题，"我想着，我们可以在金斯顿花园办个派对，在乐队演奏台和圆池之间。以前我总是在那里办生日派对。我们可以把附近所有的折叠椅都集中起来，用大桶装满利口酒、柠檬汽水、水果和冰块，然后每个人都有乐器可以玩，我们一直待到天黑，等到园区保安把我们撵出去。"

"听起来是和伦敦告别的最完美方式。"莱利说，"谢谢你。"

"我相当乐意。"朱利安喜笑颜开地说，"我要让莫妮卡组织起来。"

67 朱利安

朱利安不太敢相信玛丽竟然端坐在他的小别墅里，就坐在火炉边上，喝着茶。他把眼睛眯成一条缝，视线变得模糊不清，就好像他们回到了90年代，那时一切都还没有脱轨。不过，基思对目前的状况倒不是很满意，因为玛丽就坐在属于它的椅子上。

玛丽是过来收拾一些自己的东西的。她几乎没带走什么，她说过于沉溺过往是不好的。这对朱利安而言是个新观念。他下定决心要进行一场对话，他知道这是必须的。如果现在不做，玛丽就会离开，可能就再也找不到合适的时机了。

"我真的很抱歉，所有那些说你死了的事情，玛丽。"朱利安说，不确定能不能顺利进行下去，"我真的没觉得那是说谎。我用很多很多年来想象你已经去世了，已经开始相信那是真的了。"

"我相信你，朱利安。但是为什么呢？为什么要从一开始就杀了我呢？"

"那比面对真相要容易，我猜是这样。显然，我真正应该做的事情是利用每一个小时去寻找你，去补偿你。但那意味着，要面对我自己曾经有多么糟糕，还可能遭到更多拒绝，所以我……没那么做。"他说道，目光一直盯着自己的那杯茶。

"只是好奇，"玛丽微微一笑，"我是怎么死的？"

"哦，这些年里我编了好几个版本。有段时间，你是被14路巴士撞死的——你去北端路上的超市购物，在回来的路上。工作室外的路上撒满了杏子和樱桃。"

"很戏剧化嘛！"玛丽点评，"虽然对于巴士司机来说就没那么公平了。还有呢？"

"一种特别罕见的癌症，来势汹汹。在你生命的最后几个月，我很英勇地照顾你，但什么也做不了，救不了你。"朱利安说。

"呃，没什么说服力。你会把人照顾得一塌糊涂。你向来不擅长应付疾病。"

"说得对。说真的，最近的一个版本让我相当自豪。你卷入了敌对贩毒集团的枪战，试图帮助一个年轻人，他被刺伤了，在人行道上血流成河，可是你却因为你的善良惨遭杀害。"

"哦，我最喜欢这一个，让我听起来像个真正的女英雄。请确保不偏不倚射中心脏，我可不想在痛苦中慢慢死去。"

"对了，朱利安，"朱利安不喜欢玛丽以"对了"开始一句话，因为紧跟其后的内容从来都不是顺嘴一说，"来的路上我碰到了你的一个邻居：帕特丽夏，我觉得她应该叫这个名字。她跟我说了想要变卖房产的事情。"

朱利安叹了口气，有了一种似曾相识的感觉，每当玛丽抓到他做了不道德的事情，就会冒出这种感觉。

"哦上帝，他们已经为这件事纠缠我好几个月了，玛丽。可是我怎么可能卖掉呢？我要去哪里呢？这些东西都怎么办呢？"他大手一挥，指向所有挤在客厅里的私人物品。

"那只是物品而已，朱利安。或许你会发现，没有这些东西，你会觉得自己解放了！那将是个崭新的开始，一段全新的人生。我就有过这种感觉，把这一切都留在身后。"想到玛丽离开自己竟然觉得是一种解脱，朱利安尽量让自己不要为此生气。

"可是有太多回忆了，玛丽。所有的老朋友都在这里。你在这里。"他说。

"可我不在这儿，朱利安。我在刘易斯。我很开心，我们欢迎你来做客，任何时候都可以。所有这些东西，所有这些回忆，它们只是在捆缚你，将你困在过去。你现在有了新朋友，他们在何处，何处就是你的家。你可以买个新公寓，重新开始。想想看呀。"玛丽专心致志地盯着他，说道。

朱利安想象自己身在一间公寓里的画面，一间像哈扎尔那样的公寓，上星期他去那里喝了茶。那些大大的窗户，干净的线条，清洁的表面。安装的地热系统。花盆里种满洁白的兰花。还有可调节灯光强度的开关。想到自己身处那种地方真是太奇怪了，却也让人激动不已。他有没有勇气在79岁高龄之际离开旧日的生活？或者说84岁。都一样。

"不管怎么样，"玛丽继续说，"卖房子肯定是正确的选择。坚决反对的话，对你的邻居不公平。你把很多人的生活都搅和得一团糟，现在不正是时候为其他人想一想吗？朱利安，做一些可敬可佩的事情。"

朱利安知道玛丽是对的。玛丽总是对的。

"听我说，我还要去见别的人，所以要留你好好想一想这件事。答应我，你会考虑的？"玛丽边说边俯过身来，给了朱利安一个拥抱，并且在他的脸颊上干燥地亲了一口。

"好的，玛丽。"朱利安说。他是认真的。

朱利安敲响了四号房的门。门开了，出现一个令人过目难忘的女人，手搭在屁股上，一脸好奇但并不友好。

他们都等着对方先开口。最后朱利安先说话了。他讨厌无言的沉默。

"阿布克尔太太，"他说，"我想你应该一直在等着跟我谈谈。"

"呃，没错。"女人回答，"过去八个月来一直在等。那现在你为什么在这里？""现在"这个词她拖了长长的好几拍。

"我决定卖了。"朱利安说。帕特丽夏·阿布克尔展开双臂，深深地呼出一口气，像一个瘪掉的气囊。

　　"那个，我从来没——"她说，"你还是进来吧。你为什么改变主意了？"

　　"这个嘛，做正确的事情很重要。"朱利安说，想着大声说出新咒语或许能帮他坚定决心，"卖房子就是正确的。你们还有很长的人生在前头，我不应该成为抢夺你们未来积蓄的绊脚石。很抱歉，我花了这么长时间才接受。"

　　"永远都不迟，杰索普先生。朱利安。"帕特丽夏说，看上去积极乐观。

　　"最近总有人跟我这么说，你不是第一个。"朱利安说。

68 莫妮卡

　　莫妮卡把朱利安的海报贴在了玻璃上，六个月前，寻找美术老师的广告也贴在同样的地方。她仔仔细细地将胶带贴在上一次留下的痕迹上，因为没能将胶带痕迹完全清除。

你是否厌倦了独自吃饭？

加入公共餐桌

朱利安超级俱乐部

莫妮卡咖啡馆

每周四晚七点

可自带酒水

每人10英镑，如果你很富有的话就交20英镑

如果你负担不起，那就免费享用

　　她回忆起哈扎尔是如何偷走了海报，并且拿去复印的。她应该让哈扎尔也复印这张海报，作为赔罪，把传单发遍富勒姆。她刚把门上的牌子翻成"休息"就有客人上门。莫妮卡差点儿就要告诉她，她来晚了，结果却发现来者是玛丽。

　　"嘿，莫妮卡。"玛丽说，"我刚刚去看了朱利安，所以想着可以过来一趟，把这个给你。"她将手伸进包里，拿出了六个月前留在咖啡馆

里的那本笔记，"我试着把它给朱利安，可朱利安说，这只会让他想到他有多么不真实。你应该拿着它。"

"谢谢，玛丽。"莫妮卡接过本子，说道，"要喝杯茶吗？来块蛋糕？我觉得现在你需要蛋糕。"

莫妮卡煮茶的时候，玛丽坐在吧台旁。"真抱歉让你那么震惊，像那样出现在这里。"她说，"我原本想着，我要偷偷溜进美术课后排，私下找朱利安谈谈。我并没有想到会闯入追思仪式。显然不该是属于我的仪式。"

"真的，千万别抱歉。"莫妮卡一边倒茶一边说，"你到底是怎么知道的？我真的很高兴能有机会见到你。"

"我也是。我已经意识到了，这本笔记本确实帮了我一点儿小忙。你看，我没有一句解释就离开了那栋房子，也没有说再见，还把一部分的自己留在了那里。我留下了所有的过去，还有朱利安，他问题太大了，但是，如你所知，又很非凡。再次见到他，这帮我放下了一些东西。"

"我很高兴。"莫妮卡说。

"对了，希望你别介意我问一下，可是，你和那个男人之间的问题解决了吗？就是那个热烈爱上你的男人。"玛丽问。

"莱利？"莫妮卡说，心想"热烈爱上"的说法多少有点儿夸张，"恐怕没有。事实上，正好相反。"

"不，不。"玛丽说，"我问的不是那个澳大利亚甜心男孩，是另一个。就是当时坐在那边的那个，"玛丽指向了某个角落，"很像忧郁的达西先生，一直紧盯着莱利，好像莱利偷走了他一心想要回去的某样东西。"

"哈扎尔？"莫妮卡震惊地问。

"啊，那个就是哈扎尔。"玛丽说，"意料之中。我读了笔记里他的故事。"

"你搞错了，玛丽，他并没有爱上我。事实上，我们截然不同。"

"莫妮卡，我这一生都在当旁观者。我知道我看见了什么。他看上去像是那种有点儿复杂、有点儿危险的男人，我太了解了。"

"就算你是对的，玛丽。"莫妮卡说，"这难道不是小心避开他的绝佳理由吗？"

"哦，可是你要比我坚强太多了，莫妮卡。你从不允许任何人像朱利安对待我那样对待你。而且，你知道的，抛开所有事情不谈，和那个男人在一起的每一天，我都不曾后悔。一天都不后悔。现在，我必须走了。"

玛丽俯身越过吧台，亲吻了莫妮卡两边的脸颊，然后便离开了，留下莫妮卡一个人，有一种奇异的振奋感。

哈扎尔？这种想法为什么没有让她嗤之以鼻呢？竟然只有纯粹的虚荣。她就是很享受这个事实，玛丽认为她是那种能够激发他人激情的女人。振作起来，莫妮卡。

莫妮卡从吧台上拿起笔记本，兜了一圈，笔记本又回来了。她忽然意识到，除了朱利安之外，每个人都读过了她的故事，而她却谁的故事也没读过。似乎太不公平了。她又给自己倒了一杯茶，读了起来。

69 哈扎尔

哈扎尔按下莫妮卡家的门铃。已经快十点了，他原本打算早一点儿过来的，结果拖到这么晚。到底是去还是不去，中途他改变了两次想法。现在他依旧不确定自己做得对不对，但他绝不是个胆小鬼。内部通话系统里传来细弱的声音。

"是谁？"

现在退出已经来不及了。"呃，哈扎尔。"他说，感觉自己活像当代罗密欧，试图向朱丽叶表明心迹。要是她有个大露台而不是只有这个通话系统就好了。

"哦，是你。你到底想要干什么？"这可一点儿也不莎士比亚，也不是他所期待的欢迎词。

"我真得和你谈谈，莫妮卡。我能上去吗？"哈扎尔问。

"我想不出为什么，但如果你一定要的话。"她嗡的一声按下开门键，哈扎尔推开门，顺着楼梯走进她的公寓。

在那场灾难性的婚礼后，哈扎尔在这里过了一晚，他对莫妮卡的公寓也只有那一晚留下的朦胧印象。这一次他用清醒的头脑，记下这里的每一个细节。在每一个熟悉莫妮卡的人心中，她的公寓就该是这副样子——整洁雅致，循规蹈矩，墙壁是浅灰色，家具都是极简风格，铺着抛光的橡木地板。然而，有一些小物件则展现了某些意料之外的灵动，像极了莫妮卡本人——火烈鸟形状的灯，用作衣服架子的仿古人体模型，大卫·鲍伊的巨幅画像占据了一整面墙。楼下的咖啡豆香

296

气穿过地板，隐约弥漫上来。

莫妮卡见了他好像一点儿也不高兴。这显然不是进行郑重其事的表白的好时机。撤退！可是，还有什么原因能用来解释他为何这么晚到这里来吗？*快想，哈扎尔。*

没有好理由，只能尽力一试了。

"嗯？"莫妮卡开口。

"呃，莫妮卡，我想告诉你我对你的感觉。"他走来走去，说道，太紧张了，根本没办法坐定下来，再说，她也没给他椅子。

"我完全清楚你对我的感觉，哈扎尔。"莫妮卡回答。

"你知道？"哈扎尔反问，有些困惑。或许比他预想的容易呢？

"嗯。'她整个人很紧绷，已经到了有点儿可怕的地步，让人不太受得了。'记得吗？"这时哈扎尔才看到莫妮卡手里拿着什么。那本笔记。莫妮卡在读他的故事。

"或者，这个怎么样？'她让我觉得自己肯定是做错了什么。她是那种人，会将所有罐头整齐排放在橱柜里，一律脸冲外，还会将所有的书按照字母顺序摆放在书架上。'我还奇怪呢，那天你为什么要问我那该死的罐头的事情！"

"莫妮卡，打住。听我说。"哈扎尔眼看自己的美梦炸裂成一场汽车撞击的慢动作，赶紧打断她。

"哦，在最佳段落之前我可没法打住！'她身上有一种绝望的气息，我可能是通过想象给夸大了，因为我读过了她的故事，却让我想要逃跑。'"读罢，她就把本子朝他丢过来。

"这是你第二次拿东西砸我的脑袋了。上次是个无花果布丁。"哈扎尔弯腰躲闪的时候说道。事情进展得不太顺利，但是，上帝啊，她生气的时候真是魅力四射，是个能量满满、义愤填膺的火球。他必须让莫妮卡听他说话。

"继续啊，哈扎尔。逃跑啊，为什么不跑？我又没有阻止你！"

"我在写那些话的时候还不认识你。"

"我知道你不认识我，那你为什么觉得自己有资格来对我的橱柜说三道四？"

"我错了。错得一塌糊涂，错得体无完肤。事实证明，错的不仅仅是橱柜的事情，其他事情也全都说错了。"莫妮卡瞪了他一眼。显然，幽默毫无用处，"你是我见过的最不可思议的人之一。听我说，我应当写下来的是……"

哈扎尔深吸一口气，继续说道："我去了'莫妮卡咖啡馆'，这样就能归还朱利安的本子。我可没精力玩这个傻了吧唧的游戏。但是，当我意识到她是谁——前几天晚上我撞到的那个女人时，我就失去了勇气。我留下了笔记本，一路带去泰国。我忘不掉她的故事，所以决定为她找到最完美的对象，把那个人送到她的身边。但是之后我渐渐明白过来，那个完美的对象其实应该是我。不是说我有多完美，显然，一点儿也不完美。"他笑了出来，笑声很空洞，莫妮卡不为所动，"我彻底意识到，我配不上她，但是我爱她，爱她的每一点每一滴。"

"我那么信任你，哈扎尔！我把从来没有告诉过别人的事情告诉了你——就连莱利我都没说。我以为，在所有人之中，你是最能明白我的，而不是嘲弄我的。"莫妮卡说道，哈扎尔刚刚说的话她仿佛一个字也没有听见。

"莫妮卡，我真的明白。不只如此，因为你所经历的一切，我反而更爱你了。总而言之，'万物皆有裂隙，因此光方能照进'。"

"不要在我这儿瞎引用莱昂纳德·科恩的话，哈扎尔。给我出去，别再回来了。"莫妮卡说。

哈扎尔意识到今天肯定别想让莫妮卡明白他的心意了。

"好好，我这就走。"他说着退回门边，"但是，下周四晚上七点，我会在司令墓那儿。拜托了，拜托了，想想我刚刚说的话，如果你改变主意，去那儿见我。"

哈扎尔穿过埃尔布鲁克公共绿地，走了很长一段路回家。他没办法现在就回家去，独自面对空荡荡的公寓。前头有个人坐在长椅上，一盏街灯将他照亮，他看上去和哈扎尔一样痛苦。哈扎尔确定，他见过这个人，可能是在金融城见过。他穿了一套非常规范的定制西装，配雕花皮鞋，戴了一只沉甸甸的劳力士手表。

　　"嘿。"哈扎尔招呼道，话一出口又觉得自己很蠢。他可能根本就不认识这家伙。

　　"嘿。"男人回应，往边上挪了挪，好让哈扎尔坐下来，"你还好吗？"

　　哈扎尔叹了口气，"不太好。"他说，"女人问题。你懂的。"他这是在干吗？说这些干吗？谁让有个随机出现的家伙坐在长椅上呢？

　　"跟我说说吧。"那家伙说，"我不想回家。你结婚了吗？"

　　"没有，"哈扎尔说，"我现在单身。"

　　"好吧，接受我的建议，伙计，保持单身。一旦你结了婚，她会重写一切规则。一旦你搞定了这一切——轻轻松松的性爱，一个美丽的妻子，让你的房子保持美观，款待你的朋友，然后，她就变了。在你察觉之前，她就有了妊娠纹，漏奶，房子里堆满了闪瞎眼的彩色塑料玩具，她的全部注意力都跑到了宝宝身上。而你呢，就是个大傻瓜，她期待你为这一切买单。"

　　"我明白你在说什么。"哈扎尔说道，他应该不怎么喜欢这个新知己，"我敢肯定，婚姻不易，可我的问题是，当有人告诉我不要做什么的时候，我会习惯于对着干。"

　　哈扎尔尴尬地说了声再见。他为这个男人的妻子感到悲哀。他自己就那么完美无缺吗？不是说好"无论是好是坏，无论是疾病还是健康"吗？坦白地讲，那人真是个浑蛋。

　　然后他想起在哪里见过这个人了。前不久才见过，就在他和布兰奇去过的那家糟糕的餐厅。那人当时在和爱丽丝一起吃饭。

70　莱利

　　莱利也设想过他的生活会回到正常轨道上：简单，不复杂，轻轻松松。结果却并非如此。他一直都无法忘记莫妮卡。他觉得好像有一阵龙卷风把他吹到了一个五彩斑斓的大陆上，那里的一切都有点儿陌生，也都更激烈。他不知道黄砖路的下一个转角有什么在等待他，而现在他感觉有点儿……泄气。

　　为什么就这么轻易放弃了？为什么没有更努力地说服莫妮卡和他一起来？为什么没有主动留下来呢？他本可以按计划周游欧洲，但之后可以再回到伦敦，重新回到自己离开的地方，这一切是多么顺理成章啊。

　　莱利甩掉过去几天来一直折磨他的那种无精打采，怀着高涨的精力、目的性和激情，离开公寓，朝富勒姆路走去。天色已晚，公墓已经上锁，但是他几乎没有注意到要多走的这段路，决心已经将他熊熊点燃。莱利感觉自己已然进入了浪漫英雄之列，为了赢得美丽的公主，他什么都愿意做。他是达西先生，他是瑞特·巴特勒，他是怪物史莱克……也可能不是史莱克。

　　随着自己越来越靠近莫妮卡的公寓，莱利看得出，莫妮卡还没睡。窗帘敞开，客厅里的灯光如归航信标一样亮着。莱利穿过马路，伸长脖子，想看看能不能看到莫妮卡。

　　看不到。但是他看到了哈扎尔。都这么晚了，哈扎尔在莫妮卡的公寓里做什么？

突然间，他觉得自己愚蠢至极。什么她的责任，她的事业，全都是借口，真相是，莫妮卡在和别人约会。和哈扎尔——他的好伙伴——一起做园艺的时候，哈扎尔总是把话题扯到莫妮卡的身上。现在一切都解释得通了。

所以哈扎尔才邀请莫妮卡参加婚礼吗？莱利也觉得有点儿奇怪，但自己一直很信任他，信任他们俩。他无须惊讶才是，哈扎尔那张英俊的面孔既有魅力又透露出危险气息，还机智过人，商业头脑也很发达，选他天经地义。

自己怎么能如此天真呢？怪不得莫妮卡没办法爱上自己。

莱利感觉到一阵疲惫漫过头顶。自从他第一次出现在这里，在咖啡馆，他就发现了一个与自己完美匹配的空间，在这个绝妙的城市里，在这些非凡的人之中。但是现在，那方空间关闭了，他被扫地出门。他是一个无人需要的不速之客，一个异物。是时候该继续向前了。

莱利转身朝伯爵宫走去，与半小时前从那里走过来的时候判若两人。人们都以为，那是因为莱利积极乐观、阳光开朗，所以他不会有什么感觉。可是他们错了。他们大错特错。

71 莫妮卡

莫妮卡看着咖啡馆外长长的队伍。丽兹出色地完成了任务，为今晚找到了许多客人。她告诉莫妮卡，对所有邻居了如指掌的好处，就是能够准确地知道谁是独居，没有人去看他们，这样她就可以去敲他们的门，邀请他们过来。然后丽兹又去了医生那里，给了医生一些传单，请她帮忙发出去。丽兹还找到富勒姆图书馆的管理员和在附近做社工的好朋友苏，让他们也帮忙发了传单。

莫妮卡打开门，欢迎所有人进来。咖啡馆的桌子排列成一个巨大的方形，能够容纳四十人。吴太太和本吉在做饭，莫妮卡和丽兹是服务员，朱利安和基思一起扮演主人，基思现在是唯一获准进入咖啡馆的狗。它蹲坐在桌子下面，挨着朱利安的脚边，一直在放臭屁——或者是朱利安放的。转眼间咖啡馆里便充满了嗡嗡的对话与欢笑声。客人们的平均年龄在60岁左右，受到朱利安的鼓舞，大家都在分享多年以来街区里发生的故事。

"谁还记得富勒姆公共浴室和洗衣房？"朱利安问。

"哦，我记得，恍如昨日！"布鲁克太太说，她的年纪可能比朱利安还要大。丽兹则给莫妮卡做着现场解说，告诉她谁是谁。看来，沿着丽兹家门前那条路一直走，就能走到布鲁克太太家，是67号。她的丈夫因为"与煤气工遭遇的不幸事件"离开了她，从此以后她就一直一个人住。"我们以前总是在婴儿车和折叠小推车上堆满床单、毛巾和床罩，把它们都推到北端路去。洗衣服的日子真是聊八卦的绝佳时机。

我们会聊上好几个小时，一直洗洗刷刷，直到把手搓成李子干才罢休。等到我们终于有了自己的双人浴缸时，还真是很想念公共浴室。那里现在是个舞蹈工作室，你们知道吧？我每周都去练芭蕾。"

"真的吗？"莫妮卡问。

"假的，当然不可能了！"布鲁克太太嘎嘎嘎地笑起来，说，"我连走路都费劲，要是跳了芭蕾，可能就永远站不起来了！"

"有谁看了约翰尼·海恩斯在克拉文农场球场的比赛啦？"来自43号的布莱特问道，他会提问也算是预料之中。布莱特是咖啡馆的常客，过去几年里，莫妮卡和他之间的对话全都和富勒姆足球俱乐部有关。"你知不知道贝利说海恩斯是他见过的最好的传球手？我们的约翰尼·海恩斯。"他简直热泪盈眶，然后喝了一大口特调，好像又恢复了精神。

"我以前经常和乔治·贝斯特一起喝酒，你知道吧？"朱利安说。

"那才不会让你多特别呢。乔治和所有人一起喝酒！"布莱特回答。

人们对吴太太的手艺赞不绝口，她笑容满面，像个乐善好施的独裁者，对本吉差遣来差遣去。莫妮卡很好奇，本吉是否懊悔那一天，他被拉入了吴家的怀抱。

莫妮卡认出一个人，他正热火朝天地埋首于酸甜鸡，他是附近的一个流浪汉。只要咖啡馆里有东西剩下，莫妮卡就会把它拿到外面去，搁在普特尼桥下，常常能在那里找到这个流浪汉。上次给他送饭的时候，莫妮卡把朱利安的传单塞了进去。

"这是这么多年来我吃得最好的一顿饭。"他告诉莫妮卡。

"我也是。"朱利安说，"你叫什么名字？"

"吉姆。"流浪汉说，"很高兴见到你。感谢你的大餐。真希望我能付钱给你。"

"没必要，老伙计。"朱利安说着不屑一顾地摆摆手，"等到有一天，你觉得自己是个有钱人了，就可以付自己的餐费，还可以付别人的。但是现在，你看起来急需几身好衣服。通常我不会让任何人靠近我的收藏，但是呢，如果你明天来我家，就可以选一套新衣服。只要不是韦斯特伍德设计的就行。我只能慷慨到这个地步了。"

莫妮卡在朱利安的身旁坐下，拍了拍手让大家安静下来，结果根本没人理会她。

"大家安静！"吴太太大喝一声，大家吓了一跳，瞬间安静下来。

"感谢你们大家的到来。"莫妮卡说，"特别特别感谢贝蒂还有本吉，食物很美味。当然了，还要特别感谢我们迷人的主人，晚餐俱乐部的发起人，朱利安。"

莫妮卡看向朱利安，朱利安向后靠在椅子上，笑得很开怀，很是享受掌声、欢呼和口哨。等到大家重新开始各自的交谈后，他转向了莫妮卡。

"哈扎尔在哪儿？"朱利安问她。

"不知道。"莫妮卡回答，其实她是知道的。她忍不住不停地看表，晚上七点四十五，搞不好他还等在公墓里呢。

"莫妮卡，玛丽告诉了我她的理论。我真是个大白痴，完全没有看到。我总是过于沉浸在自己的世界里。莱利是最可爱的男孩子，但那就是他——只是个小男孩，对他而言，生活是那么简单。他与困境毫无瓜葛。哈扎尔要复杂得多。他曾站在悬崖边，凝视虚空。我很清楚，因为我也站到过那里。可是他获救了，变得更强大后回来了。他很适合你。你们在一起会很好的。"朱利安拉过莫妮卡的手。莫妮卡盯着他的皮肤，被年龄与经验雕刻出一道道皱纹。

"可是我们太不同了。我和哈扎尔。"莫妮卡说。

"那是好事儿啊。你们可以从彼此身上学到很多。你肯定不想看着镜子里的自己度过余生吧。相信我，我试过了！"朱利安说。

莫妮卡心不在焉地将摆在面前的幸运签饼掰成小块，然后才发现自己都干了些什么，连忙把它们整整齐齐地扫到小盘子上。

"朱利安，"她说，"你介意我把这里留给你处理吗？我要离开一下，有些事情要做。"

"当然不介意。"朱利安说，"我们应付得来。是不是，吴太太？"

"没错！你去吧。"吴太太使劲摆摆两只手，仿佛是把小鸡轰出鸡窝。

莫妮卡跑到街上，刚好一辆14路车从车站开走。她追在车后，砸着车门，嘴巴里无声地冲司机喊着*拜托了*，哪怕明知这么做从来都没用。

结果有用了。司机停了车，打开门让她上来。

"谢谢！"莫妮卡说罢马上缩进了手边的座位上。她看了眼表，八点。哈扎尔显然不可能等上整整一小时吧？再说了，公墓不是晚上八点就关门了吗？绝对是白跑一趟。

哈扎尔为什么就不能把手机号给她，让她打电话呢？要找出他的号码或者地址再简单不过，但此时此刻，她似乎把赌注交给了命运：如果她错过了见面，那就表示不该如此，轻松明了。莫妮卡很清楚这根本不合逻辑，也完全不像是她会做的事，但是过去几个月来，她似乎改变了许多。首先，从前的莫妮卡不会想过和一个瘾君子能有什么浪漫纠葛。在她的原则列表上，这种事情根本无处安放吧？

到了公墓，莫妮卡跳下车，一眼就看出熟铁大门上拴着硕大的铁链，挂锁也锁上了。她来晚了，本该如释重负才是。可是，她没有。

比赛刚刚结束，切尔西俱乐部的球迷聚集在街上，小吃车停在小巷子里，球迷们纷纷从那里买汉堡吃。有个人高马大的男人醉得不轻，从头到脚穿了满身切尔西的纪念品，他停住脚步，盯着莫妮卡。这正是莫妮卡需要的。

"微笑，亲爱的！"不出所料，他说，"你知道的，这事儿可能永远也不会发生。"

"如果不能进公墓的话，那就永远都不可能发生了。"莫妮卡急吼吼地说。

"那里有什么？除了显而易见的玩意儿！我打赌是爱情。是爱情吗，亲爱的？"男人问她，放声狂笑起来，并且拍了拍同伴的后背，同伴一口啤酒喷在人行道上。

"你知道的，我想可能是吧。"莫妮卡回答，不明白自己为什么要跟陌生人说这个，明明她对自己都不肯承认呢。

"我们帮你翻墙过去，好吧，凯文？"这位新朋友说，"拿好这个。"他把吃了一半的汉堡递给莫妮卡，番茄酱和芥末酱溢了出来。莫妮卡尽量不去想手上沾的油渍。急急忙忙冲出咖啡店的时候，她忘了拿上抗菌洁肤凝露。男人拎起莫妮卡，仿佛拈起一根鸿毛，一把将莫妮卡举到肩膀上。

"这样你能够到墙头吗？"男人问她。

"能！"莫妮卡回答，用力撑着爬到墙上，就这样一条腿跨坐在另一边。

"你能好好下地吗？"

莫妮卡低头看了一下。墓园这一边稍微跳一下就能落地，还有一堆落叶，跳下去的时候可以帮她减震。

"能的，我可以！谢谢你！给，你的。"莫妮卡把汉堡还给他。

"如果一切顺利的话，你可以用我的名字作为第一个孩子的名字。"这位球迷说道。

"你叫什么？"莫妮卡问道，纯粹出于好奇。

"艾伦！"他回答。

莫妮卡很好奇，如果儿子或女儿叫艾伦的话，哈扎尔会有什么感觉。

她深吸一口气，一跃而下。

72　哈扎尔和莫妮卡

哈扎尔又看了一眼手表。晚上八点，天色正黑下来，有巡逻车缓缓沿着中央大道开了过来，他能听见引擎在低声轰鸣。唯一允许进入公墓的车就只有巡逻车了。园区巡警正在靠近，肯定是在寻找落在这里的人。他的时间耗尽了。

哈扎尔知道他得走了。他必须接受，莫妮卡不会来，永远也不会来。这一切全都是荒唐的幻想。他怎么会觉得这是个好主意呢？他完全可以把手机号留给她，说，*如果你改变主意的话，给我打电话。*为什么脱口而出这么愚蠢的安排，要她来见他，还偏偏选了个墓地？显然是看了太多好莱坞电影。

而现在，他人就在这里，藏在一块墓碑后面躲避巡警，真是蠢得要死，现在他们肯定要锁门了。这样一来，莫妮卡也根本进不来，哪怕想进来也不行，而他自己呢，则要困在这里一整夜，和这些鬼魂一起，把屁股给冻掉。

哈扎尔紧了紧外套，坐在冰冷的地面上，靠着司令墓的墓碑，躲避搜寻者的视线。然而他完全不知道接下来该怎么办。就在这时，他听到了什么动静。

"哦，上帝。真该死，他当然不在这儿。我真是傻女人。"

哈扎尔环顾周围，她在那儿，气鼓鼓的，美丽动人，不会认错的，绝对是莫妮卡。

"莫妮卡！"哈扎尔喊她。

"哦,看来你还在这儿啊。"莫妮卡说。

"是啊。我一直都期待你会出现。"哦上帝啊,哈扎尔,多年以来都是芳心粉碎者、终极风流鬼,完全不知道现在该说什么,"我猜你应该不喜欢橡皮软糖吧?"这很可能是他一生中最为重要的时刻,而他却采纳了一个8岁孩子的建议。真是个大白痴。

"哈扎尔,你是个大白痴吗?你觉得闯进上锁的墓园,有生以来第一次违反法律,就是要找一颗该死的橡皮软糖?"

说罢,莫妮卡走到他跟前,吻了他。很用力,仿佛是当真的。

他们一直吻到夜幕彻底笼罩天地,吻到嘴唇肿胀,吻到两人都想不起之前为什么没有这样做,吻到说不清什么时候谁停了下来,另一个人又继续开始。哈扎尔花费了二十多年的时间追寻终极的刺激,追逐能让他的大脑嗞嗞作响、心脏怦怦狂跳的最有效方法——方法就在眼前,是莫妮卡。

"哈扎尔?"莫妮卡开口。

"莫妮卡?"哈扎尔呼应,只是为了说出她名字的那种兴奋感。

"我们要怎么出去呢?"

"我猜我们得呼叫公园协警,编点儿理由解释我们为什么被困在公墓里。"哈扎尔回答。

"哈扎尔,才一个小时而已,你就已经让我对警察撒谎了。以后究竟会怎么样啊?"莫妮卡感叹。

"我不知道。"哈扎尔回答,"但是我等不及想看看了。"他又去吻莫妮卡,吻到她不在乎自己究竟要对谁说谎,只要他不停下来。

莫妮卡知道自己不在家中。即便是通过紧闭的眼皮也看得出来,这个房间比她自己的屋子要明亮,沐浴在阳光中。也更安静——没有富勒姆路上的嘈杂车流,和她那老旧的中央供暖系统。而且房间的味道也不一样——是檀香油、胡椒薄荷和麝香的味道。

到这时她才逐渐想起，前一晚的画面在脑海中自行播放。在警车后座，哈扎尔的手放在她的大腿上。哈扎尔笨拙地摸索钥匙，在开大门的时候一时着急还掉了。他们的衣服随手堆在卧室的地板上。睡觉之前她有没有记得把衣服叠一下？她记得发疯似的、气喘吁吁的、急切的性爱，接着是缓慢的做爱，直到日出也不曾停歇。

哈扎尔？她伸出脚，扫过哈扎尔宽阔的大床寻找他。他不在。他走了吗？连句话都没留就逃跑了？很显然，她不太可能全都会错意了吧？

莫妮卡睁开眼。他在，就坐在那里，身上除了一条平角内裤外什么也没穿，正把抽屉里的东西全都翻到脚边的地板上。

"哈扎尔，"莫妮卡问，"你在干吗？"

"哦，早啊，瞌睡虫。"哈扎尔回答，"我只是在腾地方，给你。万一，你知道的，你有什么东西想留在这里呢。留在你自己的抽屉里。"

"哦，哇哦。"莫妮卡笑出声来，说道，"你确定你准备好做这种程度的允诺了吗？"

"可能你是开玩笑，"哈扎尔说着爬回床上，温柔地吻着她的嘴唇，"但我之前从来没有让出过一个抽屉。我觉得我终于准备好迈出这一步了。"他伸出手臂搂住她，莫妮卡靠在他的肩膀上，呼吸着他身上的味道。

"好吧，我可真是荣幸之至呢。"莫妮卡说，确实如此，"我觉得，我已经准备好顺其自然了。你明白的，对生活给予的一切照单全收。"

"真的吗？"哈扎尔问，将信将疑地挑起眉毛。

"好吧，准备好努力一试。"莫妮卡说着对他粲然一笑。这还是第一次，莫妮卡真的不担心接下来会发生什么，因为她知道，她就是知道，她身上的每一根神经都知道，她是属于这里的。

"好的，那就让我们一次腾出一个抽屉来。"哈扎尔说。

73 爱丽丝

爱丽丝一直在等待同麦克斯谈谈的最佳时刻，要冷静、理性、谈谈他们的婚姻境况。结果呢，毫无疑问，她选择了最糟糕的时机。

麦克斯像往常一样，很晚才下班回来。爱丽丝破例从头准备，用心良苦地烹制了晚餐，结果全都煮过了头，干得不像样。邦蒂正在长乳牙，花了好长时间才安顿下来，爱丽丝简直筋疲力尽。

他们坐在厨房的餐桌边，就像陌生人一样，交换各自一天里的见闻。麦克斯端起他（还没吃完）的餐盘，朝洗碗机走去，放在了料理台上。

"麦克斯！"爱丽丝大喊一声，"洗碗机里面还有很多空地。你为什么从来都不把东西放进洗碗机里面？"

"爱丽丝，那也没必要像个该死的泼妇一样这么嚷嚷吧？你又开始酗酒了，是不是？"麦克斯回嘴。

"没有，我并没有该、死、地、酗、酒。"爱丽丝说，但她可能真的喝多了，"我是受、够、了、该、死、的、你、了！我是家里唯一把餐盘放进该死的洗碗机里的人，唯一从地板上把你的湿毛巾给捡起来的人，邦蒂半夜醒来时唯一下床的人，唯一承担一切整理、清洁工作的人，我再也受不了了……"清单太长了，她大手一挥结束举例，"啊啊啊啊"地嚷起来。

"你恐怕连洗碗机怎么用都不知道吧？"爱丽丝盯着丈夫，问道。

"好吧，不知道，但肯定没那么难！"麦克斯说。

"一点儿也不困难，麦克斯！"爱丽丝吼道，"只是惊人的无聊。而我每一天都要重复两遍！"

"可是爱丽丝，我有工作啊。"麦克斯说道，看着她的眼神仿佛不知道她究竟是谁。

"那你觉得这是什么呢，麦克斯？"爱丽丝吼道，"我并不是整天坐在这里涂指甲！"说这话时，她想起前天确实做过指甲护理，当时丽兹在照看邦蒂。但这是几个月以来的头一回。她攥紧拳头，藏起指甲。然后，她有点儿惊慌，因为发现自己在哭。她在桌边坐下，双手捧住脑袋，完全忘了指甲的事儿。

"抱歉，麦克斯。"她抽抽噎噎地说，"只是我不确定，我还能不能这样下去了。"

"哪样，爱丽丝？"麦克斯坐到她对面，问道，"做个妈妈？"

"不是。"爱丽丝回答，"我们。我不确定我们还能不能这样下去了。"

"为什么？就因为我没把餐盘放进洗碗机里吗？"

"不是的，跟洗碗机没有半毛钱关系，或者，没那么大关系，我只是觉得非常孤单。我们俩是邦蒂的父母，我们生活在同一幢房子里，但是我们两个就好像是陌生人。我很孤独，麦克斯。"爱丽丝说。

麦克斯叹了口气："哦，爱丽丝，对不起。可是，并不只有你一个人觉得艰难，你知道的。坦白地说，我也不觉得生活应该是现在这样的。我很爱邦蒂，毫无疑问，可是我很想念我们之前完美无缺的世界。周末去豪华酒店，去古色古香的房子，还有我光芒四射、开开心心的妻子。"

"可我还在这里啊，麦克斯。"爱丽丝说。

"是，可是你总在生气，而且疲惫不堪。而且，说实话——"他顿了片刻，仿佛是在权衡要不要继续，结果却做了错误的决定，"你也太自暴自弃了。"

"自暴自弃？"爱丽丝喊道，她感觉自己被人狠狠地打了一拳，"这可不是该死的20世纪50年代，麦克斯！你不能指望我在给你生完孩子几个月内就复原吧？在真实世界里，这是不可能发生的。"

"我觉得自己被忽略了。"麦克斯说，显然他意识到迅速转移话题是唯一可行的手段，"你完全知道怎么应付邦蒂，什么时候该做什么，该怎么做。我觉得自己毫无用处，供过于求。所以，我在办公室里逗留的时间就越来越长，越来越长，因为我知道在那里，人们对我有怎样的期待，他们也按照我说的去做。他们尊重我，一切都按照计划进行，都在我的掌控之中。"

"我一直都拼尽全力，麦克斯，但我真的受够了，我不想再觉得自己不符合期待了。不符合你的期待，不符合你妈妈的期待，不符合邦蒂的期待，甚至都不符合我自己的期待。显而易见，婚姻与家庭应当是妥协迁就的吧？你要为此努力。这一切不是那么完美，那么轻松，那么漂亮，大多数时候是一团乱麻、筋疲力尽、困难得要死。"爱丽丝说，她等着麦克斯告诉她，他爱她，他会多帮帮她，他们能让一切好起来。

"或许我们可以雇个保姆，爱丽丝。每周来几天。你觉得呢？"麦克斯问。

"我们负担不起，麦克斯，就算可以，我也不想付钱雇别人来照顾我的孩子，只是为了让我能花更多的时间保持虚假繁荣，去做你的理想人生中的理想妻子。"爱丽丝说道，努力不让自己哭出来。

"好吧，我不知道该怎么解释，爱丽丝。我只知道你不开心，我也不开心。"他举步上楼，回自己的办公室，关上了门，一如往常。

爱丽丝悲伤得无以复加。她拿起手机，刷起Instagram页面，看着所有那些表现她完美世界的照片，里面都是英俊的老公和可爱的宝宝。她能放弃这种幻象吗？她能自己养活自己和邦蒂吗？

她想到了玛丽，不指望朱利安，过了四十年，看起来那么开心，毫不掺假。她想到莫妮卡，昨天她才了解到莫妮卡甩了莱利。她想到了所有新朋友，想到他们的生活在Instagram的四方小天地里看起来并不光鲜亮丽，然而却更深沉，更强大，也更有意思。

她可以那样的，不是吗？

显而易见，过着乱七八糟、浑身弱点、不那么漂亮的生活，但过得真实坦荡，远比自始至终想方设法去符合完美生活的标准要好得多吧？这种完美人生不过是虚妄的假象。

爱丽丝又看了一眼自己的主页：*@爱丽丝漫游奇境。真实生活中的时尚，献给真实生活中的妈妈和宝宝。*或许她可以展示一下，真实生活中的妈妈看起来究竟是什么样子。她可以分享这一地鸡毛，筋疲力尽、妊娠纹、突出的小腹和分崩离析的婚姻，她还可以摆脱掉惹人生气的笑脸表情。一直以来她都在想什么呢？显然她不可能是这世上唯一一个厌倦了时时刻刻保持完美的妈妈吧？

结束伪装的想法让她如释重负，就像在一天结束时踢掉快要让人残废的高跟鞋。

我做得很棒。或者，至少，是我能做到的最好的程度，她对自己说，因为没有别的人可以倾诉。*如果对麦克斯来说不够好，或者对我的Instagram粉丝来说不够好，那他们可以寻找别的人去追随，反正我无法再这样下去了。*

爱丽丝单手托住邦蒂的屁股，另一只手按响门铃。丽兹打开门，门内出现了杂乱拥挤的家，又温暖，又幸福。爱丽丝心想，麦克斯肯定会对这里冷眼嘲笑，这也让她想起她为什么会来这里。

"丽兹，真的太抱歉了，这么晚打扰你。"她说，"但是，我能和邦蒂一起在这里待几天吗？直到我们想出该怎么办。"

爱丽丝真心希望丽兹不要问她任何问题，因为她一个答案都没有找出来。她唯一知道的就是，她需要一个空间好好想想。远离麦克斯，远离所有的期待与指责。丽兹肯定心知肚明，因为，这还是她破天荒头一遭克制住了好奇心。爱丽丝确定，用不了太久就可以找到答案。

"当然可以了，宝贝儿。"丽兹回答，把爱丽丝领进屋，坚定地关上了她身后的门。

74 莫妮卡

在肯辛顿花园里，莫妮卡手持一杯利口酒，背靠大树。她看到一对情侣站在人群的边缘。他们手拉手，看上去完全遗世独立。

"朱利安，真高兴你邀请了玛丽！"她说。

"没错。还有她的男朋友。在他们都快80岁的时候，你还能管一个人叫男朋友吗？从各方面来看都有点儿矛盾。"

"他绝对是你会描述成'有魅力的老男人'的那种人，不是吗？"莫妮卡说，"当然了，你也是。"她飞快地补充道，知道不这么说的话，朱利安的自尊心会受伤。

"他似乎是个相当不错的家伙，如果你喜欢那种人的话。"朱利安说，"有点儿寡淡，但是，嘿，我最好还是把他介绍给大家。"

朱利安朝玛丽和安东尼走去，基思跟在身后。他跟基思看起来都有点儿僵硬，还有关节炎。"基思不是狗。"莫妮卡听见朱利安对安东尼说，"它是我的私人康复教练。"本吉过来，挨着莫妮卡坐下。

"莫妮卡，我想跟你说点儿事。"他说，"我可不想抢朱利安和莱利的风头，但是我实在没办法继续瞒着你了。"莫妮卡隐约知道本吉要说什么。

"巴兹和我要结婚了。"耶！如她所愿。然而，接下来的那句话却让人意外："我们非常希望你给我们当伴郎。或者说伴娘、伴友。随便怎么说吧。你愿意吗？拜托了，说'愿意'！"

"哦本吉，我真是太为你高兴了！"莫妮卡说着一把搂住本吉，

"荣幸之至。"

"万岁！我要马上告诉巴兹，一刻也等不了！贝蒂觉得婚礼都是她一手策划的。她已经准备好了婚宴菜单。我们要在切尔西市政厅登记结婚，就像朱利安和玛丽一样，但是，结局要更美满，我希望如此。然后我们会在贝蒂的餐厅开派对。"

"所以，贝蒂现在对整件事都接受了是不是？"莫妮卡问。

"貌似是这样。"本吉回答。

"哦，真是太棒了。"莫妮卡说，她意识到，这或许是她头一回听到别人结婚的消息时心里只有开心，没有其他的情绪了。她等着熟悉的嫉妒之情前来折磨她，可是并没有。哈扎尔过来了，在她的另一边坐下。

"你看起来很开心。"他说。

"是的。"莫妮卡回答，希望能分享刚刚的新闻，但是她一向骄傲于自己善于保守秘密，"感觉所有事情都汇聚到了一起。"

"你知道的，自从不再是小孩子，我再也没有参加过任何无须满脸堆笑的派对，这还是第一次。是不是很神奇？"

"确实，哈扎尔。你真的很神奇。哦，我有东西要给莱利，马上回来。"

莫妮卡朝莱利走去，一群来自澳大利亚的朋友将他团团围住，包括布莱特，过几天他就要陪莱利一起去阿姆斯特丹了。

"莱利，我们能简短地聊一下吗？"莫妮卡问。莱利连忙从人群里脱身出来，跟着莫妮卡来到派对的边缘，一个安静的角落。

"我一直想说谢谢你。感谢你在本子里写的和我有关的部分。谢谢你觉得我能成为一个了不起的妈妈。我没办法告诉你，那对我来说有多重要，即便我永远也没机会看看你说的是不是对的。"

"我都忘了我写了那种话，不过千真万确。"莱利微微一笑，说道。

"我有东西给你。"莫妮卡说着把手伸进包里，摸出一个造型古怪、用纸包住了的小包裹，上面点缀着冬青和常春藤，"圣诞节的时候给你买了这个，但是哈扎尔的到来和飞出去的无花果布丁都太刺激了，一直没能给你。感觉今天是个合适的时间，可以给你。"

莱利接过包裹，撕开来，像个5岁的孩子一样欣喜若狂。

"莫妮卡，太美了！"莱利说着将那份礼物在手心里翻转过来。是个设计完美的小铲子，把手上刻着"莱利"两个字。

"这样你无论去哪里都可以打理花园了。"莫妮卡说。

"谢谢你。我很喜欢。我会想你的，想你们所有人。"他飞快地纠正了一下，"无论什么时候用它，都会想起的。拜托了，我们还能保持联系吗？不管怎样，我都想知道你和哈扎尔将来如何。"他说。

"这还用说吗？"莫妮卡反问，心潮澎湃，"你介意吗？"

"你知道的，一开始确实介意，但只有一点点。"莱利回答，"可我爱你们俩，所以我已经改变了想法，我真的太高兴了。"莫妮卡真不知道，莱利怎么能这么慷慨大方。站在莱利的立场上，她肯定会一直气鼓鼓地，不断往蜡像上扎针。而在莱利热情奔放的笑容背后，确实藏了一丝沮丧——也可能都是她自己想象出来的。

莫妮卡给了他一个拥抱，抱的时间稍微久了一点儿："我会想你的。我们都会想你的。"

"哈扎尔也会成为一个了不起的爸爸的，你知道的。"莱利说。

"你这么觉得吗？他自己不是很确定。他还没有完全信任自己。"莫妮卡说道，说这些话的时候她意识到，现在这一切对她而言是多么的无关紧要。

"好吧，那就让他去问问'妈咪小帮手'里的孩子们，他能不能当个好爸爸。他们会说服他的！"莱利说。

"我应该会那么做，你知道的。"莫妮卡说。

"所有人，我有事情宣布。"朱利安说道，用一柄汤勺敲着装利口酒的大容器，"玛丽离开的时候，留下了一些非常特殊的东西。不，我说的不是我。"他顿了顿，留时间给大家哈哈大笑，就像西区的表演者与观众互动一样，"她留下了她的中提琴。我希望她能为我们演奏。玛丽！"朱利安说着递上玛丽的中提琴，之前肯定一直藏在他的某个包里。

"上帝啊，我已经好多年没拉过了。你好啊，老朋友。我试试看。"玛丽说着拿起中提琴，在手里翻了个面，重新熟悉它的手感和重量。她小心翼翼地给每一根弦调音，之后开始演奏，一开始缓慢而谨慎，之后生机勃勃，演奏了一曲狂野的爱尔兰吉格舞曲。人群围拢过来。喂完天鹅准备回家的家庭驻足观望，看看是谁在奏乐，这么有天赋，这么激情四射。

莫妮卡走到朱利安的身边，一屁股坐在折叠椅旁边的草地上，摩挲基思，基思的耳朵后面永远有一块阴影。

"我一直都很想告诉你，莫妮卡，我真的为你和哈扎尔高兴。"朱利安说，"如果你不介意的话，我想抢点功劳呢。"

"你当然有功了，朱利安。总而言之，如果不是因为你的笔记本，第一次跟他撞上之后，我这辈子都不可能再跟他说话了。"莫妮卡说。

"不要让这一切溜走了，好吗，莫妮卡？别犯我犯过的错误。"他看向玛丽和安东尼，脸上的表情在幸福与悲伤之间勉强地切换。

"你不觉得哈扎尔和你有点儿像吗，朱利安？"莫妮卡试着问，希望朱利安别生气。朱利安哈哈大笑。

"哦不，别担心。哈扎尔比我好多了，也没我那么愚蠢。而你也比当时的玛丽要坚强得多。你们将谱写另一段爱情故事，结局也会截然不同。不管怎么说，别担心。我和他稍微谈过了，像父亲一样说了那种鼓舞士气的话。"想到这里，莫妮卡真是又恐惧又好奇。她真希望自己是只墙上的苍蝇，能偷偷旁听他们都谈了些什么。

"我有东西给你，朱利安。"她说。

"亲爱的姑娘，你已经给了我一份大礼了。"朱利安说着指了指自己高高兴兴戴在脖子上的真丝领带。

"这不是一份礼物，而是物归原主。"莫妮卡说着递给他一本浅绿色笔记本，封面上写着"真相漂流计划"几个字。游历了这么多人之后，本子显得破旧了不少。"我知道你告诉玛丽你不能留下这个本子，因为你并没有做到真实地面对人生，但是现在你做到了，你应当留下。你是整件事的起点，也应当是终点。"

"啊，我的本子，欢迎回家。你都经历了怎样的大冒险呢？"朱利安说着将笔记本温柔地放在大腿上，轻轻摩挲，仿佛抚摸一只猫，"谁这么明智给它包了个塑料膜？"他问。话音刚落就看见莫妮卡露齿而笑。"哦，我可真傻。根本不用问的。"

玛丽正在演奏西蒙与加芬克尔的歌，大家都跟着唱了起来。邦蒂和爱丽丝还有丽兹坐在一起。麦克斯人在哪里呢？莫妮卡好奇。

天又黑了一点儿。晒日光浴的人和遛狗的人都离开了，蠓虫开始出动觅食。莫妮卡拦下了一些黑色出租车帮他们把大容器、玻璃杯和小毯子都带回咖啡馆。朱利安看着他们把一切打包好，开始朝马路走过去。

"来呀，朱利安！"莫妮卡呼唤他。

"你们先走。"朱利安说，"我想自己待上五分钟。我会跟上你们的。"

"你确定吗？"莫妮卡问，她不想留朱利安一个人。她意识到，忽然之间，朱利安看上去和他的真实年纪一样苍老。或许只是落日的作用吧，使得黑暗充斥着他脸上的每一寸褶皱。

"确定，真的。我需要点儿时间来好好想想。"他说。

哈扎尔从出租车的后座上伸出手来，帮莫妮卡坐进去。莫妮卡意识到，这个举动之中，包含了她对生活的全部期待。她回头去看朱利安，朱利安坐在折叠椅上，基思的脑袋搭在他的腿上。朱利安冲她挥挥手，手里还攥着那本笔记本。回想他所有的特质与瑕疵，他真的是莫妮卡遇到过的最为非同寻常的妙人。

全世界有那么多咖啡馆，她真的很感激朱利安选择了自己这家。

75   朱利安

朱利安心满意足地目送出租车消失。他意识到，在记忆中，这还是他第一次真正喜欢上自己。这种感觉很不错。他伸出手，拍了拍基思的小脑袋。

"现在只有你和我了，老伙计。"他说。

但是，并不只有他们俩。他看到有不少人靠近过来，从不同方向，带着折叠椅、野餐篮和乐器。他们不知道派对已经结束了吗？

朱利安想着要站起来，走过去，告诉他们该回家了，可是他使不上劲，他太累了。

天光暗沉，他花了点儿时间才看清楚这些新来的狂欢者的脸。但是，随着他们凑过来，他才发现，他们根本就不是陌生人，全是老朋友。他的美术老师，来自斯莱德；康迪街上的画廊老板；甚至还有个学校里的朋友，毕业之后他就再也没见过面，如今上了岁数，但还是一头一模一样的红头发，咧嘴大笑，绝不会认错。

朱利安冲他们所有人微笑。然后他看到了哥哥，正绕着圆塘转圈。没有拐杖，没有轮椅，是在走。哥哥冲他挥挥手，动作流畅冷静，20多岁之后他就再也没见过哥哥了。

随着朋友和家人们的轮廓越来越清晰，环绕他们的细节——树木、草坪、池塘、乐队演出台——全都消失了。

朱利安感觉到深深的怀念之苦，像一把匕首，直插胸膛。

他等着痛苦平息，却没有平息。痛苦扩散开来，一直蔓延到指尖和脚底，直到朱利安的身体完全失去了知觉，唯一能感觉到的只有痛苦。痛苦变成了光亮——明亮而耀眼，然后又变成了铁一般的味道，再变成声音。一声刺耳的尖叫声，慢慢消弭成嗡鸣，而后一片寂静。一片寂静。

尾声
戴夫

工作日即将接近尾声，戴夫真的很沮丧。平常他都会迫不及待地锁上公园的大门，去酒吧，但是今天，他是和萨莉玛一起上班的，萨莉玛是新来的实习生。时间过得飞快，整个上班的过程中他都在努力鼓起勇气，想邀请萨莉玛和自己一起去看电影。天快黑了，就要没机会了。

"戴夫，停一下！"萨莉玛大喊一声，吓了他一跳，"是不是有个人坐在那边的折叠椅上？"戴夫朝萨莉玛指的方向看过去，看向乐队演奏台。

"我想你是对的。你总是能发现那里有人坐着！等我一下，我过去把他轰走。我可不想有人在这里被锁上一整夜。看看我怎么做——礼貌而坚决，这就是诀窍。"他把车停进停车位，关掉引擎，"用不了多长时间。"

他朝着坐在折叠椅上的那个人走去，尽量走得大步流星，看起来强大且男子气概十足，因为他能感觉到，萨莉玛正目不转睛地盯着他的后背。他朝那人靠近过去，才发现这位叛逆者年纪很大，而且睡着了。一只老迈邋遢的小猎狗像哨兵一样蹲坐在他的身边，眼睛一眨也不眨，因为白内障而显得雾蒙蒙的。如果这位老人家住得不远的话，或许让他和他的狗搭个便车回家比较好。这样他就能有更多时间和萨莉玛相处，而且还能让自己看起来善良热心——显然，他就是个好心人。

老人家睡梦中的脸上仍挂着微笑。戴夫很好奇他究竟梦到了什么，看起来应该是甜美的好梦吧。

"你好！"戴夫说，"抱歉吵醒你，但是该回家了。"他将手搭在老人家的胳膊上，稍微晃了晃他，想把他唤醒。有些不太对劲。这个人的脑袋歪向一边，看起来就像——死了。

戴夫拉起他的手，感受了一下他的脉搏，没有任何跳动迹象。戴夫之前从来没有见过死人，更别说是触碰死人了。他微微颤抖着掏出手机，开始拨999。

然后他注意到这个男人的另一只手里握着什么东西，是个笔记本。戴夫小心翼翼地从他的指间将本子抽出来。或许这本子很重要，他的直系亲属肯定会需要。戴夫低头看了一眼封面，上面用漂亮的花体写着：真相漂流计划。戴夫小心翼翼地把本子揣进了夹克内兜里。

致谢

　　《真相漂流计划》于我而言是个非常私人的故事。五年前，我——就像爱丽丝——拥有看似完美无缺的人生，而真相截然相反。就像哈扎尔，我是个瘾君子。我迷恋的是高价高品质的酒。（如果一瓶酒足够贵的话，那你就是行家，而不是酒鬼，对吧？）无数次尝试戒酒失败后，我决定——就像朱利安——向全世界说出我的真相。因此我开始写博客，记录我的戒酒之战，而后集结成书：《清醒日记》。

　　我发现，说出生活的真相真的有魔法，会让许多人的人生都变得更好。所以，我第一个感谢，是要谢谢所有阅读我的博客和回忆录的读者，感谢所有花时间与我联系，并告诉诚实让他们有了怎样的变化的人。这本书受到了你们的启发。

　　从非虚构转向虚构，我战战兢兢，不确定自己可以做到，所以我加入了"柯蒂斯·布朗三个月创意小说写作"课程。最近我回过头去看当时的申请，以及《改变人生的书》（这本书当时的名字）的三千字节选，真的很糟糕，所以我有太多的感谢要向课程老师们表达，夏洛特·门德尔松，还有安妮·戴维斯和诺拉·珀金斯。

　　最大的好处就是在那里遇见了优秀作家。课程结束后，我们组成了"写作俱乐部"，如今我们依然定期见面，喝着啤酒分享一下各自的工作（他们喝酒，我喝水），为过山车一样大起大落的作家生活而大哭大笑。感谢你们所有人——艾利克斯、克里夫、艾蜜莉、艾米丽、珍妮、简妮、杰弗里、娜塔莎、凯特、凯尔、麦琪、理查德。特别感谢

324

麦克斯·邓恩和佐伊·米勒，他们是最早读到我可怕的初稿的人。

同样感谢另一批我的第一读者：露西·斯洪霍芬，她在澳大利亚人和园艺方面给了我建议，对于小的错误和重复慧眼如炬；罗西·科普兰，在艺术和艺术家方面给了我宝贵意见；路易斯·凯乐，感谢她在心理健康问题上给出的指导；还有戴安娜·加德纳－布朗。

我的两位遛狗小伙伴——卡洛琳·菲尔斯和安娜贝尔·艾布斯——在过去几年的写作、递交以及编辑过程中，帮我保持精神健康，并成为我的智囊团。我还记得第一次见到安娜贝尔时，我特别紧张地告诉她我想写本书。她说她自己也在写书，《乔伊斯女孩》。至今我仍旧不敢相信，我们俩的书现在都出版了。我很乐意与你携手走在这条路上，我的朋友。

下一份感谢要致以我了不起的代理人——海莉·斯蒂德——感谢她从一开始就很爱我的作品，感谢她协助我把这本书变得更好，感谢她成为我不可思议的朋友，并且指导了整个出版流程。莫妮卡之所以沉迷于彩色编码的Excel电子表格，都是因为海莉。非常感谢杰出的玛德琳·米尔伯恩，感谢她慷慨的建议和引导，感谢了不起的爱丽丝·萨瑟兰－霍伊斯，感谢她在多个地区同时进行售卖，在法兰克福书展之前，两星期时间内把《真相漂流计划》卖给了多达二十八家出版方。玛德琳·米尔伯恩代理机构是个非凡的集团，同时也是个大家庭，所有人都让我觉得自己很受欢迎，并且为这本书添砖加瓦，尽可能让它变得更好。感谢你们所有人。

接下来，萨莉·威廉姆斯，我的天才编辑。我真的非常荣幸能成为萨莉在环球出版社签下的第一个作者。她从最开始就始终捍卫这本书，并且拥有足够的聪明才智，能够指出怎样做才能让这本书更好。非常感谢你，萨莉，感谢你看到了我看不到的部分，感谢你在整个编辑流程中对我那么支持。和你一起工作是一种深造，我感激不尽。

非常感谢维基·帕尔默和贝基·肖特，我无与伦比的市场与PR搭档。如果你偶然间在书店发现这本书之前就听说过它，那便要感谢他们的本领。

最衷心的感谢留到最后——我的家人。我的丈夫约翰，感谢你始终相信我，哪怕在我不相信自己的时候，感谢你对我的写作如此有洞察力，如此诚实，即便你的坦诚让我把原稿砸到了你的脑袋上。感谢我无与伦比的父母，他们骄傲至极，给了我最大的支持。这本书献给我的父亲，我知道他是个更为优秀的作家，在教区杂志上的专栏大名鼎鼎。爸爸不仅读了我的第一份原稿，接下来的九个版本他都读了，每个阶段都给出了非常细致的反馈。一个警告——如果你打算在亚马逊上留下不怎么好的评论，他一定会反击！还要感谢我的三个孩子——伊丽莎、查理、玛蒂尔达——我最忠实的粉丝，我的灵感源泉，每一天都是。

自从参与了出版业的工作后，有一件事一直让我大为惊奇，那就是，出版一本书竟然需要这么多人。不只有上述我所提到的名字，还有其他许多人，他们都贡献了自己的聪明才能、热忱、智慧、时间和精力，让这本书能够抵达你的手中。封面设计师、文字编辑、校对员、销售，还有很多很多。我之所以选择环球出版社作为出版方是因为——除了他们满载盛名，以及他们出版了吉利·库珀的作品，还雇用了萨莉·威廉姆斯——从我踏进环球出版社的那一刻起，从接待员到CEO，每一个人都让我觉得，我是这个大家庭的一员。因此，以下是完整的感谢名单，感谢所有帮助我将这本书送到你手里的人。

感谢环球出版社的每一个人，感谢你们为《真相漂流计划》的出版所做的贡献。

编辑：
　　萨莉·威廉姆斯（Sally Williamson）
　　卡特里娜·沃恩（Katrina Whone）

韦弗·汤普森（Viv Thompson）

乔什·邦（Josh Benn）

销售：

汤姆·齐肯（Tom Chicken）

迪尔德丽·奥康纳（Deirdre O'Connell）

艾米丽·哈维（Emily Harvey）

格雷·哈利（Gary Harley）

贝唐·穆尔（Bethan Moore）

娜塔莎·弗提乌（Natasha Photiou）

文字编辑：

贝拉·波茨沃斯（Bella Bosworth）

录音：

爱丽丝·图梅（Alice Twomey）

校对员：

XX（XX）

市场：

维基·帕尔默（Vicky Palmer）

沙发·哈尼夫（Shafah Hanif）

玛利·古德温（Marie Goodwin）

里昂·杜福尔（Leon Dufour）

莉莉·考克斯（Lilly Cox）

设计：

祖·汤姆森（Jo Thomson）

贝西·凯利（Beci Kelly）

运营：

玛丽安娜·德·巴罗斯·范·洪贝克（Mariana De Barros Van Hombeeck）

公共宣传：

贝基·肖特（Becky Short）

财务：

克里斯汀·库里（Christine Coorey）

安舒·科恰尔（Anshu Kochar）

制作：

凯特·席乐顿（Cat Hillerton）

菲尔·埃文思（Phil Evans）

版权：

海伦·爱德华（Helen Edwards）

安-凯特琳·兹瑟（Ann-Katrin Ziser）

乔什·克罗斯利（Josh Crosley）

接待员：

凯西·韦布（Kathy Webb）

简·克里克（Jean Kriek）

合同：

黎贝卡·史密斯（Rebecca Smith）